U0164968

欧美流行音乐著名巨星

A PICTORIAL GUIDE TO THE BEST EUROPEAN AND AMERICAN STARS OF POPULAR MUSIC

图典

上 卷

乡村音乐
COUNTRY MUSIC

主编：陈兴荣

人民音乐出版社

主　　编：陈兴荣

撰　　稿：刘新芝　王久辛
　　　　　荣晨晨　亚　子
　　　　　罗　浩　方　兵
　　　　　陈　沫　韩富芳
　　　　　高　军　张安平
　　　　　白　翎　卢　怡
　　　　　陈培元　陈有所

英文翻译：陈学东　王　京
日文翻译：朱晓薇

总 策 划：陈兴荣

版式设计：许　华

责任编辑：陈胜海

制　　作：现代艺术工作室

乡 村 音 乐 （COUNTRY MUSIC）

4

5

14

爵 士 乐 (JAZZ MUSIC)

17

摇 滚 乐 (ROCK & ROLL)

29

用音乐穿越空间　让歌声唱出新曲……

乡村音乐

COUNTRY MUSIC

劳伊·阿克夫
(Roy Acuff)

1903～1992

最著名的乡村音乐家

　　1903 年 9 月 15 日生于美国田纳西州的纳什维尔。20 年代后期，阿克夫还是一名半职业的棒球运动员，在两次比赛中因为中暑差点丧命，并因此中断了运动生涯；其后在漫长的养病期间学会了小提琴。1932 年，一位药商雇用他在药品展销会上拉琴唱歌推销药品，药品展销会后，阿克夫组织了一支自己的名为"疯狂的田纳西人"的乐队。乐队很快在电台上演奏并受到欢迎。随后还录制了《大斑鸠》、《瓦巴希炮弹》等歌曲。1938 年 2 月，阿克夫在一次乡村音乐会上客串演出取得成功，从此经常在全国性电台上演出，唱片非常畅销。二战期间，阿克夫在军队中巡回演唱，影响非常大。传说日军广播中不断叫嚷："干掉罗斯福，干掉阿克夫"。成名给阿克夫带来财富，他用这笔钱与歌词作家弗雷德·罗斯合作，建立了阿克夫——罗斯出版社，这是纳什维尔第一家音乐出版社。1962 年，阿克夫的名字被正式载入乡村音乐名人堂。阿克夫曾对作家杰里·伍德说："即使你唱得不如某一个人，也必须有能力在观众面前展示自己的才能。我让观众看到了我的真实、坦诚以及一个为自己感到骄傲的人。"1992 年，阿克夫在纳什维尔去世，享年 89 岁。

最 流 行 专 辑

《大斑鸠》
Great Speckled Bird （1936 年）
《瓦巴希特快车》
The Wabash Cannon Ball （1936 年）
《浪子》
The Prodigal Son （1944 年）
《我将宽恕你，但不能忘却》
I'll Forgive You, But I Can't Forget （1944 年）
《亲爱的，给我来信》
Write Me Sweetheart （1944 年）
《(我们自己)乔比·伯龙》
(Our own) Jobe Blon （1947 年）
《风的华尔兹》
The Waltz of Wind （1948 年）
《再来一次》
Once more （1958 年）

另有 4 首歌曲进入排行榜前 40 名

干掉罗斯福　干掉阿克夫

　　劳伊·阿克夫的乡村歌曲唱得好，是因为他竭诚的用心。他曾对人说："即使你唱得不如某一个人，你也应倾尽全力地在观众面前表现自己，让观众理解你的真情和独特。"

　　可是，有人喜欢、有人恨。二战期间，劳伊·阿克夫在军队中巡回演出，他的歌声在战场、军营和广播中到处传扬，广大官兵深为他的歌声所感染，被他的激情所鼓励，战斗热情愈发地高涨。日本侵略者对此恨之入骨，于是便在广播中叫嚷："干掉罗斯福，干掉阿克夫。"

　　劳伊·阿克夫演唱的乡村歌曲所具有的威力，堪比总统罗斯福，这是敌人送给乡村音乐的荣耀。

吉恩·奥特里
(Gene Autry)

1907 ~

最著名的乡村音乐家

　　1907 年 11 月 29 日生于美国得克萨斯州的泰奥加温泉城。奥特里从小就学会唱乡村歌曲。高中毕业后，当过牛仔和铁路上的电报发报员。一次，幽默作家威尔·罗杰斯来发电报时，听了奥特里边弹吉他边演唱后，告诉他找错了行业，应该到电台去唱歌。之后，奥特里第一次在图尔萨电台上以"俄克拉荷马唱歌的牛仔"进行演唱。1929 年，他首次与美国唱片公司和它的分公司奥克唱片公司合作，录制了早期的一些牧童歌曲。1930 ~ 1934 年，奥特里在芝加哥 WLS 电台的"谷仓舞"节目中表演，同时也开始了音乐创作。1931 年，他推出的首张专辑《我的银发父亲》就售出 500 多万张。1934 年，这位"唱歌的牛仔"因在好莱坞一部西部电影中饰演主角引起轰动，从此确立了自己在银幕上的地位。1942 年，奥特里应征入伍后认识到名声和财富都是过眼烟云。退役后，他决定对一些企业进行投资，开始制作广播连续剧《牧场之歌》，拍电影、电视剧和重新开始录制唱片。1945 年，他从奥克唱片公司转到哥伦比亚唱片公司，录制并出版了如《钮扣与蝴蝶结》、《彼得·考登泰尔》(又名《美洲兔》)等经典名曲和专辑《鲁道夫这头红鼻子的鹿》，这是本世纪销售量最大的一张专辑，唱片售出 1000 多万张。

最 流 行 歌 曲

《我低头痛哭》
I Hang My Head and Cry （1944 年）
《不要关住我》
Don't Fence Me In （1945 年）
《钮扣与蝴蝶结》
Buttons and Bows （1945 年）
《圣诞老人来了》
Here Comes Santa Claus （1948 年）
《鲁道夫这头红鼻子的鹿》
Rudolph the Red-Nosed Reindeer （1949 年）
《彼得·考登泰尔》
Peter Cottontail （1950 年）
《雪人福罗斯特》
Frosty the Snowman （1950 年）

另有 4 首歌曲进入排行榜前 40 名

最 流 行 专 辑

《最伟大的名曲》
Greatest Hits （1959 年）
《金曲》
Golden Hits （1962 年）
《伟大的美国牛仔歌曲》
Great American Cowboys （1976 年）

为卖补药的医生伴歌

　　拥有一个广播王国，同时还经营着一个棒球队的吉恩·奥特里是一名独树一帜的"歌唱牛仔"，其发迹是由一部西部电影的一个角色而开始的。

　　吉恩·奥特里高中毕业时，当过牛仔和铁路上的电报发报员，弹琴、唱歌是他的业余爱好。一天，幽默作家威尔·罗杰斯来车站发报时，正遇上吉恩·奥特里在即兴弹唱。一曲终了，作家说："小兄弟，有没有搞错，为何把铁路发报室当成了广播电台? 你应该到电台去唱歌，英雄将武艺用错地儿了!"

　　吉恩·奥特里听了这位作家的劝告，来到图尔萨电台歌唱。后来在他成为炙手可热的乡村歌手时说："其实那也不是我的第一次演出，我 16 岁时，在一家药厂推销药品，医生在卖补药，我弹着吉他为他唱歌，那才是我真正的第一次演唱。"

1910 年 7 月 17 日生于美国肯塔基州的布鲁利克,原名克莱德·朱里安·福莱。1930 年,福莱在路易斯维尔举办的一次天才歌手竞赛中获胜后来到芝加哥寻求发展;同年随"肯波南山上奔跑者"乐队在全国乡村舞蹈节上演出而成为明星。此后又与乐队的领导人约翰·莱尔合伙在电台创办了"伦弗努山谷之声"的节目,这个节目也叫做"爱维隆时间"。福莱的歌声随着电波传遍全美,同时也把乡村音乐引进了大雅之堂。40 年代,福莱刚开始录制唱片时只演唱了像《田纳西星期六的夜晚》、《田纳西波尔卡》等一类的传统歌曲,后一首歌曲于 1949 年进入排行榜的前 10 名。1950 年,他录制的歌曲《伯明翰复苏》首次登上了乡村歌曲排行榜榜首,此后推出的《阿拉巴马欢乐》、《握一握手》、《被遗弃》和《石头心肠》等歌曲也都进入了排行榜的前 10 名。同时,福莱录制的许多宗教歌曲也深受乐迷的欢迎。其中两张专辑《和您更靠近些走》和《偷偷离开》出版、发行后都销售了 100 万张,歌曲《山城的和平》再一次荣登 1951 年乡村歌曲排行榜榜首。1949～1955 年,福莱曾与汉克·威廉姆斯、汉克·斯诺以及田纳西州的艾尼·福特多次合作,使乡村音乐进入了一个音乐上和商业上的黄金时期。福莱朴实、率直的风格,开创性的音乐,以及成功地利用媒介(唱片、电台、电视)在商业上、艺术上宣传乡村音乐的功绩,毫无疑问地为他敲开了乡村音乐名人堂的大门。1968 年 9 月 19 日,福莱在印第安那州的福特威恩去世,年仅 58 岁。

瑞德·福莱
(Red Foley)

1910 ~ 1968

最著名的乡村音乐家

发自心底地讴歌

除了演唱乡村歌曲，瑞德·福莱也演唱一些宗教歌曲。无论唱什么，他都以自己朴实、率直的风格演绎自己对歌曲的理解，因此，观众总是被他的真情打动。人们在听完他演唱的歌曲《山城的和平》之后说："我们虽然住在和平的山城，心却留在瑞德·福莱演唱的《山城的和平》的歌里。"

最 流 行 歌 曲

《水上的烟雾》
Smoke on the Water （1944 年）
《你不知羞耻》
Shame on You （1945 年）
《金发女郎》
New Jolie Blonde（New Pretty Blonde） （1947 年）
《田纳西星期六的夜晚》
Tennessee Saturday Night （1948 年）
《恰特努加的擦皮鞋小男孩》
Chattanoogie Shoe Shine Boy （1950 年）
《伯明翰复苏》
Birmingham Bounce （1950 年）

《密西西比》
Mississippi （1950 年）
《午夜》
(Midnight) （1950 年）
《晚安,伊莲娜》
Goodnight Irene （1950 年）
《一个又一个》
One by one （1954 年）

另有 50 首歌曲进入排行榜前 40 名

比尔·蒙鲁
(Bill Monroe)

1911 ~

最著名的乡村音乐家

1911 年 9 月 13 日生于美国肯塔基州罗斯纳的一个农场。蒙鲁从小随母亲学习音乐，父母去世后，和叔叔住在一起，18 岁时跟随两位哥哥来到印第安那州，有时在街头跳方形舞，有时也在电台节目中演唱谋生。1934 年，其中一个哥哥伯奇离去，剩下的兄弟俩组织了一个名为"蒙鲁兄弟"的二重唱小组，在衣阿华州、内布拉斯加州和南、北卡罗来纳州演出和在电台唱歌渐渐出名。随后，胜利唱片公司开始为他们录制唱片。到 1935 年底已录制了 9 张专辑，其中《你拿什么交换》引起轰动。1936 ~ 1937 年，兄弟俩又录制了大约 60 张唱片。1938 年，兄弟俩分手，蒙鲁组织了一支名为"肯塔基人"的乐队，后改名为"南方男孩"乐队，1939 年 10 月首次在纳什维尔电台演出，这支乐队的知名度也随着在电台的定期演出而提高。1948 年，蒙鲁和乐队与哥伦比亚唱片公司签约录音并出版、发行了专辑，其中两首歌曲《肯塔基圆舞曲》和《雪中的脚印》进入了排行榜前 40 名。1948 年，蒙鲁带着自己的乐队转到 MCA 公司，创作并演唱了《叔叔潘》、《母亲的怀念》、《生牛皮》、《罗安诺克》和《松树乡村舞》等一批经典乡村歌曲。1958 年，蒙鲁录制了专辑《深深埋在牧草中》，这张专辑吸引了一批年轻的歌迷。60 年代中期，他创立了一年一次的"比尔·蒙鲁豆花节"，听众非常踊跃。1970 年，蒙鲁的名字被正式载入乡村音乐名人堂。此后，每年他仍然坚持 150 到 200 天的巡回演出。1985 年，他录制的专辑《比尔·蒙鲁和牧草名人堂的明星们》被《乡村音乐》杂志评选为最好的一张专辑。1986 年，蒙鲁被美国参议院赞誉为"当今具有特殊影响的重要人物"。1987 ~ 1988 年，蒙鲁又录制了《南方牧草》和《南方风味》专辑。1993 年，蒙鲁被授与格莱美终身成就奖，从此成为"南方牧草"乐曲之父和乡村音乐的鼻祖，美国文化史上受尊敬的人物。

最 流 行 专 辑

《比尔·蒙鲁和牧草名人堂的明星们》
Bill Monroe and Stars of the Bluegrass
Hall of Fame （1985 年）
《比尔·蒙鲁集粹》
The Essential Bill Monroe（1945－1949）（1991 年）

最 流 行 歌 曲

《肯塔基圆舞曲》
Kentucky Waltz （1948 年）
《雪中的脚印》
Footprints in the Snow （1948 年）
《亲爱的,你对不起我》
Sweetheart, You Done Me Wrong （1948 年）
《罪恶之途》
Wicked Path of Sin （1948 年）
《小小社区教堂》
Little Community Church （1948 年）
《玩具心》
Toy Heart （1949 年）
《当你孤独时》
When You Are Lonely （1949 年）
《苏格兰》
Scotland （1958 年）

另有 31 首歌曲进入排行榜前 40 名

日洗油桶夜唱歌

　　在参议院通过的一项决议中,比尔·蒙鲁被赞誉为当今具有特殊影响的重要人物。他是美国文化史上一个受人尊敬的人,也是乡村音乐的骄傲。

　　小时候,蒙鲁视力不好,不能参加体育活动,尽管农场有广阔的活动空间,但因为生理上的局限而无法像同龄人那样愉快地生活。会拉手风琴和小提琴的母亲说:"可怜的小蒙鲁,让我们投入到音乐的怀抱吧!"很快,蒙鲁便能与叔叔和两个哥哥一起演奏音乐了。

　　起初的音乐之旅非常艰辛,蒙鲁和哥哥走南闯北,白天洗油桶,夜晚跳舞唱歌。生活的磨炼,使蒙鲁更深刻地理解了音乐,所以他总是非常投入地歌唱,因此歌声也更加美妙、高亢而令人回味。

恩斯特·特伯
(Ernest Tubb)

1914 ~ 1984

最著名的乡村音乐家

1914年2月9日生于美国得克萨斯州克瑞斯普的一个棉花农场，原名恩斯特·达尔·特伯。特伯13岁时开始对吉米·罗杰斯等人演唱的歌曲产生兴趣，20岁时学会了吉他。1936年，特伯在罗杰斯的前妻卡里·罗杰斯的帮助下，与RCA唱片公司签了录音合约，虽然录制了几首歌曲，但没有一首取得成功。1938年，特伯担任了福特沃斯金链面粉公司资助的电台节目"金链诗人"的角色，引起了迪卡唱片公司的关注。1940年，卡里·罗杰斯帮助他与这家公司签约录音。1941年，迪卡公司出版、发行了特伯创作并演唱的首张专辑《我在地板上跨过你》引起轰动，从此成为家喻户晓的新星。1943年，特伯参加了纳什维尔传统的乡村音乐节的演出并组建了一支名为"得克萨斯诗人"的乐队。特伯扩充了乡村乐队的编制，在乐队中引进电子乐器和架子鼓，将一种热情奔放而又略带生硬的嗓音以及娱乐场所特有的声嘶力竭的感觉融入更富旋律性、更有民间韵味的南方音乐中，从而使这种音乐形式成为乡村音乐的主流，并在促使纳什维尔发展成为乡村音乐的首府贡献了毕生的心血，还和艾迪·昂纳德一起开始将纳什维尔建设成录制唱片的基地。1947年，特伯在电台开办的每个星期六晚间播放的"午夜大欢乐"音乐节目，后来成为纳什维尔的传统。40～70年代，特伯一直是乡村歌坛的主要名星之一。特别是在40～50年代，他连续推出了58首进入乡村音乐排行榜前40名的歌曲，其中有许多首还进入了排行榜的前10名。1965年，特伯的名字被正式载入乡村音乐名人堂，是获此殊荣的第六位音乐家。1979年，特伯录制专辑《传奇和遗产》时，许多的乡村歌坛名星都参加了录制，老歌新唱的《我在地板上跨过你》是他与墨尔·哈加特、恰特·阿特金斯、查理·丹尼尔合唱的，这也是他演唱的最后一首上榜歌曲。1984年11月6日，特伯在纳什维尔自己的寓所去世，享年70岁。

最 流 行 歌 曲

《再试我一次》
Try Me One More Time （1944 年）

《士兵的最后一封信》
Soldier's Last Letter （1944 年）

《亲爱的,这太久了》
It's Been So Long Darling （1945 年）

《午夜虹光》
Rainbow at Midnight （1946 年）

《菲律宾小宝贝》
Filipino Baby （1946 年）

《你曾经孤独过吗?》
Have You Ever Been Lonely?
Have You Ever Been Blue （1948 年）

《到处滑》
Slipping Around （1949 年）

《忧郁的圣诞节》
Blue Christmas （1949 年）

《晚安,伊莲娜》
Goodnight Irene （1950 年）

另有 72 首歌曲进入排行榜前 40 名

棉花农场出"诗人"

　　恩斯特·特伯终于组建了一支自己的乐队,这是他多年来梦寐以求的。为这支乐队取个什么名字呢——他想到了自己童年生活过的得克萨斯州的棉花农场:那里的春天,风清日朗,一眼望不到边的禾苗,经过三个月的成长就以满身的翠绿染遍田野;秋天,它们骄傲地擎着朵朵雪花般的绒团,把大地装饰得银装素裹。哦,家乡的田野——是你把精魂给了我。

　　有了,乐队名就叫"得克萨斯的诗人吧!"为了让"诗人"的乐声更完美,恩斯特·特伯打破了乡村乐队传统的组合,引进了电子乐器。在乐队的伴奏下,特伯以自己热情奔放而略带生硬的嗓音,把娱乐场所那种有点声嘶力竭的感觉融入南方音乐中,从而形成了独特的演唱风格。

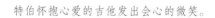

特伯怀抱心爱的吉他发出会心的微笑。

特伯与队友在探讨吉他演奏技法。

特伯与妻子的合影。

特伯与乐队在排练。

特伯与队友的合影。

特伯和队友与某地负责人的合影。

汉克·斯诺
(Hank Snow)

1914 ~

最著名的乡村音乐家

1914 年 5 月 9 日生于加拿大,原名克莱伦斯·尤金·斯诺。斯诺自从以"汉克"的名字当上职业歌手后,没几年就成为加拿大顶尖的乡村歌星之一。1949 年,斯诺与加拿大的维克多唱片公司签约录音,这家公司为他出版、发行的首张专辑《孤独的忧郁约德尔》没有取得成功;同年年底,RCA 唱片公司又为他出版、发行了第 2 张专辑《结婚誓言》,这张专辑进入了乡村歌曲排行榜第 10 名。1950 年,斯诺演唱的歌曲《我在前进》首次荣登乡村歌曲排行榜榜首并保持了 21 周之久;同年,他演唱的《金色的火箭》、1951 年演唱的《伦巴舞演员》再次成为榜首歌曲,从此确立了自己在乡村歌坛的地位。1952 ~ 1974 年,斯诺演唱的歌曲有 65 首进入排行榜前 40 名,其中 27 首进入前 5 名,7 首荣登榜首。这些歌曲分别为《淘金热过去了》、《女人的男人》、《我不再伤害》、《亲爱的,让我走》、《我哪儿都去过》、《一小时九十英里》、《嘿! 亲爱的》、《我这么一个傻瓜》等。这期间,斯诺曾与电台节目"纳什维尔之声"合作过。1964 年,曾与阿特金斯合作录制过一张名为《叙旧》的器乐专辑,1993 年,斯诺的名字被正式载入乡村音乐名人堂和纳什维尔作曲家名人堂;同年,结束了与 RCA 唱片公司为期 44 年的合作。

最 流 行 歌 曲

《我在前进》
I'm Moving On（1950 年）
《金色的火箭》
The Golden Rocket（1950 年）
《伦巴舞演员》
The Rhumba Boogie（1951 年）
《淘金热过去了》
The Golden Rush Is Over（1952 年）
《女人的男人》
Lady's Man（1952 年）
《我不再伤害》
I Don't Hurt Anymore（1954 年）
《亲爱的，让我走》
Let Me Go, Lover（1954 年）
《我哪儿都去过》
I've Been Everywhere（1962 年）
《一小时九十英里》
Ninety Miles an Hour
(Down a Dead End Street)（1963 年）
《嘿！亲爱的》
Hello Love（1974 年）

另有 55 首歌曲进入排行榜前 40 名

尽收美好的吉他

　　汉克·斯诺成为一名出色的乡村音乐歌手、杰出的吉他手和经典歌曲作曲家后，仍然忘不了不堪回首的童年。

　　母亲在他很小的时候改嫁，继父对他相当暴虐。汉克·斯诺只剩下一条路——离家出走，这时他只有 12 岁。

　　为了生存，斯诺什么活都做，曾当过商品推销员、重体力搬运工，在残酷的生存环境中，斯诺只能从音乐中得到慰藉。乐神是最纯真、最不势利的，每当斯诺投入她的怀抱，便能得到他渴求的感情慰藉。从此，小斯诺有了目标，努力干活，攒够钱就去买一把吉他，不久，他的愿望实现了。

　　成名之后的汉克·斯诺，对吉他别有衷情，以至于在家中收藏着各式各样的吉他。

赖斯特·弗莱特
(Lester Flatt)

1914 ~ 1979

最著名的乡村音乐家

1914 年 6 月 28 日生于美国田纳西州的俄优顿郡。弗莱特 17 岁时在当地的一家工厂干活并结了婚，1930 ~ 1939 年，对音乐越来越产生兴趣，于是参加了一支叫做"和谐者"的乐队，40 年代初期在查理·蒙鲁的"肯塔基人"乐队中唱歌和弹曼陀林。1944 年，弗莱特离开了查理·蒙鲁的乐队，在兄弟比尔·蒙鲁的"南方男孩"乐队中领唱和弹吉他，在随后几年中他的作曲才能也与乐队一起成长。他与蒙鲁合作创作的歌曲《肯塔基圆舞曲》、《雪中的脚印》1946 年进入乡村歌曲排行榜的前 10 名，并被认为是上榜的先驱。1948 年，弗莱特和斯克劳格斯组建了一支自己的名为"雾山男孩"的乐队，随后还邀请了原蒙鲁乐队中的低音提琴手史德里克·伦瓦特、吉他手兼歌手马克·瓦兹曼以及小提琴手吉姆·舒迈特一起巡回演出。1950 年，弗莱特和斯克劳格斯与麦考瑞唱片公司签约录音并出版发行了南方音乐经典歌曲《雾山倾》。1951 年，弗莱特和斯克劳格斯转到哥伦比亚唱片公司，录制了 20 首进入乡村歌曲排行榜的歌曲。1955 年，他们应邀进入了大剧院。1962 年，弗莱特为电视剧《比弗莱山庄人》演唱的主题曲《杰得·克莱比特之歌》深受观众的欢迎。同年，这首歌曲还登上了排行榜榜首。1968 年，电影《波妮和克莱德》运用《雾山倾》的音乐作为配乐，再一次掀起了全美的弗莱特和斯克劳格斯南方音乐的热潮。60 年代后期，弗莱特与斯克劳格斯的合作因艺术上的认识发生分歧，两人于 1969 年分道扬镳。弗莱特又组织了一支名为"纳什维尔牧场"的乐队。在此后近十年的时间里，这支乐队主要为南方的老听众巡回演唱、制作录音。1979 年 5 月 11 日，弗莱特因心脏病发作在纳什维尔去世，享年 65 岁。1985 年，弗莱特与斯克劳格斯的名字被正式载入乡村音乐名人堂。

雾山男孩

　　赖斯特·弗莱特 17 岁就踏着教堂的红地毯成了亲。婚后，他还想着在工厂好好地干活，可是音乐的魔力还是使他离开了工厂，走上了歌坛，走进了剧院。

　　首先，从"南方男孩"乐队中的领唱兼吉他手开始，弗莱特高亢流畅的歌声在乐队的伴奏下如同水面掠起的飞鸟展翅高飞，他由"南方男孩"乐队唱到"雾山男孩"乐队，唱到了大剧院、电影院，并促使南方音乐成为乡村乐坛的主流。

最 流 行 专 辑

与斯克劳格斯合作的专辑：

《金色的年代》
Golden Era （1950～1955 年）
《在卡内基大厅》
At Carnegie Hall （1962 年）

最 流 行 歌 曲

与斯克劳格斯合作的二重唱：

《让人记住真可爱》
Tis Sweet to Be Remembered （1952 年）
《山上的小屋》
Cabin on the Hill （1959 年）
《班卓琴上的波尔卡》
Polka on a Banjo （1960 年）
《回家》
Go Home （1961 年）
《杰得·克莱比特之歌》
The Ballad of Jed Clampett （1962 年）
《珍珠,珍珠,珍珠》
Pearl, Pearl, Pearl （1963 年）
《你是我的一朵花》
You Are My Flower （1964 年）
《裙带关系》
Petticoat Junction （1964 年）

另有 7 首歌曲进入排行榜前 40 名

默尔·特拉维斯
（Merle Travis）

1917 ~ 1983

最著名的乡村音乐家

1917 年 11 月 29 日生于美国肯塔基州的鲁斯伍德。父亲是一名矿工和班卓琴手，他的两位矿工朋友摩斯·拉吉尔和艾克·依伏莱也是弹吉他的高手，特拉维斯从小就在他们耐心的教导下学会了弹吉他。1936 年，特拉维斯参加了"田纳西野小伙子"和"佐治亚野猫"乐队。1937 年又成为"漂流先锋"乐队的成员，并在辛辛那提的 WSZ. W 电台演唱。此时，特拉维斯还遇到不少音乐界同行，曾与琼斯·乔治一起录制过唱片。二战时，特拉维斯在美国海军舰队服役，1944 年退役后回到洛杉矶开始作曲、参加各种演出，并在一些西部电影中担任角色。1946 年，特拉维斯与国会大厦唱片公司签约录音。同年，该公司出版、发行了他的首张专辑，其中的歌曲《辛辛那提》进入乡村歌曲排行榜第 2 名，另一首歌曲《没有空位》获第 3 名；年末，在特拉维斯推出的第 2 张专辑中，主打歌曲《离开我 C. O. D》首次荣登乡村歌曲排行榜榜首。1947 年，特拉维斯推出的歌曲《这么圆，这么紧，装得这么满》又一次登上乡村歌曲排行榜榜首。几个月后，他创作的歌曲《抽，抽那根烟》由签约伙伴德克斯·威廉姆斯演唱也登上了排行榜榜首。1949 年，特拉维斯又演唱了 6 首上榜歌曲，其中 4 首进入前 10 名，两首进入前 20 名。1955 年，特拉维斯改编、演唱的一首民谣《十六吨》同时获得两个排行榜第 1 名，并引起了歌迷对其作曲才能的关注。1966 年，特拉维斯演唱的最后一次上榜歌名为《小约翰·亨利》。1970 年，特拉维斯的名字进入作曲家名人堂。1975 年，他被乡村音乐学院命名为"乡村音乐先驱者"；同年，他与恰特·阿特金斯合作出了专辑《阿特金斯——特拉维斯巡回演出》，这张专辑还获得了格莱美奖。1979 年，特拉维斯的名字被正式载入乡村音乐名人堂。1983 年 10 月 20 日，特拉维斯因心脏病去世，享年 66 岁。

最 流 行 专 辑

《背着琴弦》
Walkin' the Strings （1960 年）
《特拉维斯弹拨》
Travis Pickin （1981 年）
《默尔·特拉维斯故事——24 首最热门歌曲》
Merle Travis Story — 24 Greatest Hits （1989 年）

最 流 行 歌 曲

《辛辛那提》
Cincinnati Lou （1946 年）
《没有空位》
No Vacancy （1946 年）
《离开我 C. O. D》
 Divorce C. O. D （1946 年）
《这么圆, 这么紧, 装得这么满》
So Round, So Firm, So Fully Packed （1947 年）
《夏威夷吉他拉格泰姆》
Steel Guitar Rag
《三乘七》
Three Times Seven （1947 年）
《胖女孩》
Fat Gal （1947 年）

另有 5 首歌曲进入排行榜前 40 名

见鬼去, 我死不起

肯塔基州的鲁斯伍德矿区, 是默尔·特拉维斯少年时生活过的地方, 那时人们常常负债, 日子过得很不轻松。所谓少年不识愁滋味, 特拉维斯总是因为贪玩而让哥哥十分恼火并常常不耐烦地对他吼到: "见鬼去, 我死不起, 我连灵魂都压给了公司! "

特拉维斯的父亲喜欢音乐, 班卓琴弹得也不错, 他经常约几个朋友在一起又是弹又是唱, 特拉维斯像个小尾巴, 总跟在他们屁股后面。就这样, 特拉维斯唱、写、弹样样都玩出了名堂。长大后, 他把对哥哥的愤懑心情也写进了歌里, 名为《十六吨》。

最后, 连特拉维斯自己也说不清楚为什么他的吉他弹奏法被乐手纷纷效仿、他的作品不断进入排行榜、他的歌声如此广为流传。

艾迪·昂纳德
（Eddy Arnold）

1918 ~

最著名的乡村音乐家

　　1918 年 5 月 15 日生于美国田纳西州汉得森城的一个农民家庭。父亲是一位乡村小提琴手，他发现儿子的音乐天赋后，攒钱给儿子买了一把吉他。昂纳德最初的表演是在上小学的时候，进入中学后已成为当地的小歌星。像许多歌星一样，昂纳德是在电台歌唱成名的。1936 年，昂纳德首次在田纳西州的杰克逊电台唱歌，成为一名地区性的歌星。1940 ~ 1943 年，他与皮维金合作在大剧院中演出。1944 年，昂纳德用"田纳西乡巴佬和他的吉他"的名字与维克多唱片公司签约录音（这个名字一直出现在他的唱片上）。1947 年，昂纳德演唱的《没有爱情的生活算什么?》、《那是罪恶》和《我留你在心里》等 3 首歌曲均荣登排行榜榜首，其中《我留你在心里》在榜首保持了 21 周之久。1948 年，昂纳德演唱的两首歌曲《任何时候》和《一束玫瑰》又再次荣登排行榜榜首。同时还有其他歌曲登上流行歌曲排行榜。50 年代，昂纳德一直是一位远近闻名、长期不衰的歌星。到 60 年代，还有歌曲荣登排行榜榜首。1966 年，昂纳德的名字被正式载入乡村音乐名人堂。80 年代，他又推出了 3 首歌曲并均进入排行榜前 10 名，这些歌曲是《牲口在叫》、《让世界走开》和《他在我的世界里干什么》。1990 年，昂纳德又回到了录音棚，继续录制唱片。

骑毛驴的小吉他手

　　艾迪·昂纳德这位美国乡村歌坛巨星，在最初的 21 年演艺生涯中，他演唱的歌曲从没有滑落到排行榜前 40 名之后，除有 140 多张专辑上榜外，唱片销售量居然达到了 850 万多张。可是，有谁知道，昂纳德的童年是极其艰辛的。

　　昂纳德的父亲是一名佃农，为解除劳作的辛苦，闲暇时常拉小提琴自娱，尽管他的演奏不怎么好听，但小昂纳德却是发自内心地喜欢父亲演奏的音乐。每当父亲拉完一首曲子，昂纳德就展开双臂一边围绕着父亲转圈圈儿，一边把父亲演奏的曲子准确无误地唱出来。父亲明白了孩子的天赋，便省吃俭用地为他买了一把吉他，这是昂纳德 10 岁时得到的生日礼物。到读中学时，他已是当地有名的小歌手了，只是演唱的场合大都是墓地，每次受雇时，他都身背吉他，骑着毛驴赶去演唱。

最 流 行 的 专 辑

《任何时候》
Anytime （1948 年）
《牲口在叫》
Cattle Call （1983 年）

最 流 行 歌 曲

《我留你在心里》
I'll Hold You in My Heart （1947 年）
《直到我能拥抱你》
Till I Can Hold You in My Arms （1947 年）
《一束玫瑰》
Bouquet of Rose （1948 年）
《我发生了变化》
There's Been a Change in Me （1951 年）
《牲口在叫》
Cattle Call （1983 年）
《他在我的世界里干什么》
What's He Doing in My World （1985 年）
《让世界走开》
Make the World Go Away （1985 年）

另有 121 首歌曲进入排行榜前 40 名

艾尼·福特
（Ernie Ford）

1919 ~ 1991

最著名的乡村音乐家

　　1919 年 2 月 13 日生于美国田纳西州的布里斯托,原名恩尼斯特·詹尼斯·福特。福特幼年时就参加了监理会教堂唱诗班并学会了吹长号。中学毕业后在布里斯托电台做播音员的工作,同时在辛辛那提音乐学院学习声乐。从音乐学院毕业后先在亚特兰大广播电台、后在劳克斯维尔电台主持音乐节目。二战期间,在空军部队当投弹手,战后在加利福尼亚州圣伯纳迪努 KFXM 电台、帕萨迪纳 KXLA 电台当音乐节目主持人,他主持的《牧场时间》很受欢迎。1949 年,福特在《午饭铃响了》这个节目中与克里夫·斯通相识,在斯通的引荐下与国会大厦唱片公司签约录音。一年后,这家公司为他出版、发行的《田纳西边界》、《骡火车》、《预想布鲁斯》等歌曲很快进入了乡村歌曲排行榜,另外两首歌曲《雾山摇滚》、《滑膛炮摇滚》首次荣登乡村歌曲排行榜榜首。此后,福特又有 20 首歌曲进入排行榜前 40 名,15 首歌曲进入流行歌曲排行榜前 10 名。1955 年是福特音乐事业的鼎盛时期,他先以歌曲《戴维·克劳克特之歌》进入排行榜前 10 名,后以默尔·特拉维斯创作的歌曲《十六吨》再一次登上了乡村歌曲和流行歌曲排行榜榜首。同时,福特还在为 NBC 电视台和 ABC 电台主持音乐节目以及在电视节目《我爱露茜》中做嘉宾主持。1956 ~ 1961 年,福特除了主持每周一小时的综合节目《福特时间》外,还参加了电视系列剧《给爸爸腾个地方》的拍摄和在《杰克·班尼演出》、《开怀大笑》等许多节目中做嘉宾主持。1964 年,福特推出的专集《伟大的福音》获得宗教音乐的格莱美奖。1974 年,福特率领第一支由美国国务院资助的乡村音乐演出团体在前苏联进行访问演出，十年后他获得了自由奖章。1990 年，福特的名字被正式载入乡村音乐名人堂。1991 年 10 月 17 日，福特在田纳西州去世，享年 72 岁。

最 流 行 歌 曲

《骡火车》
Mule Train （1950 年）

《预想布鲁斯》
Anticipation Blues （1950 年）

《野鹅的叫声》
The Cry of the Wild Goose （1950 年）

《我自己的事谁也管不了》
Ain't Nobody's Business But My Own （1950 年）

《我永远不会自由》
I'll Never Be Free （1950 年）

《滑膛炮摇滚》
The Shot Gun Boogie （1950 年）

《老百姓和密西西比》
Mister and Mississippi （1951 年）

《黑草霉摇滚》
Blackberry Boogie （1952 年）

《戴维 · 克劳克特之歌》
Ballad of Davy Crockett （1955 年）

《十六吨》
Sixteen Tons （1955 年）

另有 10 首歌曲进入排行榜前 40 名

"捡豆的"到底是谁？

　　回到家里，艾尼 · 福特说："嗨，捡豆的，把我的拖鞋拿来"。只见一条老狗摇晃着肥胖的身体，把拖鞋叨了过来。

　　"说说，你一天过得好吗?""汪汪!""哦，还好。""身体好吗?""汪汪!""哦，还好!"

　　"汪汪，汪汪……""汪汪，汪汪"，福特索性采用了老狗的语言，和它对起话来。每当这时，福特觉得自己是最放松的时候，七八年来几乎把这看成是自己的一种独特的练声方法。在与狗的交流中，福特深深体会到宗教所说的大千世界，众生平等。所以，福特在演唱时总有一种非常鲜明的平易和温存的特色，人们最终对他的评价是："他不是一个演员，而是一个普通人。"他自己也把自己称之为"捡豆的"，每次演唱完毕时都忘不了说一句："祝福我这个捡豆的吧!"，人们都以为这是他与观众的一种心理沟通，而只有他家的老狗知道到底谁是"捡豆的"。

基蒂·威尔丝
（Kitty Wells）

1919 ~

最著名的乡村音乐家

1919 年 8 月 30 生于美国田纳西州的纳什维尔，基蒂原名穆瑞尔·爱伦·迪森。威尔丝从小随父亲学弹吉他和唱歌，十几岁时已在纳什维尔电台的节目里演唱。1937 年，威尔丝与音乐家琼尼·瑞特结婚，1940 年，他们夫妇一起开始巡回演出。1949 年，威尔丝在 RCA 唱片公司录制了几张唱片都没有取得成功。1952 年，迪卡唱片公司为她出版、发行的歌曲《不是上帝创造了娱乐天使》首次荣登乡村歌曲排行榜榜首，从此为威尔丝打开了成功之门。50 年代，威尔丝演唱的歌曲共有 23 首进入排行榜前 10 名，其中有 4 首是与乡村歌星瑞德·福莱等合作的二重唱。60 年代，她在乡村歌曲排行榜上取得的成绩十分令人惊讶，61 首进入前 40 名，其中 35 首进入前 10 名。1961 年，威尔丝演唱的歌曲《心碎的美国》第 3 次也是最后一次登上排行榜榜首，从此确立了自己在乡村歌坛的地位。70 年代，威尔丝演唱的歌曲仍然不断进入排行榜。1974 年，威尔丝的名字被正式载入乡村音乐名人堂。此后，她又与琼尼一起合作巡回演出。1991 年，威尔丝获得格莱美终身成就奖。

最 流 行 专 辑

《金色的年代》
The Golden Years （1982 年）
《乡村名曲汇总》
Country Hit Parade （1987 年）

最 流 行 歌 曲

《不是上帝创造了娱乐天使》
It Wasn't God Who Made Honky –
tonk Angels（1952 年）
《一个一个地》
One by One （1954 年）
《假装》
Making Believe （1955 年）
《你和我》
You and Me （1956 年）
《我不能不爱你》
I Can't Stop Loving You （1958 年）
《嫉妒》
Jealousy （1958 年）
《心碎的美国》
Heartbreak U. S. A. （1961 年）

另有 53 首歌曲进入排行榜前 40 名

称职的乡村音乐皇后

在暗淡的灯光下,烟雾笼罩着歌舞场,尽管有个别的情侣在打情骂俏,但更多的人是在倾听基蒂·威尔丝的演唱,其中有个叫琼尼·瑞特的青年,已在乡村歌坛小有名气,他来这里听威尔丝唱歌已经连续一个星期了。今天威尔丝刚一曲终了,他便站了起来:

"基蒂·威尔丝,我要你做我的皇后! 乡村音乐皇后!"他大声地说。

"好啊,亲爱的,我现在就跟你走。""我可是真心地要娶你。""我也不是虚情假意呀。""好,你等着,我这就来。"

瑞特大步地走上舞台,径直朝威尔丝走去,这时威尔丝才觉得玩笑开过了头,这个男人要娶她也太突然了,怎么办? 威尔丝一时没了主意,"我才 17 岁,我得回家……"这时,瑞特已经来到她的面前,威尔丝感到瑞特激动的气息已经扑面而来,她一边往后退一边说:"我……我得回家问问我父亲。"没等威尔丝说完瑞特已经把她拥进怀里,一个长长的吻俘虏了威尔丝。

此后,在瑞特的辅导和提携下,威尔丝还真的成了美国第一个荣登乡村歌曲排行榜榜首的女歌星。在生活中,她也忠实于自己的丈夫和家庭,人人都说威尔丝作为乡村歌坛的皇后是再称职不过了。

汉克·威廉姆斯
（Hank Williams）

1923 ~

最著名的乡村音乐家

1923 年 11 月 17 日生于美国佐治亚州的蒙特奥里夫，原名希瑞姆·金·威廉姆斯。汉克·威廉姆斯十几岁时已在家乡佐治亚州和亚拉巴马州的交界地区格林维尔成为小歌星，后来又在蒙特哥梅里成为走红的乡村歌手。1947 年，汉克·威廉姆斯与 MGM 唱片公司签约录音，这家公司为他出版、发行的首张专辑《往前移》进入了乡村歌曲排行榜第 4 名。1948 年，汉克·威廉姆斯演唱的歌曲《我是个早走开的家伙》又一次进入排行榜前 10 名。1949 年，汉克·威廉姆斯演唱的歌曲又 8 次进入排行榜。歌曲《相思布鲁斯》首次荣登乡村歌曲排行榜榜首并保持了 16 周之久。1950 年，汉克·威廉姆斯又推出了 8 首进入前 10 名的歌曲，包括榜首歌曲《远去的孤独》和《你为什么不爱我》。同年，威廉姆斯的婚姻出现裂痕，感情波折则成为了他艺术创作的源泉。此后，他演唱的《你骗人的心》、《冷冷的心》和《我如此孤独，我想哭》等一批歌曲又进入了排行榜，其中《嘿，好漂亮》、《我控制不了》还成为了经典名曲。汉克·威廉姆斯的演唱风格受到黑人音乐、南方宗教音乐以及乡村音乐的影响，他将这些风格融为一体，创造出了一种新颖而又动听的乡村歌曲。

父亲身上伤　母亲心头痛

汉克·威廉姆斯的父亲在第一次世界大战中因脑部受伤而长期住院，母亲痛在心里，经常独自一边弹琴一边哭泣。一次，4岁的威廉姆斯又看到作为教堂风琴师的母亲一边弹琴一边流泪，他走到母亲身边，用稚嫩的小手擦去挂在母亲腮边的泪水，轻声轻语地说："妈妈，我长大了想做歌手。另外，还可以一半做你的丈夫，一半做你的儿子，我想请您做我的琴师，我们一起飘游四方，我要把全世界所有爱您的歌都唱给您听。"说完，懂事地依偎在母亲的身旁。母亲破涕为笑："我的孩子，谢谢你，这是我今生听到的最美好的誓言。""那么，就让我们从现在开始吧。""好的！"于是，母亲一边为儿子即兴弹琴，一边一字一句地唱着："爱是一阵轻风，像亲人温柔的抚摸"；"爱是一束鲜花，像我心头的歌"……从此，威廉姆斯和母亲几乎天天就这样变着花样地歌唱和练习。父亲身上的伤、母亲心头的痛是威廉姆斯最初的音乐之源。

最 流 行 歌 曲

《相思布鲁斯》
Lovesick Blues （1949 年）
《远去的孤独》
Long Gone Lonesome Blues （1950 年）
《你为什么不爱我》
Why Don't You Love Me （1950 年）
《哼唱布鲁斯》
Moanin' the Blues （1950 年）
《冷冷的心》
Cold, Cold Heart （1951 年）
《嘿，好漂亮》
Hey, Good Looking （1951 年）
《你骗人的心》
Your Cheatin' Heart （1953 年）
《把锁链从我心上取走》
Take These Chains from My Heart （1953 年）

另有 30 首歌曲进入排行榜前 40 名

29

汉克·威廉姆斯与队友的合影。

汉克·威廉姆斯与妻子在一起。

30

汉克·威廉姆斯与朋友在一起。

演出结束后,汉克·威廉姆斯正接受记者的采访。

汉克·威廉姆斯与妻子在婚礼上。

　　1924 年 1 月 6 日生于美国北卡罗来纳州的费耶特维尔。斯克劳格斯 12 岁时开始摸索复杂的三指弹奏法而形成自己独特的演奏风格。中学毕业以后与约翰·米勒的乐队合作演出。40 年代中期加盟比尔·蒙鲁的乐队，以精湛的班卓琴演技改进了乐队的编制。1948 年，斯克劳格斯离开蒙鲁的乐队（因为这支乐队在麦考瑞唱片公司出版、发行的《雾山倾》、《高山倾》等歌曲没有取得成功）转投哥伦比亚唱片公司。1992 年，斯克劳格斯演唱的歌曲《让人记住真可爱》首次进入乡村歌曲排行榜前 10 名，随后演唱的歌曲又 19 次进入了排行榜。1968 年，《星期六评论》描述弗莱特和斯克劳格斯的演出是"全美国民间音乐中最令人兴奋和最吸引人的经历之一"。1969 年，斯克劳格斯与弗莱特分手后，在 70 年代初组建了一支自己的电声乐队"伊尔·斯克劳格斯歌舞队"，还在哥伦比亚唱片公司出版、发行了几张专辑，其中有 3 首歌又进入了乡村歌曲排行榜，包括进入前 3 名的一首歌曲《我肯定会动感情》。1985 年，弗莱特与斯克劳格斯二重唱的名字被正式载入乡村音乐名人堂。

伊尔·斯克劳格斯
（Earl Scruggs）

1924 ~

最著名的乡村音乐家

弹奏班卓琴的"帕格尼尼"

　　伊尔·斯克劳格斯带着班卓琴来到了身兼歌手和曼陀林琴手的比尔·蒙鲁的乐队,那时蒙鲁的乐队是以高雅的管弦乐享誉乐坛的。蒙鲁对斯克劳格斯的班卓琴演奏技巧已有所知,但真要吸收进自己的乐队,还是要谨慎一些,于是他说:"嗨,伙计,给我们弄出点什么动静来听听。"

　　"我当然要给你露一手,我也得看看你们识不识金镶玉呀。"斯克劳格斯双手像魔鬼琴手帕格尼尼玩弄小提琴一样在班卓琴上弹奏起来。顿时,琴声忽而像波涛翻滚起伏,忽而像林中鸟语、空谷行云,忽而像恋人情诉、爱侣倾语,琴音使蒙鲁和他的乐手们在音乐里留连忘返。通过这次考试,斯克劳格斯加入了蒙鲁的乐队。此后,蒙鲁才充分地实现了自己对乐队风格的设想:"高亢、孤独,以全部的感情演奏出各种音乐的内涵。"

最 流 行 专 辑

《在卡内基大厅》
At Carnegie Hall （1962 年）
《伊尔·斯克劳格斯歌舞队》
Earl Scruggs Revue （1972 年）

最 流 行 歌 曲

《山上的小屋》
Cabin on the Hill （1959 年）
《回家》
Go Home （1961 年）
《杰得·克莱比特之歌》
The Ballad of Jed Clampett （1962 年）
《珍珠,珍珠,珍珠》
Pearl, Pearl, Pearl （1963 年）
《裙带关系》
Petticoat Junction （1964 年）
《我肯定会动感情》
I Could Sure Use the Feeling （1979 年）

另有 9 首歌曲进入排行榜前 40 名

恰特·阿特金斯
（Chet Atkins）

1924 ~

最著名的乡村音乐家

最 流 行 专 辑

《飞跑的吉他》
Gallopin' Guitar （1953 年）
《故土》
Down Home （1962 年）
《我和吉瑞》
Me and Jerry （1970 年）
《吉他魔王》
Guitar Monsters （1978 年）
《标准商标》
Standard Brands （1989 年）
《读出我的节奏》
Read My Licks （1994 年）

最 流 行 歌 曲

《桑德曼先生》
Mister Sandman （1955 年）
《银铃》
Silver Bell （1955 年）
《约克帝的斧头》
Yakety Axe （1965 年）

另有 3 首歌曲进入排行榜前 40 名

心爱的吉他

在恰特·阿特金斯 6 岁时，父亲就离开了家，母亲又当爹又当妈，心情常常不好。可生性喜爱音乐的阿特金斯哪懂母亲的艰辛，忘情而又专心地哼唱着音乐。就在父亲走后不久，他用钢丝、杂木自造了一把"吉他"。"啊，我的宝贝，我多么爱你！"玩弄着自己的发明创造，阿特金斯忘记了身边的一切。一天，还陶醉在音乐中的他被母亲高声粗气地唤醒："到泉边打水去！""不去，你没看见我在弹吉他吗？"

"啪"，母亲满脸怒容地敲了一下他的脑袋，又从他怀中夺走了"吉他"，并把它扔了出去。琴碎了，阿特金斯的心也碎了，他望着被摔坏的吉他，不由地悲从中来，放声大哭。母亲知道伤了儿子的心，事后赶紧用一把破旧的鹰头左轮手枪换了一把真正的吉他给他。从此，阿特金斯开始遨游在自己钟爱的音乐之旅中。

1924 年 6 月 20 日生于美国田纳西州的鲁特瑞尔。父亲是一位巡回授课的声乐和钢琴教师，阿特金斯很小就开始用吉他为方阵舞伴奏。不久，又跟着无线电学唱莱斯·保尔、乔治·巴恩斯和默尔·特拉维斯的歌曲以及从能买到的唱片上学习。阿特金斯 17 岁时第一次在电台找到工作，为小提琴手阿齐·肯贝尔伴奏。1946 年，阿特金斯在芝加哥瑞德·福莱的电台节目中与瓦莱·福勒的"佐治亚乡巴佬"乐队一起录音，还与布里特唱片公司签约录制了第 1 张独奏专辑。1950 年，阿特金斯加入纳什维尔的迈贝莱·卡特妈妈乐队和卡特姐妹乐队，开始与汉克·威廉姆斯、汉克·斯诺、琼尼和杰克、安蒂·威廉姆斯、艾弗莱兄弟和艾尔维斯·普瑞斯莱等人合作，他的演唱非常成功。此后，他又与唐·吉伯森合作为艾尔维斯电台制作了《孤独的我》《不能不爱你》等一批非常成功的音乐节目，逐渐成为炙手可热的节目制作人。有一段时期，他曾在一年内推出过 40 位歌手。作为电台负责人和协会副主席，他促使录音棚和录音技术现代化，使纳什维尔作为主要音乐制作中心的地位更加牢固。1982 年，阿特金斯离开全国无线电广播协会，与埃皮克唱片公司合作录制专辑。

吉姆·瑞弗斯
（Jim Reeves）

1924 ~ 1964

最著名的乡村音乐家

  1924 年 8 月 20 日生于美国得克萨斯州的格罗威。瑞弗斯 6 岁开始学弹吉他，长大后因有一付好嗓音而在得克萨斯州汉得森电台找到一份播音员的工作。1949 年，当地一家唱片公司出版、发行了他的首张专辑，但没有取得成功。1953 年，阿波特唱片公司推出了瑞弗斯演唱的歌曲《墨西哥人，乔》首次荣登乡村歌曲排行榜榜首。此后，瑞弗斯由播音员变为音乐节目的演员并以一首歌曲《少女》再次荣登排行榜榜首，牢固地确立了自己在乡村歌坛的地位。1955 年，RCA 唱片公司将他从阿波特唱片公司挖走。RCA 唱片公司为瑞弗斯出版的《那边来了一个傻瓜》和《根据我的心》等歌曲，与汉克·威廉姆斯、莱夫特·弗里泽尔、瑞·普莱斯等人的酒吧风格大同小异。随着摇滚乐的兴起，瑞弗斯更趋向于流行音乐。此后，他演唱的歌曲《四面墙》又一次登上了乡村歌曲排行榜榜首以及流行歌曲排行榜第 11 名。一年后，瑞弗斯又以一首《忧郁的男孩》进入乡村歌曲排行榜第 2 名和流行歌曲排行榜前 10 名。1959 年，瑞弗斯又推出了歌曲《他不得不走》再次获乡村歌曲排行榜第 1 名和流行歌曲排行榜第 2 名。50 年代后期和 60 年代初期，瑞弗斯赴欧洲、南非和其他地方演唱，受到热烈欢迎。此外，瑞弗斯还为《流行歌曲排行榜》杂志写了一篇文章，在文章中他谈到乡村音乐走向世界的价值。1964 年 7 月，瑞弗斯在一次意外的飞机事故中不幸丧生，年仅 40 岁。1967年，为了纪念他对乡村音乐做出的贡献，他的名字被正式载入乡村音乐名人堂。

我粉身碎骨

望着天边浓厚的乌云，朋友们对吉姆·瑞弗斯说："别去飞了，看样子要有暴风雨。"

"我就是要体验一下搏击暴风雨的滋味！"

"你别老是玩玄的，小心飞机在暴风雨中成为碎片！"

"那你们就为我写一首粉身碎骨后而永生的歌曲吧！"吉姆边笑边跑向自己的单引擎飞机。

玩笑归玩笑，瑞弗斯心里明白，这种天气起飞十分危险，但是为了尽快推出新的专辑，就必须争分夺秒去工作。

事情经常是这样，似乎人人都有种预感时就如同冥冥之中已有所安排。飞机起飞后，正前方的那团恶云转眼间形成了一堵不可逾越的墙，……

乌云闪电如恶浪排空，将瑞弗斯的飞机击成碎片消失得无影无踪。

17年后，音乐家阿伦忍痛创作了歌曲《我粉身碎骨》，并且上了排行榜。

最 流 行 歌 曲

《墨西哥人，乔》
Mexican Joe （1953 年）
《少女》
Bimbo （1953 年）
《四面墙》
Four Walls （1957 年）
《他不得不走》
He'll Have to Go （1959 年）
《我想我疯了》
I Guess I'm Crazy （1964 年）
《就这么回事》
This Is It （1965 年）
《真的完了吗?》
Is lt Really Over? （1965 年）
《远方的鼓声》
Distant Drums （1966 年）
《孤独的伤感》
Blue Side of Lonesome （1966 年）

另有 49 首歌曲进入排行榜前 40 名

乔治·摩根
（George Morgan）

1925 ~ 1975

最著名的乡村音乐家

　　1925 年 6 月 28 日生于美国田纳西州的威瓦利,在俄亥俄州的巴伯顿长大。摩根从阿克龙大学毕业后，因二战爆发而应征入伍，从部队退役后在乐队里和俄亥俄州电台节目里唱歌。40 年代后期,摩根在西弗吉尼亚州的威令找到一份电台节目主持人的工作。1948 年与哥伦比亚唱片公司签约录音，一年后出版、发行了第 1 张专辑,歌曲《甜甜的吻》首次登上乡村歌曲排行榜榜首,从此一举成名,人们亲切地称他为"甜小伙"。1949 年,是摩根最成功的一年,他发行的唱片有 6 张进入了排行榜前 10 名,6 张进入前 20 名。1952 年,摩根演唱的歌曲《几乎》又进入乡村歌曲排行榜第 2 名。1959 年推出的歌曲《我又在恋爱》上榜名列第 3,1960 年的《你是唯一的好人》上榜名列第 4,这是摩根演唱的最后一首走红歌曲。50 年代中期,摇滚乐与流行乐的兴起对传统的乡村音乐是一种挑战,为抗拒那场商业风暴,摩根与众多乡村歌手们联合起来演出。1967 年,摩根从哥伦比亚唱片公司转到星日唱片公司,又推出了 5 张上榜专辑。此后,他又转到迪卡、MCA 唱片公司。1973 年,摩根演唱的歌曲《城边儿上的红玫瑰》又进入了排行榜第 21 名。同时,他还担任过一段乡村音乐演员协会(ACE)主席的职务。1975 年,摩根转到麦考瑞唱片公司;同年 7 月 7 日录完一张专辑后,由于心脏病发作在纳什维尔的浸礼教会医院去世,年仅 50 岁。

最 流 行 歌 曲

《甜甜的吻》

Candy Kisses （1949 年）

《请别让我爱你》

Please Don't Let Me Love You （1949 年）

《心上的虹》

Rainbow in My Heart （1949 年）

《摆满玫瑰花的房间》

Room Full of Roses （1949 年）

《哭宝宝的心》

Cry—Baby Heart （1949 年）

《我爱你所有》

I Love Everything About You （1949 年）

《几乎》

Almost （1952 年）

《爱人相吵》

I Just Had a Date A Lover's Quarrel （1953 年）

《我又在恋爱》

I'm in Love Again （1959 年）

《你是唯一的好人》

You're the Only Good Thing That's Happened to Me （1960 年）

另有 13 首歌曲进入排行榜前 40 名

与上帝立个契约

"真是不可思议,摇滚乐那么烦人,流行音乐那么发腻,哪有乡村音乐这样亲切和令人回味?! 怎么能把我们的阵地拱手让给他们呢?! 不行,咱们得振作起来,联合起来,我就不信抗拒不了他们。"在 20 世纪 50 年代,面临着乡村音乐受到冲击,乔治·摩根费尽了心力组织歌星们巡回演出,尤其是他当了乡村音乐演员协会的主席以后, 更是处心积虑地为乡村音乐的兴衰助威呐喊, 50 岁了还在奋斗着。一天, 他在刚刚录完自己的一张新专辑后心脏病突然发作,家人赶紧把他送进医院,路上他忍着疼痛叮嘱着:"千万别放弃目标,我们誓死也要将乡村音乐发扬光大。上帝呀,我的主,请你千万给乡村音乐以旺盛的生命力,让我们的子子孙孙都会唱乡村歌曲、喜欢乡村音乐。"他拉过女儿的手说:"你今后就唱乡村歌曲吧,上帝跟我说你一定能唱好的。"女儿看着终生热爱乡村音乐的父亲,含泪点点头说:"好的,父亲,我起誓,我一定唱好乡村歌曲。"四年后,摩根的女儿劳瑞也登上了排行榜,也有了榜首歌曲。

汉克·汤普森
(Hank Thompson)

——————————————

1925 ~

最著名的乡村音乐家

    1925 年 9 月 3 日生于美国得克萨斯州的韦科,原名亨利·威廉姆·汤普森。汤普森从小就学会吹口琴,十几岁时已学会了弹吉他并在当地的电台节目中演奏。1943 年,汤普森参加了海军,三年后退役上了大学,学业结束后回到家乡组织了一支名为"伯拉卓斯河谷男孩"的乐队。1946 年,这支乐队与当地一家唱片公司签约录音并出版、发行了第一张专辑《站住,水手》。1947 年,汤普森转与国会大厦唱片公司签约录音。一年后,这家公司为他出版、发行了第 2 张专辑,歌曲《可怜的心》进入乡村歌曲排行榜第 2 名,随后推出的《软嘴唇》、《生活的热狂一面》、《在你心中等待》、《醒来,伊莲娜》等歌曲一次次荣登排行榜榜首。60 ~ 70 年代,汤普森演唱的《他对女人有办法》、《我已经靠得很近》、《提琴越老,声音越好》、《通尼的汽车咖啡馆》等一批歌曲又陆续进入排行榜。1966 年,汤普森离开国会大厦唱片公司转到华纳唱片公司,在随后几年中又重组了自己的乐队。到 80 年代,汤普森和乐队成员已成为乡村乐坛的名流并以纯正而经久不衰的乡村歌曲吸引着众多的歌迷。1983 年,汤普森演唱的歌曲《万中之一》又一次进入排行榜。作为一名歌手,汤普森对乡村乐坛的贡献几乎无人能及,这使他在乡村音乐史上的地位更加显著、更受人尊敬。1989 年,汤普森的名字被正式载入乡村音乐名人堂。

假如你忘记了今天的情景

　　每天傍晚，汉克·汤普森都从学校直接来到离家不远的一条小河边，这里流水潺潺，偶尔传来几声鸟叫，横斜在河面的老枫树上偶有一只小松鼠窜来窜去。汤普森在这棵粗壮的树干上找了一块地方坐下来，夕阳的余辉洒落在他身上，先练习一会儿口琴，再练习一会儿吉他。就这样，他日复一日，年复一年地练习着。一天，当他连着练了几首乐曲后，突然被一阵掌声打断，原来是一位摄影家，只见他来到汤普森的面前动情地说：

　　"小家伙，你弹唱的音乐太好了，刚才的情景也太美了，只可惜无法将它保留下来。好在刚才我已拍了照片。"

　　"先生，假如你忘记了今天的情景，就去纳什维尔最大的唱片公司买唱片吧，将来那里一定有我的专辑。""天啊，好大的口气。好的，我一定会关注你的。是这样吗？假如我忘了这番情景，我有照片；假如我忘了你的音乐，我就去唱片公司。""是的。谢谢你，先生。""我也谢谢你!""小家伙，再见。"

最 流 行 歌 曲

《可怜的心》
Humpty Dumpty Heart （1948 年）
《生活的热狂一面》
The Wild Side of Life （1952 年）
《在你心中等待》
Waiting in the Lobby of Your Heart （1952 年）
《摩擦，摩擦，摩擦》
Rub – Rub – Rub （1953 年）
《醒来，伊莲娜》
Wake Up, Irene （1953 年）
《新的绿灯》
The New Green Light （1954 年）

《野树林中的花》
Wildwood FIower （1955 年）
《不要在我身上除去》
Don't Take It Out on Me （1955 年）
《我心中的黑板》
The Blackboard of My Heart （1956 年）
《于孔河上的女人》
Squaws Along the Yukon （1958 年）

另有 48 首歌曲进入排行榜前 40 名

1925 年 9 月 26 日生于美国亚里桑那州的格兰代尔。罗宾斯曾是吉恩·奥特里的忠实歌迷，曾一度想当一名会唱歌的牛仔，一边行医一边唱歌。罗宾斯是在凤凰城的俱乐部和舞会上开始演唱的。1952 年，他与哥伦

马迪·罗宾斯
（Marty Robbins）

1925 ~ 1982

最著名的乡村音乐家

比亚唱片公司签约录音并出版、发行了第 1 张专辑《爱我或者丢下我》，但没有取得成功。1953 年，他推出的第 3 张专辑《我独自往前走》进入了乡村歌曲排行榜前 10 名，同年正式进入大剧院。1954 年，罗宾斯录制了阿瑟·克鲁德派创作的歌曲《这没什么，妈妈》。凑巧摇滚巨星艾尔维斯·普莱斯利也录制了这首歌曲，罗宾斯因此开始与普莱斯利接触和交流。50 年代，罗宾斯推出的《唱布鲁斯》、《一件白色运动衣》、《十几岁的梦想》等歌曲同时进入乡村歌曲排行榜和流行歌曲排行榜。1959 年，他演唱的歌曲《爱尔·帕索》获得格莱美奖。60 年代，罗宾斯又推出了《求求你》、《我独自步行》、《我的女人，我的女人，我的妻子》等一批歌曲连续 3 次荣登乡村歌曲排行榜榜首。罗宾斯除了保持他的西部风格的演唱外，还擅长各种风格、各种形式的演唱，曲目包括从摇滚歌曲《一件白色运动衣》到牛仔歌曲、流行歌曲《你给了我一座山》等。1982 年 12 月 8 日，这位才华横溢的乡村著名歌星因心脏病去世，年仅 57 岁。为了纪念罗宾斯对乡村音乐做出的贡献，1983 年，他的名字被正式载入乡村音乐名人堂 。

你给了我一座山

马迪·罗宾斯的家坐落在浩渺的沙漠上,罗宾斯在这里度过了自己的少年时代。那时,他非常想当一名唱歌的牛仔,同时也是吉恩·奥特里的歌迷。

长大后,罗宾斯虽然成了唱片公司的签约歌手,但心魂依然属于沙漠。他常常在梦幻中看到在西部沙漠蠕动前行的商队,无论是焦灼的白日,还是冷凄的夜晚,他们都在执著地行进,一天天、一月月、一年年……。

"亲爱的人们,是什么给你们勇气,是什么给你们力量,无论是炽热炎炎,还是冷月风霜?"

"是父母的期待,是娇妻的真爱,是儿女的欢叫,是家园的青睐。"

"亲人们,你们的爱像一座座山,一山和一山紧紧相连"。

对于乡村歌迷,罗宾斯献出了自己全部的热情和挚爱。

最 流 行 歌 曲

《我独自往前走》
I'll Go On Alone (1952 年)
《唱布鲁斯》
Singing the Blues (1956 年)
《一件白色运动衣》
A White Sport Coat
(And a Pink Carnation) (1957 年)
《我一生的故事》
The Story of My Life (1957 年)
《刚刚结婚》
Just Married (1958 年)
《爱尔·帕索》
El Paso (1959 年)
《不要发愁》
Don't Worry (1961 年)
《魔鬼女人》
Devil Woman (1962 年)
《鲁比·安》
Ruby Ann (1962 年)
《求求你》
Beggin' to You (1963 年)

另有 71 首歌曲进入排行榜前 40 名

1926 年 1 月 12 日生于美国得克萨斯州的派瑞维尔，在达拉斯长大。40 年代后期，普莱斯在北得克萨斯农学院上学时就很喜欢唱歌。一天，朋友约他一起去布里特唱片公司试唱，这家公司对普莱斯的试唱很满意并与他签约录音。1949 年，普莱斯出版、发行了首张专辑《嫉妒的谎言》，1951 年 3 月 15 日，普莱斯转到哥伦比亚唱片公司。一年后出版了第 2 张专辑，歌曲《与你心交谈》和《不要让你的眼里冒金星》都进入了排行榜前 10 名。此后，普莱斯又在纳什维尔认识了歌星汉克·威廉姆斯并与他一起巡回演唱。威廉姆斯去世后，普莱斯与他的"流浪牛仔"乐队合作演出。1954 年，普莱斯组织了一支自己的名为"切诺基牛仔"的乐队。1956 年，普莱斯创作的新歌《疯狂的胳膊》问世后首次荣登乡村歌曲排行榜榜首。随后他演

瑞·普莱斯
（Ray Price）

1926 ~

最著名的乡村音乐家

唱的两首歌曲《我的鞋老往你那儿跑》《城市之光》再一次进入乡村歌曲排行榜榜首，从此确立了自己在乡村乐坛的地位。60 年代，普莱斯又尝试着在音乐伴奏里增加一些摇滚节奏，目的是丰富乡村歌曲整体的音乐效果，让那些原来不想听的人也爱听，这引起一些非议，说"他背离了乡村音乐。"然而，普莱斯的这种改进是正确的。70 年代，他又以《为了好时光》《我不再提了》等几首歌曲荣登排行榜榜首。同时，还作为流行歌曲音乐会的嘉宾走遍全美各地，深受歌迷的尊敬和欢迎。直到 1989 年，普莱斯仍在乡村歌曲排行榜上占有一席之地。普莱斯将鲍比·威尔斯的西部摇滚与汉克·威廉姆斯的酒吧风格融为一体并创造出了自己独特的、流畅而温柔的低声吟唱风格，普莱斯的歌声将永远留在众多歌迷的心里。

最 流 行 歌 曲

《我会去的》
I'll Be There(If You Ever Want Me) (1954 年)
《疯狂的胳膊》
Crazy Arms (1956 年)
《我又心疼》
I've Got a New Heartache (1956 年)
《我的鞋老往你那儿跑》
My Shoes Keep Walking Back to You (1957 年)
《城市之光》
City Lights (1958 年)
《我还是老样子》
The Same Old Me (1959 年)
《为了好时光》
For the Good Times (1970 年)
《我不再提了》
I Won't Mention It Again (1971 年)
《她要成为圣人》
She's Got to Be a Saint (1972 年)
《你是我碰到的最好的》
You're the Best Thing That Ever
Happened to Me (1973 年)

疯狂的胳膊

　　"一边是鲜花似锦，一边是美女如霞，用疯狂的胳膊搂过来，我要亲吻她们。"想到这儿，瑞·普莱斯自己都乐了，他真的写了一首歌叫《疯狂的胳膊》，并且由此开始了漫长而又辉煌的音乐之路。

　　一次，一位好友正在为自己要录制唱片的歌曲数量不足而伤脑筋，见到普莱斯便急不可待地说："给你几分钟，马上给我写首歌！"普莱斯乐了，说："难道这是吹口气就行了的事吗？""给我写一首吧！"普莱斯看他依然是认真的样子就真当回事儿了。心想：男人们最渴望什么呢？不就是心爱的女人的吻吗！于是，他奋笔疾书，15 分钟的"疯狂"后，歌曲《给我给我更多更多你的吻》问世了。这歌后来成为另一位歌手弗里泽尔的第一首榜首歌曲。

威勃·皮尔斯
（Webb Pierce）

1926 ~ 1991

最著名的乡村音乐家

　　1926 年 8 月 8 日生于美国路易斯安那州的西门罗。皮尔斯从小学会了弹奏乐器,16 岁时参加过蒙鲁电台举办的一个 15 分钟的节目。40 年代后期从军队中退役后, 在希瑞夫坡特的一家商店工作, 业余时间也偶尔参加一些演出。1950 年,皮尔斯已正式成为电台一个节目的演员,虽然发行了两张唱片但还是没有取得成功。1951 年,皮尔斯与迪卡唱片公司签约录音。1952 年,这家公司为他出版、发行了首张专辑《诧异》,主打歌曲《诧异》荣登乡村歌曲排行榜榜首。同年,他演唱的另外的两首歌曲《那颗心属于我》、《后街上的事》又一次登上乡村歌曲排行榜榜首。此后,皮尔斯推出的《酒杯在那儿》、《慢慢地》、《在牢房》等 13 首歌曲先后名列乡村歌曲排行榜第 1 名。1954 年,功成名就的皮尔斯与吉姆·丹尼组织了杉木音乐公司,这家公司后来发展成为纳什维尔一家主要的出版机构。60 年代后期,由于纳什维尔音乐出版界大量发行摇滚乐和流行音乐的唱片,皮尔斯和其

他乡村歌手的地位开始受到冲击,尽管后来他在发行的《十几岁的摇滚》和《再见吧,爱》等专辑中也掺进了摇滚色彩,但自己在排行榜上的显著地位已很难再保持下去, 这种状况持续到 1972 年他与迪卡唱片公司中止签约为止。到 1975 年,皮尔斯已经积累了不少财富,并开辟了一条公共汽车线路,他把在田纳西州橡树岭的豪华住宅向游人开放。1982 年,皮尔斯与歌星威利·纳尔逊合作了一首二重唱《在牢房》,这首二重唱也是他最后一次进入排行榜的歌曲。1991 年 2 月 24 日,皮尔斯因患癌症在田纳西州去世,享年 65 岁。

三十年后还是一条好汉

在父亲的农场上,威勃·皮尔斯怀抱吉他一边深情地对牛弹着琴,一边自言自语:"我要做一名超级歌星。"

"这没什么,三十年后你依然还是超级歌星。"

皮尔斯摇了摇自己的脑袋,惊奇地向四周看了看:这声音难道是发自苍穹?!

从此,皮尔斯更加全身心地投入到所热爱的音乐里,经过近十年的努力,他终于成功了。三十年后,当他穿着鲜红的绣花衣服,驾驶着刻有自己名字的豪华敞篷车出入农场的家园时,牛是不见了,但他的确红了三十年。

最 流 行 歌 曲

《诧异》
Wondering （1952 年）
《那颗心属于我》
That Heart Belongs to Me （1952 年）
《后街上的事》
Back Street Affair （1952 年）
《如此漫长》
It's Been So Long （1953 年）
《酒杯在那儿》
There Stands the Glass （1953 年）
《慢慢地》
Slowly （1954 年）
《在牢房》
In the Jailhouse Now （1955 年）
《我不在乎》
I Don't Care （1955 年）
《爱,爱,爱》
Love,Love,Love （1957 年）
《酒吧歌谣》
Honky – tonk Song （1957 年）

另有 70 首歌曲进入排行榜前 40 名

莱夫特·弗里泽尔
(Lefty Frizzell)

1928 ~ 1975

最著名的乡村音乐家

　　1928 年 3 月 31 日生于美国得克萨斯州的科西卡纳,原名威廉·奥维尔·弗里泽尔。弗里泽尔从小就喜欢唱歌,12 岁在一次天才歌手比赛中获奖后,开始在得克萨斯的酒吧里演唱吉米·罗杰斯曾经唱过的歌曲。1950 年,弗里泽尔在哥伦比亚唱片公司录制了第 1 张榜首专辑,其中两首歌曲《如果你有钱,我就有时间》和《我变着法儿爱你》登上了乡村歌曲排行榜榜首。1951 年,他在新出版、发行的 7 张专辑中又有 3 首歌曲荣登排行榜榜首,并在榜首保持了半年之久:《我想永远和你在一起》上榜 11 周、《总是赶不上》上榜 12 周、《给我更多,更多,更多》上榜 3 周。同时,弗里泽尔还与另一名乡村歌坛巨星汉克·威廉姆斯一起巡回演出。1950 ~ 1954 年, 弗里泽尔演唱的歌曲有 15 首进入排行榜前 10 名,一首荣登排行榜榜首。此后,弗里泽尔移居加利福尼亚州,出现在"市政大厅晚会"和"乡村美国"的电视节目里。1954 年,他演唱的歌曲《让他们最后跑一次》宣告了鼎盛时期的结束。尽管弗里泽尔后来又演唱了进入前 10 名的歌曲《长长的黑面纱》和进入排行榜第 1 名的歌曲《密执安州的萨金诺》,但再也未能重现昔日的辉煌。弗里泽尔并不介意,仍然继续为哥伦比亚唱片公司录制唱片。70 年代中期又在 ABC

唱片公司出版、发行了几张专辑,上榜的名次始终没有达到 50 年代初期的成就。1975 年 7 月 19 日,弗里泽尔在一次中风后去世,年仅 47 岁。1982 年,他的名字被正式载入乡村音乐名人堂。

唱好歌并不需要什么

　　左拳重击——"哐",对方跌倒在地。莱夫特·弗里泽尔在拳击比赛中常常以左拳出击而使对方难以招架,于是他为自己改名为莱夫特·弗里泽尔。唱歌更是弗里泽尔最擅长的,12岁时他就在"天才歌手比赛"获了奖。

　　一天,他在酒吧里面对靓男倩女们动情地唱着,"如果你有钱,我就有时间",人们被他的歌声感动得情不自禁地跳起舞来。从此,人们知道了弗里泽尔的名字并迷上了他的歌声,总想和他在一起,真情歌唱,让生命像风儿一样融入蓝天碧海,旷野苍穹。

　　评论家对他的评价是:他完全是一个天才,不需要别的什么东西就能唱得令人心驰神往。

最 流 行 专 辑

《弗里泽尔20首金榜歌曲》
Frizzell 20 Golden Hits （1982年）
《他的生命,他的音乐》
His Life, His Music （1984年）

最 流 行 歌 曲

《如果你有钱,我就有时间》
If You've Got the Money, I've Got the Time （1950年）
《我变着法儿爱你》
I Love You a Thousand Ways （1950年）
《我想永远和你在一起》
I Want To Be With You Always （1951年）
《总是赶不上》
Always Late(With Your Kisses) （1951年）
《给我更多,更多,更多》
Give Me More, More, More(Of Your Kisses) （1951年）
《密执安州的萨金诺》
Saginaw, Michigan （1964年）

另有20首歌曲进入排行榜前40名

唐·吉伯森
(Don Gibson)

1928 ~

最著名的乡村音乐家

1928 年 4 月 3 日生于美国北卡罗来纳州的希尔贝。吉伯森从小就学弹吉他，并结识了许多当地歌手，19 岁时来到田纳西州的诺克斯维尔，在 KNOX 电台的"美国乡村舞"节目里演奏吉他而逐渐有了名气。1950 年，吉伯森与 RCA 唱片公司签约录音，两年后转到哥伦比亚唱片公司仍没有取得满意的成绩。阿克夫—罗斯音乐出版商手下的威斯莱·罗斯在劳克斯维尔俱乐部观看了吉伯森演出后，罗斯被吉伯森演唱的歌曲《甜蜜的梦》打动并与他签约录音。1956 年，MGM 唱片公司出版、发行了吉伯森演唱的首张专辑《甜蜜的梦》就进入了排行榜第 9 名。1958 年，吉他手恰特·阿特金斯作为吉伯森的制作人介绍他与 RCA 唱片公司签约录音，在阿特金斯的指导下，吉伯森改进了唱法，以一首《啊，孤独的我》首次荣登排行榜榜首，另一首歌曲《我不能不爱你》上榜排名第 7。在此后的 10 年里，吉伯森更是青云直上，除了歌曲《不称心的日子》获排行榜第 1 名外，还演唱了许多上榜歌曲，并身兼歌手、吉他手、作曲家和乐队指挥等职。60 年代后期，吉伯森尽管有歌曲上榜，但他在乡村歌曲排行榜上保持了 4 年的势头却再也没有重现。1966 年，吉伯森与希高里公司签约后，情况有所好转。1972 年，他再一次以歌曲《女人》登上了乡村歌曲排行榜榜首。此后，无论是在豪华的夜总会里或是乡间路旁的小酒铺里都能听到吉伯森创作的歌曲。1976 年，艾米罗·哈瑞斯翻唱吉伯森的歌曲《甜蜜的梦》，超过了法伦·杨、特罗依、斯尔斯、瑞芭·麦肯泰尔和克琳等人的版本而再一次荣登排行榜榜首。至此，吉伯森已是一位享有崇高声望的作曲家和著名的乡村歌星。

最流行歌曲

《啊，孤独的我》
Oh Lonesome Me （1958 年）
《不称心的日子》
BIue Blue Day （1958 年）
《给我自己开个晚会》
Give Myself a Party （1958 年）
《谁在乎》
Who Cares （1959 年）
《别告诉我你的烦恼》
Don't Tell Me Your Troubles （1959 年）
《就这一次》
Just One Time （1960 年）
《心碎》
Sea of Heartbreak （1961 年）
《头号孤独者》
Lonesome Number One （1961 年）
《金戒指》
Rings of Gold （1969 年）
《女人》
Women(Sensuous Women) （1972 年）

另有 45 首歌曲进入排行榜前 40 名

梦和孤独都是宝

　　唐·吉伯森坐在房后门廊旁，尽管还是少年童稚，但他心里总有某种冲动，总是幻想着自己在花丛中、小河旁，与心爱的女孩一起遥看着天边飘渺的白云，做着甜蜜的梦……

　　孤独的人爱做梦？还是爱做梦的人最孤独？不管怎样，这对唐·吉伯森来说都不是坏事，甚至是件好事。因为善做梦，他创作出的歌曲《甜蜜的梦》为他叩开了唱片公司的大门；甘于孤独又使他创作出了《啊，孤独的我》。人们说，仅就这一首《啊，孤独的我》就足以使吉伯森作为作曲家而享有永恒的声誉。

1929 年 4 月 3 日生于美国得克萨斯州的泰勒。豪顿从小就喜欢在当地的小湖里钓鱼，后来上过拜莱大学和西雅图大学，毕业后在阿拉斯加州和加利福尼亚州的捕鱼部门工作，闲暇时非常喜欢唱

琼尼·豪顿
(Johnny Horton)

1929 ~ 1960

最著名的乡村音乐家

歌。50 年代中期，豪顿在加利福尼亚州卡里夫·斯通的一个电视节目"家乡舞会"中当演员，同事们给他取了一个外号"唱歌的渔夫"。后来，豪顿在希瑞夫坡特参加了一个叫"路易斯安那稻草车"的节目，最终成为这个节目的明星。1951 年，豪顿与考迈克唱片公司签约录音。1956 年，豪顿与哥伦比亚唱片公司签约录音并出版、发行了第 1 张专辑《小地方人》进入了排行榜前 10 名。1959 年，豪顿演唱的歌曲《阿拉斯加的春天》首次荣登乡村歌曲排行榜的榜首。随后，豪顿的第 2 张专辑也再次进入排行榜第 1 名，唱片售出 100 万张，使他在一夜之间成为全美明星。榜首歌曲《新奥尔良之战》以独特新颖的手法描述了那场著名的战役。1959 ~ 1960 年，豪顿又演唱和录制了歌曲《琼尼·瑞布》、《击沉俾斯麦号》再次进入排行榜。1960 年录制的《往北去阿拉斯加》是约翰·威尼导演的同名影片的主题歌，唱片又售出了 100 万张。1960 年，正是豪顿事业的鼎盛时期，谁知祸从天降，同年 11 月 5 日，豪顿从路易斯安那州驱车前往纳什维尔参加录制节目时因汽车失事而不幸去世，年仅 31 岁。

唱歌的渔夫

在家乡的湖滨旁，一个小男孩在专心地钓鱼。他静静地蹲在水边，杨柳轻抚着他的头发，水面泛起的涟漪在阳光的照射下如同夜晚的星空，闪闪烁烁，过往的叔叔、婶婶们被小琼尼·豪顿的这种专注和执著感动，从来不去打扰孩子的雅兴和憧憬。随着时光的流逝，豪顿长大后在渔业部门工作。工休之余，他以粗犷而有感染力的歌声赢得人们的喜欢。同事们还给他取了一个爱称：唱歌的渔夫。

这位唱歌的渔夫以一种乡村音乐和西方古典音乐兼而有之的韵味演唱的歌曲，既有田园风格的《阿拉斯加的春天》，也有充满火药味的《击沉俾斯麦号》。

最 流 行 歌 曲

《小地方人》
Honky – Tonk Man （1956 年）
《我是只有一个女人的男人》
I'm a One – Woman Man （1956 年）
《我所要的女人》
The Woman I Need （1957 年）
《都长大了》
All Grown Up （1958 年）
《阿拉斯加的春天》
When It's Spring time in Alaska
(It's Forty Below) （1959 年）
《新奥尔良之战》
The Battle of New Orleans （1959 年）
《琼尼·瑞布》
Johnny Reb （1959 年）
《击沉俾斯麦号》
Sink the Bismarck （1960 年）
《往北去阿拉斯加》
North to Alaska （1960 年）
《睡眼约翰》
Sleepy – Eyed John （1991 年）

另有 4 首歌曲进入排行榜前 40 名

桑尼·詹姆斯
（Sonny James）

1929 ~

最著名的乡村音乐家

1929 年 5 月 1 日生于美国亚拉巴马州的赫克伯格一个音乐家庭，原名詹姆斯·希尤·劳顿。詹姆斯 4 岁时就与 4 个姐姐一起在电台"劳顿一家"的节目中和舞台上演出，7 岁时开始拉小提琴，同时还在伯明翰电台表演节目。50 年代早期，詹姆斯服役后被派往国外为部队演出，回国后与国会大厦唱片公司签约录音。1956 年，这家公司为他出版、发行的首张专辑《出租》没有太大反响，随后问世的第 2 张专辑《年轻的爱》却很火爆，唱片售出 100 多万张，而且还进入了流行歌曲排行榜。1957 年，詹姆斯推出的第 3 张专辑《第一次约会，第一次接吻，第一次爱》又进入了排行榜前 10 名。1963 年，詹姆斯推出的一张带有流行歌曲韵味的专辑《你走的那一刻》首次荣登乡村歌曲排行榜榜首。1964 ~ 1975 年，詹姆斯演唱、录制的《你是我唯一了解的人》、《小宝贝儿又来了》、《这就是为什么我这样爱你》、《当雪落在玫瑰花上》等歌曲连续 16 次荣登排行榜榜首。同时，他还参加了一些电影的拍摄，包括与韦龙·詹尼斯合作的《纳什维尔叛逆者》，与龙·查尼和巴塞尔·鲁斯本合作的《拉斯维加斯居民》和《鬼屋里的野人》等影片。1976 年，詹姆斯录制的专辑《乡村音乐 200 年》，体现了他与家人演奏的那种传统音乐的纯朴风格及丰富的色彩。正是这种继承与创造使得詹姆斯在乡村音乐众多的著名歌星中占有突出的地位。

第 24 个第一

　　人们纷纷赞扬桑尼·詹姆斯在乡村音乐领域取得的非凡成就，毋庸置疑，作为著名歌星，他广受人们的喜爱。在将近 30 年的乡村歌曲排行榜中，竟然有 23 次获得了排行榜的第 1 名。

　　实际上，他还有一个第 1，即最年幼就走上电台和舞台演出。

　　詹姆斯的确很幸运，生长在一个演奏传统音乐的世家，早在 4 岁时就与 4 个姐姐一起在"劳顿一家"的电台节目中和舞台上演出，7 岁时开始拉小提琴，也偶尔在电台表演节目。小小少年就登上大雅之堂，谁人能比！

最 流 行 歌 曲

《在眼泪后面》
Behind the Tear （1965 年）
《好好照看她》
Take Good Care of Her （1966 年）

《需要你》
Need You （1967 年）
《我永远找不到另一个你》
I'll Never Find Another You （1967 年）
《那是些小东西》
It's the Little Things （1967 年）
《我们自己的世界》
A World of Our Own （1968 年）
《天堂问声好》
Heaven Says Hello （1968 年）
《生来就是和你在一起》
Born to Be with You （1968 年）

另有 53 首歌曲进入排行榜前 40 名

布克·欧文斯
（Buck Owens）

1929 ~

最著名的乡村音乐家

1929 年 8 月 12 日生于美国得克萨斯州的谢尔曼，原名阿尔维斯·艾得加·欧文斯。欧文斯从小随母亲学弹吉他，上中学后开始在当地的娱乐场所里表演，18 岁时与波妮结婚并在当地电台节目中一起唱歌。1951 年，欧文斯夫妇俩来到贝克斯菲尔德组织了一支乐队，欧文斯在乐队里弹吉他、吹萨克斯和小号为交谊舞伴奏，为索尼·詹姆斯、万达·杰克逊等人录制唱片时伴奏，同时还录制了一张用考基·琼斯署名的唱片。1957 年，欧文斯作为独唱演员与国会大厦唱片公司签约录音，他演唱的歌曲《第二把提琴》进入了乡村歌曲排行榜第 24 名。1959 年推出的歌曲《我又被你迷住》进入排行榜第 4 名，1961 年与罗丝·玛道格斯合作的两首二重唱也进入了排行榜。1963 年，欧文斯演唱的歌曲《当然这样去干》首次荣登乡村歌曲排行榜榜首，1965 年演唱的歌曲《牧童》再一次登上排行榜榜首。此后，欧文斯还录制了《又在一起》、《我抓住了老虎尾巴》、《又高又黑的陌生人》等专辑，同时还利用成名的机会建立了布克·欧文斯公司，继而又发展和建立了一家音乐出版公司、一个录音棚、几家电台等。1966 年，欧文斯开始主持电视节目"布克·欧文斯牧场演出"。1969 年，首次推出众说纷纭的乡村音乐电视系列片《笑料百出》，同时与吉他手罗伊·克拉克共同主持这个节目直到 80 年代中期。1988 年，在乡村音乐协会庆祝成立 13 周年的电视专题节目里，欧文斯再次出场与约肯姆合唱了一首二重唱《贝克斯菲尔德的街道》。两人将这首歌曲录成唱片发行后，居然进入了 1988 年乡村歌曲排行榜第 1 名，在欧文斯首次获得第 1 名 16 年后，歌迷们重新燃起了欧文斯热。

喜欢"小酒吧"这个字眼

在乡村歌坛拼搏了30年的布克·欧文斯感到了时代发展对乡村歌手的压力,他采取了激流勇退的态度,回去用心地经营自己的企业。

可是喜欢他的歌迷们不言放弃,而是热切期盼着欧文斯能有新的作为。8年后,欧文斯又录制了一张专辑,而且再次荣登排行榜榜首。

面对人们被重新燃起的热情,布克·欧文斯说:"以前,人们称我为酒吧歌手我是不喜欢的。我总认为小酒吧是在城外的某个地方。而现在,我喜欢'小酒吧'这个字眼,现在如果有人谈起我是一个酒吧歌手,我会认为这是一种好意。"

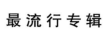

最 流 行 专 辑

《住在卡内基大厅》
Live at Carnegie Hall (1989 年)
《布克·欧文斯集粹》
The Buck Owens Collection
(1959 – 1990) (1992 年)

最 流 行 歌 曲

《当然这样去干》
Act Naturally (1963 年)
《爱要住到这儿》
Love's Gonna Live Here (1963 年)
《又在一起》
Together Again (1964 年)
《我抓住了老虎尾巴》
I've Got a Tiger By the Tail (1965 年)
《在领救济金的行列里》
Waitin' in Your Welfare Line (1966 年)
《山姆的地方》
Sam's Place (1967 年)
《又高又黑的陌生人》
Tall Dark Stranger (1969 年)

与约克姆合作的二重唱:

《贝克斯菲尔德的街道》
Streets of Bakersfield (1988 年)

另有 66 首歌曲进入排行榜前 40 名

杰克·格瑞尼
（Jack Greene）

1930 ~

最著名的乡村音乐家

　　1930 年 1 月 7 日生于美国田纳西州马里维尔。40 年代后期，格瑞尼在亚特兰大的一个音乐小组里弹吉他和演奏多种乐器。1950 年，格瑞尼先在"牧场男孩"乐队后在"桃树牛仔"乐队里当鼓手，这期间，格瑞尼作为歌手的名声比作为吉他手和鼓手大。1965 年，格瑞尼推出了首张专辑《自从我的姑娘走后》，尽管这张唱片没有取得成功，但还是未改初衷并组织了一支名为"快活的大个子"的乐队，后改名为"叛逆者"乐队。1966 年，由格瑞尼演唱、乐队伴奏的歌曲《我的一切走了》问世后首次荣登乡村音乐排行榜榜首，格瑞尼的名字在一夜之间家喻户晓。1967 年，格瑞尼独揽了乡村音乐协会颁发的最佳男歌手、最佳专辑、最佳单张和最佳歌曲奖。直到 60 年代结束，格瑞尼演唱的歌曲仍然不断进入乡村歌曲排行榜，其中 4 次荣登排行榜榜首。同时，他与恩斯特·特伯乐队的简妮·西利合作的、赶新潮的、花样翻新的巡回演出与从前自己的传统风格大相径庭。虽然风格变了，但无论是在舞台上还是在录音棚里都同样获得了成功。1969 年，他们合作录制的歌曲《但愿我不用想你》又进入了排行榜第 2名。在以后的 12 年中，格瑞尼与简妮·西利在世界各地巡回演出二重唱，包括在纽约的麦德逊广场花园和在伦敦的温布利大舞台。1982 年,格瑞尼与简妮·西利分手后,又回到传统演唱风格,在前线唱片公司录制了《给你》、《我正在学的摇滚》和《鬼窟》等歌曲。1983 年,格瑞尼转到 EMI 唱片公司后,尽管上榜的名次不高,但他仍然坚持演出和录音,继续从事着自己所热爱的乡村音乐。

这样的人
怎会不快活?!

    杰克·格瑞尼作为一名独唱歌手,他演唱的乡村歌曲已经四次登上了排行榜榜首,许多人以为他会毫不含糊地这样走下去。

    一天,简尼·西利突然闯到他的面前:

    "嗨!'快活的大个子',我们合作一把成不成? 难道你不认为我们是强强联合、特色鲜明吗?!"

    "好啊!明天就开始,到我的排练场来吧。"格瑞尼不加思考地答应了此事。

    好友把他拉过一边说:"你唱得这样顺的时候,说改就改也不想想后果? 再说,二重唱不仅是两个人的歌要唱得好、配合得好,更重要的是还要有足够的作品,否则拿什么开演唱会呢?"

    "哎呀,我怎么忘记了这一点呢? 这样吧,我今晚回去查查储存间",他指了指自己的脑袋,"看看里面有多少作品,你就放心吧"。格瑞尼拍了拍朋友的肩膀大步地走了,他边走边想:"这有什么难的呢,只要像山间农夫那样无所顾忌,见什么唱什么,想怎么唱就怎么唱,岂不快活?!"

    格瑞尼真是个奇才,此后在与简尼·西利合作的 12 年里,他随心所欲地驰骋在乡村音乐舞台上,而且总能跟上潮流的需要,这样的人怎么能不快活呢?!

最 流 行 歌 曲

《我的一切走了》
There Goes My Everything （1966 年）
《随时随地》
All the Time （1967 年）
《用什么锁的门》
What locks the Door （1967 年）
《你是我的宝贝》
You Are My Treasure （1968 年）
《爱关怀我》
Love Takes Care of Me （1968 年）
《直到我梦想成真》
Until My Dreams Come True （1968 年）
《傻瓜形象》
Statue of a Fool （1969 年）
《回到爱的怀抱》
Back in the Arms of Love （1969 年）
《但愿我不用想你》
Wish I Didn't Have to Miss You （1969 年）
《我真需要一个人》
I Need Somebody Bad （1973 年）

另有 13 首歌曲进入排行榜前 40 名

鲍特·瓦格纳
(Porter Wagoner)

1930 ~

最著名的乡村音乐家

1930 年 8 月 12 日生于美国密苏里州西原镇。瓦格纳从小自学吉他并跟着收音机学唱乡村歌曲，20 岁时在当地电台唱广告歌曲，后引起密苏里州春山城电台的关注。1951 年，瓦格纳应邀到电台做自己的节目，后来又在一个向全国播放的电视节目中演出。1954 年，瓦格纳与 RCA 唱片公司签约录音。同年，这家公司为他出版、发行的首张专辑《伙伴来了》进入了乡村歌曲排行榜前 10 名。1955 年，他再次以一首《一个心满意足的人》进入排行榜第 1 名，从此确立了自己在乡村歌坛的地位。50 年代后期，瓦格纳演唱的《你会怎么样》、《我以为我听到你叫我》等歌曲继续进入排行榜前 30 名。1967 年，瓦格纳与帕顿合作的第 1 张唱片《我心中的最后一件事》进入排行榜第 7 名。在此后的 7 年里，他们又不断有新歌进入排行榜前 10 名。1968 年，他们获得乡村音乐协会颁发的最佳音乐小组奖，1970 和 1971 年又再次获得该协会颁发的最佳二重唱歌手奖。1968 年，瓦格纳演唱的《为你的人骄傲》、《大

话》、《卡罗尔乡村事件》等 3 首歌曲又进入了排行榜前 10 名。由于瓦格纳在电视节目中的声望，他自己的乐队在巡回演出时也成了最受欢迎的乐队。1974 年，瓦格纳与帕顿合作的二重唱《不要不爱我》再一次荣登排行榜榜首。同年，两人分手后各自在独唱方面发展。此后，瓦格纳的音乐生涯开始走下坡路，尽管仍有歌曲上榜，但已逐渐被新人取代。

最 流 行 专 辑

《小巷深处》
Down in the Alley （1965 年）
《卡罗尔乡村事件》
The Carroll Country Incident （1968 年）

不要不爱我

鲍特·瓦格纳和道莱·帕顿自打一起唱二重唱以来，由于性格、为人、修养、水平都很相似所以合作得很愉快，随着上榜歌曲一首接着一首，他们的名望也随之增大，在随后的 7 年时间里推出了一批不断地进入前 10 名的歌曲，各种荣誉接踵而至。

担心的事情终于发生了，渐渐地两人之间出现了不和谐，同时两人也都想极力阻止不愉快的事发生，甚至还创作和演唱了歌曲《不要不爱我》，歌中唱到：

"鲜花美丽，总有不被人爱的时候；
人生芸芸，谁也不会没有过错；
要是我犯了错误，兄弟，
你可千万别不爱我。"

真的是怕什么就来什么，当他们两人将这首歌曲唱到榜首位置时，分道扬镳的这一天也真的来了。因为两人都发现为维持这种友谊已经很累了："还继续忍受下去吗？"

是啊，"不要不爱我"是否也能理解为"不会不爱我呢？"。既然如此，分与合又有什么差别？合要合得如胶似漆，分要分得坦坦然然。

最 流 行 歌 曲

《一个心满意足的人》
A Satisfied Mind （1955 年）
《吃，唱，然后开心》
Eat, Drink, and Be Merry
Tomorrow You'll Cry （1955 年）
《祸不单行》
Misery Loves Company （1962 年）
《别吵啦，乔》
Skid Row Joe （1965 年）
《生活的艰难》
The Cold Hard Facts of Life （1967 年）
《卡罗尔乡村事件》
The Carroll Country Incident （1968 年）

与道莱·帕顿合作的二重唱：

《不要不爱我》
Please Don't Stop Loving Me （1974 年）
《订计划》
Making Plans （1980 年）

另有 56 首歌曲进入排行榜前 40 名

琼斯·乔治
（Jones George）

1931 ~

最著名的乡村音乐家

1931 年 9 月 12 日生于美国得克萨斯州的萨拉托加,很小就对乡村音乐着迷。9 岁时父亲为他购买了一把吉他,几年后经常和父亲在家乡的大街小巷弹唱。1951 年,乔治应征入伍,退役后才真正开始了音乐生涯。1953 年,乔治与斯塔得唱片公司签约录音;1954 年,这家公司为乔治出版、发行的歌曲《这次买卖没挣钱》没有取得成功。1955 年乔治推出的《为什么,宝贝,为什么》进入了排行榜第 4 名,1956 年推出的歌曲《我价值何在》、《只多一次》又进入排行榜的前 10 名。1959 年,乔治演唱的歌曲《白光》首次荣登乡村歌曲排行榜榜首。1961 年,乔治演唱的歌曲《温柔岁月》再次登上排行榜榜首。1962 年,UA 唱片公司为乔治录制的歌曲《她以为我仍无法释怀》第 3 次登上排行榜榜首。1963 ~ 1967 年,乔治与美尔巴·蒙哥马利合作演唱的歌曲《竞赛开始了》又进入了排行榜第 3 名。1965 ~ 1970 年,乔治又推出 17 首进入排行榜前 10 名的歌曲。其中包括乡村史上的经典名曲:《爱情虫》、《与我一起闯天下》和《玫瑰的黄金岁月》。1968 年,乔治搬到纳什维尔后,与著名乡村歌星塔米·怀耐特很快坠入爱河,1969 年 2 月两人喜结良缘。1971 年 10月,乔治转与埃皮克公司签约录音。同年,与怀耐特一起成为乡村歌坛最耀眼的巨星并推出了一批进入排行榜前 10 名的歌曲,他们夫妻二人的音乐会也打破了票房记录。1972 年,他们推出的二重唱《典礼》、《爱你至深》都进入了排行榜前 10 名。1973 年,乔治的个人生活越来越糟糕,8 月怀耐特签署了离婚诉状,不久这对爱侣又重归于好,为此还特地录制了一首歌曲《我们会更好》以示庆祝,这首歌再次荣登排行榜榜首。1974 年夏天,乔治与怀耐特离婚。70 年代中期,唱片销量的下降影响了乔治的健康,他深居简出,错过了 54 场现场音乐会。1978 年,乔治又对摇滚乐产生了兴趣,他与约翰尼·帕切克翻唱了查克·贝里的《梅贝林》,还与詹姆斯·泰勒合唱了《酒吧男侍布鲁斯》,这两首歌都进入了排行榜的前 10 名。1980 年,乔治重返歌坛,他与怀耐特录制的二重唱歌曲《两间故事屋》又进入了排行榜前 10 名,随后推出的温暖的情歌《今天他不再爱她》再一次登上排行榜榜首。1981 ~ 1987 年,乔治仍不断地推出歌曲进入排行榜前 10 名。

最 流 行 歌 曲

《白光》
White Lightning （1959 年）
《温柔岁月》
Tender Years （1961 年）
《她以为我仍无法释怀》
She Thinks I Still Care （1962 年）
《爱情虫》
Love Bug （1965 年）
《与我一起闯天下》
Walk Through This World with Me （1966 年）
《玫瑰的黄金岁月》
A Good Year for the Roses （1970 年）
《酒吧男侍布鲁斯》
Bartender's Blues （1978 年）

与塔米·怀耐特合作的二重唱：

《典礼》
The Ceremony （1972 年）
《爱你至深》
Loving You Could Never Be Better （1972 年）
《我们会更好》
We're Gonna Hold On （1973 年）
《两间故事屋》
Two Story Houses （1980 年）
《今天他不再爱她》
He Stopped Loving Her Today （1980 年）

凯尔·史密斯
（Cal Smith）

1932 ~

最著名的乡村音乐家

1932年4月7日生于美国俄克拉荷马州甘斯，原名凯尔文·格朗特·肖凡纳。凯尔·史密斯是在桑乔斯电台当音乐节目主持人和在俱乐部里演唱开始其音乐生涯的。1962年，史密斯应邀参加恩斯特·特伯的"得克萨斯诗人"乐队，60年代中期，史密斯与克伯唱片公司签约并开始发行专辑。1967~1970年，他演唱、录制了9首歌曲上榜，但仅有《喝香槟》这首歌曲进入排行榜前40名。此后，他转到迪卡唱片公司，这家公司为他录制的第一首歌曲《我找到了自己的人》进入了排行榜第4名。随后，史密斯演唱了由比尔·安得森创作的歌曲《上帝知道我喝酒》首次荣登排行榜榜首。1974年，MCA唱片公司为史密斯出版、发行的专辑《乡巴佬》再一次荣登排行榜榜首，并获得乡村音乐协会颁发的最佳歌曲奖，歌曲《迷电视还是看电视》也进入了流行歌曲排行榜第11名；同年，他演唱的歌曲《该给提琴手付钱了》又一次登上了排行榜榜首。其后，史密斯在榜上的排名开始滑落，到1977年仅能进入排行榜前40名。随着他演唱的《把记忆扔到火中》、《生活中的点点滴滴》和《手头事太多》等歌曲渐渐失去歌迷的青睐。1982~1985年，史密斯开始尝试其他方面的努力，但都没有取得成功。1986年，他推出的专辑《李尔王》虽然进入了排行榜第75名，却再也未能重现昔日的辉煌。

最 流 行 歌 曲

《我找到了自己的人》
I've Found Someone of My Own （1972 年）
《上帝知道我喝酒》
The Lord Knows I'm Drinking （1972 年）
《我能感到爱的来临》
I Can Feel the loving Coming On （1973 年）
《乡巴佬》
Country Bumpkin （1974 年）
《迷电视还是看电视》
Between Lust and Watching TV （1974 年）
《该给提琴手付钱了》
It's Time to Pay the Fiddler （1974 年）
《她谈了许多得克萨斯》
She Talked a Lot About Texas （1975 年）
《杰森的农庄》
Jason's Farm （1975 年）
《我回家来清点回忆》
I Just Came Home to Count the Memories （1977 年）
《来看看我》
Come See About Me （1977 年）

另有 3 首歌曲进入排行榜前 40 名

从"得克萨斯诗人"那里得真经

对《乡巴佬》一曲的演唱，使凯尔·史密斯荣登榜首，他也因此获得乡村音乐协会的最佳歌曲奖。

回首自己的演艺生涯，史密斯坦言他从"得克萨斯诗人"乐队里获得了歌唱和乐器演奏技能。

史密斯记得在自己 30 岁时，"得克萨斯诗人"乐队主创人兼歌手的恩斯特·特伯找到他，说："凯尔·史密斯，加入我们吧！你会成功的。"史密斯何尝不想呢。于是他加盟了这支乐队，并同时担当歌手和吉他手的重任，一干就是 6 年，可以说"得克萨斯诗人"是史密斯的课堂，特伯可算是他的导师了。

法伦·杨
（Faron Young）

1932 ~

最著名的乡村音乐家

1932 年 2 月 25 日生于美国路易斯安那州的希瑞夫坡特。杨十几岁时就与威勃·皮尔斯一起在娱乐场演出，1951 年出版、发行了首张专辑《告密人的眼泪》没有取得成功。1952 年，杨与国会大厦唱片公司签约录音，一年后出版、发行了在军队服役期间录制的第 2 张专辑《我不再等待》，进入了乡村歌曲排行榜第 5 名。1954 年，杨退役后又推出了经典歌曲《抓紧活，拼命爱，早点死》首次荣登乡村歌曲排行榜榜首，另外两首歌曲《给像你这样的女孩准备的地方》、《如果你不爱》也进入了排行榜第 2 名。1955 年，杨自己创作并演唱的歌曲《好吧》又进入排行榜第 2 名。从 50 年代中期到 60 年代初期，杨演唱的歌曲《甜蜜的梦》、《和你单独在一起》、《乡村女孩》等 3 首歌曲相继登上了排行榜榜首。1961 年，杨演唱的歌曲《你好，瓦尔斯》再次登上乡村歌曲排行榜榜首和流行歌曲排行榜第 12 名。1963 年，杨离开国会大厦唱片

杨记大楼里的"唱歌的警长"

在纳什维尔，有法伦·杨创办的《音乐城新闻》报和杨记大楼，但人们不叫他总裁或老板，而是称他为"唱歌的警长"。

杨二十几岁时就在电影《藏着的枪》中扮演了一个年轻的警长而被人们所熟悉。此后，他不断地拍电影，做电视节目，很快成为一颗耀眼的明星。

"枪"片给杨带来了好运，他也的确是从火药味十足的环境中一步步走过来的。在磨炼技艺的夜总会演出中，杨出入大门时往往被问到："带枪了吗？"

"没有。"

"想要一支吗？"

杨曾在国外从事过战地

服务和为军队演唱，但也算是真正地经过了炮火的洗礼。

最 流 行 专 辑

《1952～1962 年精品集》
The Classic Years 1952～1962
《精品总汇》
All—Time Greatist Hits （1990 年）

最 流 行 歌 曲

《稳步前进》
Goin' Steady （1953 年）
《如果你不爱》
If You Ain't Loving （1954 年）
《抓紧活，拼命爱，早点死》
Live Fast，Love Hard，Die Young （1954 年）
《好吧》
All Right （1955 年）
《和你单独在一起》
Alone with You （1958 年）
《乡村女孩》
Country Girl （1959 年）
《你好，瓦尔斯》
Hello Walls （1961 年）
《现在是凌晨四点》
It's Four in the Morning （1971 年）

另有 66 首歌曲进入排行榜前 40 名

公司转到麦考瑞唱片公司后，他演唱的歌曲继续上榜至 60 年代末期。1971 年，杨演唱的歌曲《现在是凌晨四点》又一次进入排行榜榜首；同年，这首歌获得乡村音乐协会颁发的最佳歌曲奖。从 1953～1978 年，杨一共录制了 76 张唱片，除 4 张外，其余的都进入了排行榜前 40 名。此外，在纳什维尔，杨还创办了《音乐城新闻》报和几家出版社，并在音乐城的市中心盖了一所杨记办公大楼。

琼尼·卡希
（Johnny Cash）

1932 ~

最著名的乡村音乐家

　　1932 年 2 月 28 日生于美国阿肯色州的金斯兰德，在密西西比河流域住了 15 年。卡希从小受哥哥劳伊组织的"南方漫游者"乐队的熏陶，乐感较好。1955 年，阳光唱片公司的山姆·菲利普斯听了他的试唱，认为卡希是一名地道的乡村歌手，很有潜力。1955 ~ 1958 年，为他录制了《古监狱布鲁斯》、《我踩钢丝》、《少女皇后之歌》和《想想事情就这么发生了》等一批歌曲，唱片出版、发行后广泛受到歌迷的欢迎和青睐。1958 年，哥伦比亚唱片公司从菲利普斯那儿挖走了卡希。从 1958 年到 1990 年这 32 年中，该公司为他出版、发行了大量的乡村歌曲专辑，几乎所有的唱片都进入了乡村歌曲排行榜。其中，歌曲《一个名叫苏的男孩》荣登乡村歌曲排行榜榜首和流行歌曲排行榜第 2 名。60 年代后期，卡希在流行音乐领域更为引人注目。80 年代后期至 90 年代初，尽管卡希的名字从乡村歌曲排行榜上消失了，但这并不表示他的音乐生涯的终结。1994 年，摇滚音乐制作人瑞克·鲁本斯邀请卡希录制专辑《琼尼·卡希》，这张唱片成为他近十年中最畅销的一张专辑，其中由吉他伴奏的《德利走了》、《往前开》、《不能哭的男人》和《赎罪》等劲歌受到评论界的赞誉和众多歌迷的喜爱。

最 流 行 专 辑

《在古监狱》
At Folsom Prison （1955 年）
《最热门歌曲第 1 集》
Greatest Hits Vol1 （1967 年）
《美国歌曲》
American Recordings （1994 年）

最 流 行 歌 曲

《古监狱布鲁斯》
Folsom Prison Blues （1955 年）
《我踩钢丝》
I Walk the Line （1956 年）
《少女皇后之歌》
Ballad of a Teenage Queen （1958 年）
《不要把枪带进城》
Don't Take Your Guns to Town （1959 年）
《消防车的铃声》
Ring of Fire （1963 年）
《一个名叫苏的男孩》
A Boy Named Sue （1969 年）
《车匪路霸》
Highwayman （1985 年）

另有 95 首歌曲进入排行榜前 40 名

让大家听听我是谁

　　当一个歌手从排行榜上长时间消失后,这对歌迷来说是一个谜。但对歌手来说,至少有两种可能性,一是歌手自己知道可能到时候了;一是可能还需要再积蓄力量,更上一层楼。卡希歌唱生涯后期的表现属于后一种。

　　他在乡村歌曲排行榜上热了二十多年之后,接下来是十年的冷寂。突然,又出版、发行了新专辑,而且让新一代年轻人也喜欢听,这的确不是件容易的事。对此,卡希却轻描淡写地说:"这张专辑是我长期探索的一种艺术的表现,拿着吉他,唱支歌,让大家听听我到底是谁!"

卡尔·帕金斯
（Carl Perkins）

1932 ~

最著名的乡村音乐家

　　1932 年 4 月 9 日生于美国田纳西州湖城一个贫苦的佃农家庭。帕金斯从小受黑人音乐、特别是爵士乐和灵歌的熏陶，从而形成了独特的演唱风格。据说，帕金斯 13 岁时用香烟盒子和扫帚做了一把吉他，并且在一次比赛中获奖。后来他与兄弟吉、克莱通组成了帕金斯兄弟乐队在当地舞会上演奏。1955 年，帕金斯在音乐制作人山姆·菲利普斯的鼓励下与他签了录音合约；同年，他演唱的两首歌就进入了排行榜，但名次较靠后。菲利普斯决定把帕金斯变成"艾尔维斯第二"，1956 年 3 月他录制的歌曲《蓝色羊皮鞋》首次荣登乡村歌曲排行榜榜首，同时还上了流行歌曲排行榜，唱片售出 100 多万张，帕金斯从此一举成名。1956 年 3 月 21 日，正当帕金斯青云直上时，他在赶往电视台演唱的途中不幸出了车祸；同年年末，尽管他与艾尔维斯·普莱斯利、吉瑞·李·里维斯、琼尼·卡希一起录制了《百万美元四重唱》，然而乡村歌迷对他已不再青睐了。1958 年，帕金斯转到哥伦比亚唱片公司后又录制了一些唱片，音乐风格因受摇滚歌曲的影响，听众仍然反映冷淡。50 年代末期，帕金斯参加了卡希的巡回演出。1970 年，他又录制了一首名为《老羊皮又回来了》的专辑，后来带去英国企图东山再起。在英国，他还参加了《蓝色羊皮鞋》发行第 13 周年纪念活动。1987 年，帕金斯的名字被正式载入摇滚音乐名人堂。严格地说，帕金斯首先是一名摇滚歌星，然后才是乡村歌星，他演唱的许多歌曲填补了摇滚音乐与乡村音乐的空白。许多人（包括"披头士乐队"）认为：是帕金斯把乡村歌曲又进一步演绎和深化了再传达给广大的乐迷。

最 流 行 歌 曲

《蓝色羊皮鞋》
Blue Suede Shoes （1956 年）
《敲打布鲁斯》
Boppin'the Blues （1956 年）
《大煎锅》
Dixie Fried （1956 年）
《你真诚的爱》
Your True Love （1957 年）
《穿粉红色衣服的自行车选手》
Pink Pedal Pushers （1958 年）
《乡村男孩之梦》
Country Boy's Dream （1966 年）
《照吧,照吧,照吧》
Shine Shine Shine （1967 年）
《坐卧不安》
Restless （1969 年）
《最好的棉花》
Cotton Top （1971 年）
《摇滚诞生》
Birth of Rock and Roll （1986 年）

用香烟盒子和扫把做成吉他

在乡村音乐与摇滚音乐领域都有成就的卡尔·帕金斯,曾毫不含糊地说:"走音乐道路,是我自己的选择,没有什么人指引。"

为什么这样说呢? 从他制作的那把吉他可以证明这一点。

卡尔·帕金斯生长在一个贫苦的佃农之家,父母成天只为生计而忙碌,没有在意孩子们想干什么。帕金斯的哥哥们也很喜欢音乐,但只顾自己玩。13 岁的帕金斯明白了从来就没有救世主,什么都得靠自己。于是他找来了一个香烟盒子,用扫帚做琴杆再固定上几根弦,一把自制的吉他就这么做成了。

更令人惊奇的是,小帕金斯竟用这把吉他参加一次弹唱比赛还获了奖。

1932 年 8 月 8 日生于美国佛罗里达州的坦帕,在派荷基长大,原名隆尼·马尔文·梯利斯。迈尔·梯利斯 3 岁时得了疟疾,病好后留下口吃的毛病。在学校里他是个活跃分子,即兴表演从不口吃,只是在课堂上回答问题或读书时才口吃。学校里一名老师发现他唱歌时不但不口吃,而且唱得很好,于是推荐他参加了 1948 年的歌手比赛。1951 年,迈尔·梯利斯参加空军后想当一名飞行员,但因口吃而被拒绝上飞行学校,他只能在军队里当烤面包师,部队在奥金诺瓦驻扎时,他组织了一支名为"西部人"的乐队在当地俱乐部演出。从部队退役后,迈尔·梯利斯来到纳什维尔找到了一份作曲的工作。几年后,他创作了获得格莱美奖的《底特律城》、布伦达·李演唱的《情感》、查理·普瑞德演唱的《夜里蛇爬出来》等歌曲。1958 年,迈尔·梯利斯演唱的首张专辑问世后,歌曲《紫罗兰和玫瑰》进入了排行榜第 24 名。随后,他又演唱了一批歌曲进入排行榜前 40 名。1969 ~ 1971 年,迈尔·梯利斯演唱的歌曲又持续不断进入了排行榜的前 10 名。1972 年,迈尔·梯利斯终于以歌曲《我永不》第一次荣登排行榜榜首,从此确立了自己在乡村歌坛的地位。70 年代,迈尔·梯利斯除演唱了大量上榜的热门歌曲外,同时还在电台节目"午夜情话"和电影中都取得了好成绩。1988 年,迈尔·梯利斯在演唱了歌曲《你会回来》最后一次进入排行榜前 40 名后,就退出歌坛来到密苏里州布朗森剧院任职。同年,他的女儿帕姆·梯利斯脱颖而出,迈尔·梯利斯的音乐后继有人。回顾迈尔·梯利斯的歌坛生涯,他一共录了近 60 张专辑,67 首歌曲进入了乡村歌曲排行榜前 40 名。

迈尔·梯利斯

(Mel Tillis)

1932 ~

最著名的乡村音乐家

最 流 行 歌 曲

《心上人》
Heart over Mind （1970 年）
《傻瓜的胳膊》
The Arms of a Fool （1971 年）
《我永不》
I Ain't Never （1972 年）
《锯木厂》
Saw Mill （1973 年）
《好女人布鲁斯》
Good Woman Blues （1976 年）
《医治心的人》
Heart Healer （1977 年）
《我信你》
I Believe in You （1978 年）
《可口可乐牛仔》
Coca Cola Cowboy （1979 年）
《南方的雨》
Southern Rains （1980 年）

另有 67 首歌曲进入排行榜前 40 名

口吃歌星

迈尔·梯利斯 3 岁时得了疟疾，病好后留下了口吃的毛病。在学校读书时，只要轮到他阅读课文，同学们都很开心，一方面因为他的口吃断句而开怀大笑，另一方面则因为他能把一节课时都耗掉不必担心轮到自己。

细心的老师首先发现迈尔·梯利斯唱歌时不口吃，而且唱得很不错，于是推荐他参加了 1948 年的一次歌手比赛，这给迈尔·梯利斯很大的鼓舞。其实，迈尔·梯利斯当然是最早清楚这一点的，他说："只要我站到麦克风前，跟换了个人似的，从不口吃，而且感觉极好。"

帕特兹·克琳

（Patsy Cline）

1932 ~ 1963

最著名的乡村音乐家

　　1932 年 9 月 8 日生于美国弗吉尼亚州的温彻斯特,原名弗吉尼亚·帕特森·汉丝莱。克琳小时候因一次喉部感染而严重到心脏都停止了跳动,被放在氧气仓里才起死回生,病好后嗓音就像凯特·史密斯的一样了。父母意识到了女儿的音乐天赋后,就送她去学习唱歌、跳舞。克琳十几岁时就在俱乐部里或当地的 WINC 电台上演唱。当明星瓦莱·福勒到她的家乡演出时,克琳说服他听自己的试唱,福勒被她稚嫩、纯朴的歌声感动,收她为徒并把她带到纳什维尔和自己一起演唱。此后,福勒还在 WSM 电台为她争取到了一次现场演唱的机会, 但是, 克琳仍然没有敲开一家唱片公司的门,很快又回到了弗吉尼亚州。1954 年, 在基蒂·威尔丝的帮助下,克琳与 4 家明星唱片公司签了录音合约。在前 3 年的录音中,克琳与唱片公司的合作不是很愉快,她常常为坚持录制自己喜欢的歌曲与公司发生争吵。1957 年,当克琳勉强录制完《午夜后散步》这首歌曲后,差一点与迪卡唱片公司终止了合约。很快,这家公司发现这首录对了,在唱片发行前,克琳在全美的"亚瑟·高德弗瑞天才歌手"大赛上演唱了这首歌并获得大奖,由此而引发了许多歌迷对克琳的狂热崇拜。迪卡唱片公司迅速将唱片拿到电台播放。这张唱片顿时成为乡村歌迷和流行歌迷的抢手货。1961 年,迪卡唱片公司发行了她的另一张专辑,歌曲《我破碎了》首次荣登乡村歌曲排行榜榜首,接着又有一首名为《疯狂》的歌曲进入了乡村歌曲和流行歌曲排行榜。1963 年 3 月 5 日,克琳不幸因飞机失事在田纳西州去世,年仅 31 岁。克琳成熟的嗓音在她去世后再度呈现出迷人的光彩,到 90 年代,克琳演唱的歌曲受欢迎的程度甚至超过了她生前的鼎盛时期。克琳这位乡村歌曲和流行歌曲的两栖明星继续鼓舞着众多的乡村女歌手。

最流行专辑

《帕特兹·克琳的故事》
The Patsy Cline Story （1963 年）
《帕特兹·克琳肖像》
Patsy Cline Portrait （1964 年）
《最热门歌曲》
Greatest Hits （1973 年）

最流行歌曲

《午夜后散步》
Walkin' After Midnight （1957 年）
《我破碎了》
I Fall to Pieces （1961 年）
《疯狂》
Crazy （1961 年）
《她得到了你》
She's Got You （1962 年）
《甜蜜的梦》
Sweet Dreams (Of You) （1963 年）
《褪色的爱情》
Faded Love （1963 年）

另有 8 首歌曲进入排行榜前 40 名

靠运气好成不了大歌星

"妈妈,我这里难受",帕特兹·克琳流着眼泪对妈妈说。"哪里?""这里",小克琳指了指嗓子。"喔,可能是喉部感染,弄点药吃吃就会好的。"

母亲服侍小克琳吃了点消炎药,安顿她睡下。半夜里还是放不下心又起来看孩子,只见小克琳满脸通红,呼吸急促,双眼上翻。"天哪,我的孩子,这是怎么了?"她和丈夫手忙脚乱地把孩子送到医院。这时的小克琳连呼吸也没有了,医生将她放在氧气仓才使她起死回生。

想不到的是,克琳病好后,声音变得出奇的好,唱起歌来如银铃一般。于是父母为她的将来设想了职业——唱歌。

克琳十几岁时,父亲离家出走,她只得辍学帮助妈妈挣钱养家糊口。这期间曾经到几家俱乐部和电台试唱过,都无功而返。

"妈妈,我可能不是唱歌的料。"克琳哭着对母亲说。

"世上哪有一口吃成的胖子,我相信你一定行。要不去找找基蒂·威尔丝,请她指点指点你?"

"她可是大歌星,能教我吗?"

"不去试试怎么知道,走,我陪你一起去。"

所谓慧眼识英才,通过威尔丝的帮助,克琳很快脱颖而出。当大家羡慕克琳的运气好时,克琳却说:"运气固然重要,但更重要的是你对音乐的理解和长期不懈的努力,否则再好的天赋和运气也是不行的。"

道蒂·韦斯特
（Dottie West）

1932 ~ 1991

最著名的乡村音乐家

1932 年 10 月 11 日生于美国田纳西州的麦克明维尔，原名多萝茜·玛丽·玛希。韦斯特上小学时就非常喜欢音乐，上中学时开始在舞台上表演，大学毕业后在当地的电视节目中演出。1959 年，韦斯特与星日唱片公司签约录音，首张专辑没有取得成功，韦斯特转到大西洋唱片公司，第 2 张专辑发行后结果同样令人失望。1963 年，韦斯特又转到 RCA 唱片公司，这家公司为她出版、发行的第 3 张专辑《让我离开这角落》终于进入了排行榜前 30 名。1964 年，韦斯特推出的第 4 张专辑《爱不是借口》又进入了排行榜前 10 名，歌曲《我的宝贝儿来了》进入排行榜第 10 名；同年，她还获得了格莱美最佳乡村和西部女歌手奖。60 年代中期，韦斯特演唱的《你愿靠着我吗?》、《纸上宅第》等歌曲又进入了排行榜。同时，她还为孟菲斯和堪萨斯城的交响乐队编曲。70 年代早期，韦斯特与唐·吉伯森合作的二重唱《直到我能自己做》、与吉米·迪恩合作的二重唱《慢慢地》都进入了排行榜。70 年代中期，韦斯特为可口可乐公司创作的歌曲《乡村阳光》又进入了排行榜第 2 名，还参加了上榜歌曲演唱会。70 年代后期，是韦斯特事业的鼎盛时期，她演唱的《每当两个傻瓜碰撞时》、《我所需要的一切就是你》和《我们在爱中做什么》等歌曲都进入了乡村歌曲排行榜榜首。1978 年和 1979 年，韦斯特与吉伯森获得乡村音乐协会颁发的最佳二重唱奖。80 年代初期，韦斯特演唱的歌曲仍然不断上榜。80 年代中期，韦斯特退出了乡村乐坛。1991 年 9 月 4 日，韦斯特在一次车祸中不幸丧生，年仅 59 岁。

最 流 行 歌 曲

《你愿靠着我吗?》
Would You Hold It Against Me （1966 年）
《金戒指》
Rings of Gold （1969 年）
《乡村阳光》
Country Sunshine （1973 年）
《分手时的一课》
A Lesson in Leaving （1980 年）
《你是个快活的小宝贝吗?》
Are You Happy Baby? （1980 年）

与唐·吉伯森合作的二重唱:

《直到我能自己做》
Till Can Make It on My Own （1972 年）
《每当两个傻瓜碰撞时》
Every Time Two Fools Collide （1978 年）
《今晚不是我》
Anyone Who isn't Me Tonight （1978 年）
《我所需要的一切就是你》
All I Ever Need is You （1979 年）
《我们在爱中做什么》
What Are We Doin' in Love （1981 年）

另有 35 首歌曲进入排行榜前 40 名

"望牌止渴"的感觉

在夏季密不透风的棉花地、甘蔗地里，小道蒂·韦斯特是父母指得上的小帮手。尽管是个女孩子，可她是家里 10 个孩子中最大的一个，不指望她又指望谁呢?

每天上午 10 点钟左右，韦斯特会钻出浓密的棉田来歇一歇，找点水喝，享受一下阳光和清风。一天，她忘记了带水，只好望着田头的可口可乐广告牌做"望牌止渴"了。农民的孩子，兄弟姊妹又是那么多，父母从来也没有为他们买过什么饮料。"这时，假如能喝上一杯可口可乐该是多么幸福啊!"韦斯特心里想着，嘴里不觉生出一股甜味来。

走上音乐道路以后，一次她接受了为可口可乐公司写广告音乐的任务。韦斯特的脑海里立刻重现了少年时的情景:乡村—阳光—可乐，"望牌止渴"的感觉由然而生。"对,就是那种感觉",于是她奋笔疾书写出了歌曲《乡村阳光》，演唱时还倾注了那种深深的、浓浓的渴望之情。当《乡村阳光》作为专辑单张出版、发行后，就进入了乡村音乐排行榜第 2 名。

斯通威尔·杰克逊

(Stonewall Jackson)

1932 ~

最著名的乡村音乐家

1932 年 11 月 6 日生于美国北卡罗来纳州的特伯市。斯通威尔·杰克逊是南北战争时期南方联邦一位大人物的后代，但过着普通人的生活并弹过很长一段时间的吉他。1949 ~ 1953 年，斯通威尔·杰克逊在海军服役。1954 年退役后，开始攒钱实现自己的梦想。这期间，斯通威尔·杰克逊曾种过地，当过木匠。1956 年，斯通威尔·杰克逊来到纳什维尔。两年后，哥伦比亚公司出版、发行了他的第 1 张专辑，其中歌曲《去生活》进入了乡村歌曲排行榜第 2 名，歌曲《滑铁卢》则荣登排行榜榜首，斯通威尔·杰克逊从此一举成名。以后的 14 年中，斯通威尔·杰克逊又演唱了 44 首歌曲进入了排行榜，其中 35 首进入前 40 名，11 首进入前 10 名，两首荣登排行榜榜首，另有 4 首还进入了流行歌曲排行榜。1963 年，斯通威尔·杰克逊演唱的两首歌曲《音乐节目主持人》和《小人物》又进入了乡村歌曲排行榜第 24 名。1966 年，斯通威尔·杰克逊演唱的传统风格的歌曲《借酒浇愁》再次进入乡村歌曲排行榜第 12 名。1967 年，他录制的歌曲《踩掉孤独》进入排行榜第 5 名。此后，斯通威尔·杰克逊演唱的歌曲上榜名次开始下降，仅在 1971 年获得过一次第 7 名，歌名是《我、你、还有一只叫布的狗》。1973 年，斯通威尔·杰克逊又推出了最后一张专辑《赫曼·舒瓦茨》进入排行榜第 41 名，这是他唯一一张由 MGM 唱片公司发行的唱片。

最流行歌曲

《去生活》

Life to Go （1958 年）

《滑铁卢》

Waterlio （1959 年）

《我为什么散步》

Why I'm Walking （1960 年）

《旧表演船》

Old Showboat （1961 年）

《痛苦的时刻抹不掉》

A Wound Time Can't Erase （1962 年）

《音乐节目主持人》

B. J. B. J. the D. J. （1963 年）

《不要生气》

Don't Be Angry （1964 年）

《我在污水里洗手》

I Washed My Hands in Muddy Water （1965 年）

《踩掉孤独》

Stamp Out Loneliness （1967 年）

《我，你，还有一只叫布的狗》

Me and You and a Dog Named Boo （1971 年）

另有 25 首歌曲进入排行榜前 40 名

原来你不是发烧友

在唱片公司总经理办公室，总经理和词作家迎来了一个年轻而富有的木材商人——斯通威尔·杰克逊。一阵寒暄过后，总经理说："杰克逊先生，让我们听听你的演唱，现在开始好吗？""好的，好的。"

词作家说："杰克逊先生，你就当这里没有人，是在对着两棵老树唱歌。""好的先生，你俩也只当是打开了收音机。"说完几个人都哈哈大笑，在笑声中，杰克逊拿起吉他，十分轻松而且愉快地唱了起来。

几曲过后，总经理与词作家都目瞪口呆："噢，原来你不是拿唱歌当消遣的发烧友，是一个很不错的歌星啊！"杰克逊说："不瞒二位，吉他我弹坏了一打，唱片凡能找到的全听了，我觉得现在到了可以改行的时候了。"总经理说："杰克逊先生，如果你愿意的话，今天咱们就签约。""好的，我早就等这一天了。""看来我又得写一张新专辑的词了。"词作家走过来，三个人笑着拥抱在一起。

查理·里奇
（Charlie Rich）

1932 ~ 1995

最著名的乡村音乐家

1932 年 12 月 14 日生于美国阿肯色州的科尔特。查理·里奇年轻时就接触到布鲁斯、宗教音乐和乡村音乐，在空军服役时曾演奏过爵士乐，与阳光唱片公司签约录音后，查理·里奇曾为琼尼·卡希伴唱、为吉瑞·李·里维斯弹钢琴伴奏，偶尔也录一些歌曲。同时，他还为里维斯创作了流行歌曲《崩溃》、为琼尼·卡希创作了《恋爱中女人的行为》，这首歌进入了乡村歌曲排行榜第 2 名和流行歌曲排行榜第 24 名。

1965 年，查理·里奇转到麦考瑞唱片公司的附属公司撞击公司，演唱了进入流行歌曲排行榜的歌曲《羊毛山姆》，然后他又转到世纪唱片公司，与制作人贝利·希瑞尔合作录制的首批唱片都进入了排行榜，其中歌曲《我带回家》进入了排行榜的第 6 名。1973 年，查理·里奇演唱的歌曲《在关着的门后》终于荣登乡村歌曲排行榜榜首和流行歌曲排行榜第 15 名，成功来之不易；同年，他还获得乡村音乐协会颁发的最佳男歌手、最佳唱片、最佳专辑 3 个奖项以及格莱美最佳男歌手奖。从此查理·里奇打开了成功的大门。1973 年，他演唱的歌曲 3 次荣登排行榜榜首。1974 年推出的歌曲《她叫我小乖乖》又进入了排行榜第 1 名；同年，查理·里奇被乡村音乐学院评选为当年的最佳演员，他在世纪唱片公司出版、发行的最后一张上榜唱片《在我膝上》是与简妮·弗里克合作的二重唱专辑。1995 年 7 月 25 日，查理·里奇由于肺部血栓医治无效去世，享年 63 岁。

最 流 行 歌 曲

《在关着的门后》
Behind Closed Doors （1973 年）
《最美丽的女孩》
The Most Beautiful Girl （1973 年）
《不会再有什么》
There Won't Be Anymore （1973 年）
《特别情歌》
A Very Special Love Song （1973 年）
《我在你眼中再也看不到我》
I Don't See Me in Your Eyes Anymore （1974 年）
《我爱我的朋友》
I Love My Friend （1974 年）
《她叫我小乖乖》
She Called Me Baby （1974 年）

另有 24 首歌曲进入排行榜前 40 名

"银狐"与"猫王"

　　无论是生前身后，"猫王"艾尔维斯·普莱斯利都是不可企及的，能与他一比高低的歌手，其实力和特色是可以想象的。

　　长着满头的白发，被称为"银狐"的查理·里奇做到了这一点。查理·里奇在乡村歌坛演唱过的独具特色的歌曲是多种音乐风格的融合与创新，这与他的经历大有关系。小时候在父亲的农场上已对布鲁斯、宗教音乐和乡村音乐耳熟能详，青年时又在军队里演奏过几年的爵士乐，这些经历为他成为一颗耀眼的乡村歌星奠定了坚实的基础。

最 流 行 专 辑

《在关着的门后》
Behind Closed Doors （1973 年）
《不会再有什么》
There Won't Be Anymore （1974 年）
《特别情歌》
Very Special Love Songs （1974 年）

威利·纳尔逊
（Willie Nelson）

1933 ~

最著名的乡村音乐家

1933年4月30日生于美国得克萨斯州的福特沃斯，由祖父母抚养长大。纳尔逊6岁学弹吉他，10岁参加第一支乐队，13岁时组建了一支自己的乐队，这支乐队曾在福特沃斯臭名昭著的杰克斯保瑞公路旁的低级娱乐场所演出过一段时间。纳尔逊还在奥里根当过短期的电台音乐节目主持人。50年代后期，纳尔逊来到纳什维尔作曲，后经过艰苦不懈的努力渐渐出了名。1961年，法伦·杨演唱了他创作的歌曲《你好，瓦尔斯》首次荣登乡村歌曲排行榜榜首；同年他创作的歌曲《时间溜走得好快》被反复录制过80多次。1962年，名歌星帕特兹·克琳演唱了纳尔逊创作的歌曲《疯狂》，进入排行榜第2名；随后纳尔逊与自由唱片公司签约录音，这家公司为他出版、发行了由他创作并演唱的歌曲《愿意》和《碰碰我》很快进入了排行榜前10名。1975年，他演唱的歌曲《蓝眼睛在雨中哭泣》再次登上乡村歌曲排行榜榜首，这首歌出自专辑《红头发的陌生人》。1976年，他推出的专辑《招聘叛逆者》又销售出100万张。70~80年代后期，纳尔逊又推出了《我心上的乔治亚》、《又上路》和《永远在我心上》等一批走红歌曲。此期间，他还与许多著名歌星合作录制了二重唱。在纳尔逊的音乐生涯中，除了在演唱上获得成功外，还在歌曲创作上也取得了成功。他一生共创作了990首歌曲，许多歌曲都进入了乡村歌曲排行榜并成为经典名曲。纳尔逊曾经说过："我写的歌百分之九十九来自于我个人的经历，如果有人想了解我，歌中都写到了。"

坏事变成了好事

　　6 岁的威利 · 纳尔逊拉着妹妹的小手，哭着来到了爷爷奶奶家："我要妈妈,她不见了"。

　　母亲离家出走,遗弃了她的一对儿女。

　　祖父母都喜欢音乐,他们用大量唱片填充了兄妹俩思念母亲的时间,并给他们以最大的安慰。很快,祖父母又给纳尔逊买了一把吉他,并教会了他。纳尔逊 10 岁时就有了参加乐队的实力,13 岁时竟然组织了一支自己的乐队。这正是坏事变成了好事。

最 流 行 专 辑

《红头发的陌生者》
Red Headed Stranger （1975 年）

《宇宙微粒》
Stardust （1978 年）
《永远在我心上》
Always on My Mind （1982 年）

最 流 行 歌 曲

《蓝眼睛在雨中哭泣》
Blue Eyes Crying in the Rain(1975 年)
《我的英雄一直是牛仔》
My Heroes Have Always Been Cowboys （1980 年）
《又上路》
On the Road Again （1980 年）
《永远在我心上》
For Ever in My Heart （1982 年）
《给我从前爱过的所有女孩们》
To All the Girls I've Loved Before （1984 年）
《生活在天国》
Living in the Promised Land （1986 年）
《我现在毫无办法》
Nothing I Can Do About It Now

另有 74 首歌曲进入排行榜前 40 名

1933 年 11 月 1 日生于美国密西西比州的弗瑞尔蓬特，在阿肯色州的海连那长大，原名何华德·劳埃得·简金斯。特威蒂从小学弹吉他，喜欢听电台播放的南方歌曲和灵歌，10 岁时已是乐队成员并在电台演出。在歌星艾尔维斯·普莱斯利的鼓舞下，他先与阳光唱片公司签约录制了一张专辑，但没有发行。改名为康威·特威蒂后

康威·特威蒂
（Conway Twitty）

1933 ~ 1993

最著名的乡村音乐家

又在麦克瑞唱片公司录了几首歌，也没有取得成功。1958 年，MGM 唱片公司推出了一首他与人合作创作的歌曲《这只是假装》荣登流行歌曲排行榜榜首，从此为特威蒂打开了成功之门。1963 年，他创作的歌曲《送我到门口》，由瑞·普莱斯演唱后上了乡村歌曲排行榜。1965 年，特威蒂离开流行歌曲舞台转到乡村歌坛，与迪卡唱片公司签约录音。1966 ~ 1967 年，特威蒂演唱的歌曲有 4 首进入乡村歌曲排行榜前 10 名，同时他还与琼斯·乔治、劳瑞达·莲和布克·欧文斯等人合作演出。1968 年，特威蒂演唱的歌曲《我的形象》又进入了排行榜前 5 名；同年他演唱的另一首歌曲《下一个》首次荣登乡村歌曲排行榜榜首，从此确立了自己在乡村乐坛的地位。1969 年，特威蒂又推出了 3 首榜首歌曲，此期间还创办了特威蒂·布德音乐出版公司。1970 年，特威蒂创作的歌曲《你好，亲爱的》同时进入两个排行榜第 1 名。1971 年，特威蒂与劳瑞达·莲合作录制的第 1 张专辑《当热情消失后》第 6 次荣登乡村歌曲排行榜榜首和流行歌曲排行榜第 56 名。在此后的十几年里，他们合作的二重唱 12 次进入排行榜。1972 ~ 1975 年，特威蒂连续 4 年被乡村音乐协会授予最佳二重唱歌手的称号，3 次被乡村音乐学院授予最佳声乐小组的称号。1973 ~ 1977 年，特威蒂转到 MCA 唱片公司，与欧文·柏瑞德莱合作演唱了 24 首榜首歌曲。1978 年，特威蒂与柏瑞德莱结束了制作关系，他找到新的制作人和新的歌曲。1979 年，特威蒂演唱的专辑《逆风》又推出了 3 首榜首歌曲。1981 年，特威蒂与劳瑞达·莲最后一次合作的二重唱《我仍信华尔兹》进入了排行榜第 2 名。1982 年，他在田纳西州的汉德森维尔创建了特威蒂音乐城，在那儿可以听到特威蒂音乐生涯中鼎盛时期的作品。1993 年，特威蒂演唱的歌曲《我是唯一》又一次上榜；同年 6 月 5 日，特威蒂在纳什维尔去世，享年 60 岁。

最 流 行 歌 曲

《下一个》
Next in Line （1968 年）
《你好，亲爱的》
Hello Darling （1970 年）
《当热情消失后》
After the Fire is Gone （1971 年）
《她需要有人抱》
She Needs Someone to Hold Her （1972 年）
《你以前从不离这么远》
You're Never Been This Far Before （1973 年）
《我从你眼里看出你想要》
I See the Want To in Your Eyes （1974 年）
《摸摸手》
Touch the Hand （1975 年）
《亲爱的，生日快乐》
Happy Birthday Darling （1979 年）

另有 77 首歌曲进入排行榜前 40 名

早就抱过了

"我要跟他离婚，妈妈"，一进母亲家门，康威·特威蒂的妻子就对母亲抱怨说。"为什么？"
"他的心思都用在写歌唱歌上了，一回家就把自己关在工作间里。我问他：'亲爱的，我们吃什么？'他说：'随便。'我问他：'喝什么？''随便。'我又问他：'你唱什么？'他竟然脱口说：《她需要有人抱》。'当我说：'我也需要有人抱。'您猜他说什么？'嗨！不是早就抱过了吗。'便又继续写他的歌。您说，这样的人我还怎么和他过下去呢?!"
"怎么过，就这么过，要我说他对事业这么执著也是你的福份，这总比你见不到他而干着急好吧，你呀。现在回去把他从工作间里拉出来，然后跟他说：'来，亲爱的，我教你这样抱我'，和他一起跳跳舞，唱唱歌。多好的日子，别瞎折腾。""那我就回去教他这样抱我?!"特威蒂的妻子笑着拉起母亲的手先跳起了舞。

最 流 行 专 辑

《榜首歌》
Number Ones （1982 年）
《康威·特威蒂和劳瑞达·莲精品集》
The Very Best of Conway Twitty and
  Loretta Lynn （1987 年）

弗雷迪·哈特
(Freddie Hart)

1933 ~

最著名的乡村音乐家

　　1933 年 12 月 21 日生于美国亚拉巴马州的劳加波卡，原名弗瑞德·塞格瑞斯特。哈特 5 岁时叔叔给了他一把用雪茄烟盒子做成的吉他，从此开始涉足音乐。长大后，他又在海军陆战队呆了几年。50 年代初，哈特来到洛杉矶警察学院教授航海技术，同时和莱夫特·弗里泽尔一起演唱乡村歌曲。1953 年，在弗里泽尔的帮助下，哈特与国会大厦唱片公司签约录音，但是没有取得成功。1959 年，哈特转到哥伦比亚唱片公司，他演唱的歌曲《大墙》虽然进入了乡村歌曲排行榜，但名次较低。60 年代，哈特除了参加巡回演唱外，还在不同唱片公司录歌并多次进入排行榜，但名次不是很高。1971 年，是哈特一生中的一次重大转折，他演唱的歌曲《爱得轻松》首次荣登乡村歌曲排行榜榜首并获得由乡村音乐协会颁发的最佳歌曲奖。这张唱片的成功，使哈特成为 70 年代乡村歌坛最杰出的歌手之一。此后，他演唱的《我等的是你》、《一切为了你》、《超级女人》、《如果你摸不着》和《想要》等歌曲都进入了排行榜的前 5 名。70 年代末，哈特开始走下坡路，他把许多时间花在交易所、养牛、种地、画画上。80 年代初，哈特在加利福尼亚州的伯班克建立了一所残疾儿童学校，乡村音乐似乎只是他漫长生命旅程中的一段小插曲。

爱得轻松不轻松？

像在苍穹碧野展翅飞翔，锦绣大地如同我美丽的衣裳；

像在辽阔海疆轻舟荡漾，万顷波涛如同我新婚的软床；

今生今日我心情最好，亲爱的姑娘；爱的花朵竟然散发出醉人的芬芳。

轻松地去爱吧年轻人，那个你梦中的情人就在你身旁。

年轻的弗雷迪·哈特已经在歌坛上整整奋斗了10年，当他以高超的技巧、炽热的情感来演唱这首《爱得轻松》时，终于攀上了事业的巅峰。

又过去了10年，哈特觉得自己还应该进一步地去挖掘爱的深刻涵义，于是便在加利福尼亚办了一所残疾儿童学校，还成立了一个残疾儿童艺术团，并带着这个小小的艺术团演遍了加利福尼亚的城镇和乡村。每到一处，哈特的演唱总是少不了。这时，他把《爱得轻松》改了词：

像在苍穹碧野展翅飞翔，自在飘逸也沐沥雪雨风霜；

像在辽阔海疆轻舟荡漾，得到满足也搏击狂涛巨浪；

岁岁年年我心情都好，亲爱的姑娘；爱的花朵必定发出醉人的芬芳。

勇敢地去爱吧全世界的人们，每一份爱心都焕发出圣洁的光芒。

每当此时，人们都报以热烈且长久的掌声，而哈特心里总会泛出一个疑问"爱得轻松不轻松？"

人们都知道，为了维持那所残疾儿童学校，哈特几乎献出了他全部的爱心。

最 流 行 歌 曲

《爱得轻松》
Easy Loving （1971 年）
《我等的是你》
My Hanging—Up is You （1972 年）
《祝福你的心》
Bless Your Heart （1972 年）
《一切为了你》
Got the All Overs for You(All Over Me) （1972 年）
《超级女人》
Super Kind of Woman （1973 年）
《到天堂去》
Trip to Heaven （1973 年）
《如果你摸不着》
If Yon Can't Feel it(It Ain't There) （1973 年）
《呆在里面，女孩》
Hang in There Girl （1974 年）
《想要》
The Want To's （1974 年）
《第一次》
The First Time （1975 年）

另有 18 首歌曲进入排行榜前 40 名

劳瑞达·莲
(Loretta Lynn)

1934 ~

最著名的乡村音乐家

1934 年 4 月 4 日生于美国肯塔基州的屠夫沟。劳瑞达·莲少年时就在教堂里和当地的各种场合唱歌。50 年代，她和兄弟吉·李·威伯组织了一支乐队，并与零点唱片公司签约录音。1960 年，当劳瑞达·莲出版、发行自己的首张专辑《我是个娱乐圈里的女孩》时，曾与丈夫一起开着车从一个火车站到另一个火车站去推销。不久，歌曲《我是个娱乐圈里的女孩》就进入了乡村歌曲排行榜第 14 名。1961 年，劳瑞达·莲与迪卡唱片公司签约录音。1962 年，这家公司出版、发行了她的首张专辑，歌曲《成功》进入了排行榜第 6 名，劳瑞达·莲从此开始出名。1966 年，劳瑞达·莲演唱的《不要喝着酒回家》首次荣登乡村歌曲排行榜榜首。此后，她又演唱了《拳头城》、《矿工的女儿》、《在路上》、《X 等级》、《爱是基础》和《独出心裁，回到床上》等许多榜首歌曲，随着这些歌曲走红，奖项也接踵而至。劳瑞达·莲被乡村音乐协会评选为 1967 年、1972 年和 1973 年的最佳女歌手和 1972 年的最佳演员。1972 ~ 1975 年，劳瑞达·莲与康威·特威蒂连续被授予最佳二重唱的称号。他们合作演唱、录制的歌曲 15 次荣登排行榜榜首，7 次进入前 10 名。劳瑞达·莲的热情与特威蒂的真诚相得益彰，令人信服。1980 年，电影《矿工的女儿》把莲的生活和音乐生涯展现在公众面前，使她的传奇色彩超出了乡村音乐的界线。此后，劳瑞达·莲虽然荣登排行榜榜首的次数少了，但仍有歌曲上榜，10 年中有 11 次进入前 40 名。1988 年，劳瑞达·莲的名字被正式载入乡村音乐名人堂。

最 流 行 歌 曲

《不要喝着酒回家》
Don't Come Home A'Drinkin
(With Lovin on Your Mind)（1966 年）
《拳头城》
Fist City（1968 年）
《最好的女人》
Woman of the World(Leave My World Alone)（1969 年）
《矿工的女儿》
Coal Miner's Daughter（1970 年）
《在路上》
One's on the Way（1971 年）
《X 等级》
Rated"X"（1972 年）
《爱是基础》
Love Is the Foundation（1973 年）
《天堂的烦恼》
Trouble in Paradise（1974 年）
《某地某人》
Somebody Somewhere（1976 年）
《她得到了你》
She's Got You（1977 年）

另有 56 首歌曲进入排行榜前 40 名

事要去做才能知道怎么做

　　在一个阴冷的夜晚，劳瑞达·莲和丈夫背上自己的第一张唱片登上了火车。

　　"先生们、太太们，买一张唱片吧，这是我的第一张唱片，歌写得很好，唱得也好，如果不喜欢，可以按地址退回来。""是吗？我们现在就想听听你唱得好不好，能在这里唱给我们听听吗？""先生，没问题，但您需要付双倍的酬劳。""给，"小伙子一边把钞票塞进莲的手里一边说，"够不够？""谢谢！"劳瑞达·莲收下钱就唱了起来，一曲未完，人们已鼓起掌来并不约而同地出钱给劳瑞达·莲请她再唱。那段时间，劳瑞达·莲和丈夫天天去火车站推销自己的唱片，还利用邮政渠道销售。没多久，几千张唱片就售完了。事后，劳瑞达·莲的丈夫说："这事办得太玄了，亲爱的，以后我们应该先联系发行渠道再出唱片，否则砸在手里可不是好玩的。""我不这么看，我觉得事要去做才能知道怎么做，先把困难摆在前面还能干什么。"此后，莲就用这种精神敲开了唱片公司的大门而一举成名，并且几次被乡村音乐家协会评选为最佳歌手和最佳演员。

沃恩·高斯汀
（Vern Gosdin）

1934 ~

最著名的乡村音乐家

1934 年 8 月 5 日生于美国亚拉巴马州伍德兰得的一个农庄家庭。高斯汀幼年时开始唱歌，长大后和兄弟瑞克斯、罗依一起组织了"高斯汀家庭宗教音乐演出小组，伯明翰的电台曾经播放过他们演唱的歌曲。1953 年，高斯汀来到芝加哥谋生并开办了一家乡村音乐夜总会。1960 年，高斯汀在加利福尼亚与兄弟瑞克斯一起参加了当地一支名为"金州男孩"的乐队。1967 年，高斯汀演唱的歌曲《执著》进入排行榜前 40 名。随后几年中，兄弟俩因发展艰难而退出了演艺圈。1976 年，制作人加里·派克斯通说服高斯汀重新录制歌曲《执著》，高斯汀的第 1 张专辑进入了排行榜前 20 名。70 年代后期，高斯汀演唱的《昨天一去不复返》、《直到尽头》和《我的爱已经不在》等 3 首歌曲又进入排行榜前 10 名。80 年代初期，尽管高斯汀不断改变签约公司，但他演唱的歌曲仍然保持在排行榜前 10 名。1984 年，圆满唱片公司为他出版、发行的歌曲《从你跳舞的样子我知道》首次荣登乡村歌曲排行榜榜首。1987 年，高斯汀离开圆满唱片公司。第二年，哥伦比亚唱片公司主动与他签约录音并推出了高斯汀的第 1 张白金唱片《石头雕成》，这张专辑除了获得格莱美奖的提名外，还有 4 首歌曲进入乡村歌曲排行榜前 10 名。其中包括高斯汀的第 2 首榜首歌曲《让他们高兴，乔》，这首歌是献给乡村音乐的传奇人物恩斯特·特伯的。高斯汀在哥伦比亚公司的成就一直延续到 90 年代，此时他已年近 60，在年轻人对乡村音乐的狂热中到达了自己事业的鼎盛时期。

最 流 行 专 辑

《石头雕成》
Chiseled in Stone （1988 年）
《独自》
Alone （1989 年）

最 流 行 歌 曲

《执著》
Hangin' On （1967 年）
《如果你害我》
If You're Gonna Do Me Wrong （1983 年）
《一落千丈》
Way Down Deep （1983 年）
《从你跳舞的样子我知道》
I Can Tell by the Way You Dance
（You're Gonna Love Me Tonight） （1984 年）
《现在你相信我吗》
Do You Believe Me Now （1987 年）
《让他们高兴，乔》
Set'Em Up Joe （1988 年）
《这次你怪谁》
Who You Gonna Blame It On This Time （1989 年）
《我仍疯狂》
I'm Still Crazy （1989 年）

另有 2 首歌曲进入排行榜前 40 名

千万别轻言放弃

　　沃恩·高斯汀在歌唱了近 30 年后的一段时间里，觉出自己已走向夕阳，就在他打算放弃的时候，突然有人请他录歌，哥伦比亚唱片公司听到这个消息后，也主动与他签了录音合约。结果，新专辑《石头雕成》让他获得格莱美奖的提名，并产生了 4 首排行榜前 10 名的歌曲。

　　高斯汀把手放在胸口上，半是对自己、半是对世人说道："天啊，千万别轻言放弃。"

鲍比·贝尔
(Bobby Bare)

1935 ~

最著名的乡村音乐家

1935 年 4 月 7 日生于美国俄亥俄州的艾恩顿镇。贝尔尽管从小家境贫穷，但 8 岁时就产生了想当一名歌手的愿望；15 岁时组织了一支名为"流动先锋"的乐队，自任低音提琴手，后来发现弹吉他和唱歌更讨姑娘们的喜欢，又改弹吉他和唱歌。1958 年，贝尔在参军前的某一天在加利福尼亚州录制了一首名为《地地道道的美国男孩》的歌曲。他将这首歌卖了 50 美金就匆匆忙忙赶去参加了军事训练。几个月后，当电台播放这首歌时，他对兵营里的伙伴们说这是他唱的，谁也不相信，因为电台音乐节目主持人说这首歌是比尔·帕森斯唱的。这首歌还进入了流行歌曲排行榜第 2 名，唱片售出 100 万张，名和利跟贝尔一点儿也没有关系。"美国男孩"事件后，贝尔离开军队又回到了音乐领域，为找一首热门歌曲他走遍了全美。1962 年，恰特·阿特金斯演唱了他创作的《真丢脸》等 4 首歌曲进入乡村歌曲和流行歌曲排行榜。其中《底特律城》进入乡村歌曲排行榜第 6 名、流行歌曲排行榜第 16 名

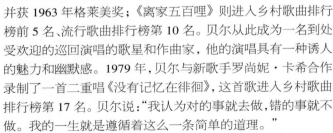

并获 1963 年格莱美奖；《离家五百哩》则进入乡村歌曲排行榜前 5 名、流行歌曲排行榜第 10 名。贝尔从此成为一名到处受欢迎的巡回演唱的歌星和作曲家，他的演唱具有一种诱人的魅力和幽默感。1979 年，贝尔与新歌手罗尚妮·卡希合作录制了一首二重唱《没有记忆在徘徊》，这首歌进入乡村歌曲排行榜第 17 名。贝尔说："我认为对的事就去做，错的事就不做。我的一生就是遵循着这么一条简单的道理。"

你们会从收音机里
听到我的歌

　　在军营的宿舍里,一位战友打开了收音机:"下面请听比尔·帕森斯演唱的歌曲《地地道道的美国男孩》。"

　　听着听着,鲍贝·贝尔激动地大声说:"我的天,这是我写的、我唱的歌,怎么成了帕森斯唱的了……"。

　　"嘿,伙计,知道你会唱,但也别做白日梦啊",战友调侃地笑着说。

　　"的确是我写的、我唱的,告诉你们,这是我参军前在加利福尼亚录制的,入伍的前几天把它卖了50美金我就来部队了! 只是为什么作曲和演唱竟成了别人?"

　　"看看,编故事了吧?"战友再次打趣道。

　　没过几个月,贝尔还从收音机里得知这首歌不仅上了排行榜,唱片也售出了100多万张,然而,这一切都与自己没有关系。

　　贝尔心里憋足了气,在离开部队的时候,给战友们留下一句话:"再见了,朋友们! 你们会从收音机里听到我的歌的,只是我会唱得比这更好。"几年之后,贝尔就成了全美乡村音乐的大明星,他实现了自己的诺言。

最流行专辑

《这是鲍比·贝尔》
This Is Bobby Bare （1973 年）
《艰难的饥饿年代》
Hard Time Hungries （1975 年）
《成功者与失败者》
The Winner and Other Losers （1975 年）

最流行歌曲

《离家五百哩》
Five Hundred Miles Away From Home
（1963 年）
《磨坊主人的山洞》
Miller's Cave （1964 年）
《四次大风》
Four Strong Winds （1964 年）
《林肯公园饭店》
Margie's At The Lincoln Park Inn （1969）
《我怎么来到孟菲斯》
How I Got To Memphis （1970 年）
《爹,这有什么关系》
Daddy What If （1973 年）
《玛丽亚·拉维奥》
Marie Laveau （1974 年）

吉瑞·李·里维斯
（Jerry Lee Lewis）

1935 ~

最著名的乡村音乐家

　　1935 年 11 月 29 日生于路易斯安那州的弗瑞迪。父母在当地教区唱歌，里维斯从小就受到音乐的熏陶，9 岁开始学习钢琴，15 岁已在当地一家福特汽车商行做首场演出，并经常与表兄弟米凯·基利一起听一些三四十年代演变成的山歌和听一些俱乐部、小饭店里的黑人歌手的演唱。1956 年，里维斯与阳光唱片公司签约录音并出版、发行了第 1 张专辑《疯狂的胳膊》，但没有引起反响。1957 年，里维斯又推出第 2 张专辑《摇下去》，这张专辑以强劲的风格震撼了摇滚世界；同年年末出版、发行的专辑《大火球》也收到同样的效果，这张专辑中的主打歌首次荣登乡村歌曲排行榜榜首并进入流行歌曲排行榜第 3 名。此时的里维斯，由于台上台下的幽默、有趣和精湛的钢琴技巧而成为摇滚歌迷的偶像。1958 年，里维斯又推出专辑《喘不过气》再一次进入了乡村歌曲排行榜第 4 名，流行歌曲排行榜第 7 名。正当里维斯将要达到音乐事业的巅峰时，传出他与 13 岁的表妹米拉结婚的丑闻而摔了下来。里维斯没有气馁，在低谷徘徊了 10 年之后，60 年代后期，终于以《我会说什么》、《冷酷的心》等歌曲又进入了排行榜的前 5 名，包括获得 1969 年排行榜榜首的歌曲《让爱使你更甜蜜》。在此后的 20 年里，里维斯又推出了《有个人拥有我的名字》、《有比这个更值得爱的》、《中年疯狂》等一批歌曲进入排行榜前 40 名。尽管媒体称他为"杀手"，然而里维斯仍然是歌迷们崇拜的偶像。

三天的演唱会
竟分文未得

吉瑞·李·里维斯难以承受的是命运的捉弄和对乡村音乐的一片痴情，他的两个儿子不幸夭折，两任妻子也前后离开人世，这种沉重的打击使里维斯几乎寻找一切机会发泄着内心巨大的苦痛。越是这样，他的歌越发地动人心魄，或许是他已在乡村音乐里找到一种寄托和安慰吧。

一次，里维斯由于连续的劳累再加上感冒发烧而住进了医院，医生把好药都给他用上了还是不见效，里维斯更加昏迷不醒。一般的人昏迷后常常胡言乱语，而里维斯却一直在唱歌，一首接一首不停地唱，一连3天都是这样，为了让他安静下来，医生每天给他打一次镇静剂。

等他醒来后病友告诉他"你昏迷了3天，唱了3天的乡村歌曲"，"是吗?，我说我为什么这么累呢，原来我竟然开了3天的音乐会?!嗨!钱包没鼓起来，倒是瘪了下去?"

最 流 行 歌 曲

《摇下去》
Whole Lot of Shakin' Going On （1957 年）
《大火球》
Great Balls of Fire （1957 年）
《你又赢了》
You Win Again （1957 年）
《什么使得米尔沃基出了名》
What's Made Milwaukee Famous （1968 年）
《她还过来》
She Still Comes Around （1968 年）
《她把我叫醒说声再见》
She Even Woke Me Up to Say Goodbye （1969 年）
《有比这更值得爱的》
There Must Be More to Love Than This （1970 年）
《请再给一次机会》
Would You Take Another Chance on Me （1971 年）
《查迪利花边》
Chantilly Lace （1972 年）

另有 39 首歌曲进入排行榜前 40 名

1936 年 3 月 9 日生于美国路易丝安那州的弗瑞迪。1953 年,基利从弗瑞迪来到荷斯顿,不久,他演唱的歌曲《疯狂的胳膊》就进入了乡村歌曲排行榜。50 年代后期和 60 年代初期,基利在荷斯顿地区的俱乐部里演唱,后来曾在新奥尔良的比劳克斯、莫比尔和路易丝安那州的查尔斯湖城等地的俱乐部里演唱,曾为道特唱片公司和一些小唱片公司录音。1969 年,基利在鲍拉唱片公司录制的歌曲又进入了排行榜。但他却放弃了继续录音而返回荷斯顿,在帕萨丹一家名为“那萨德尔”的夜总会里找到一份工作,并与当地一位叫做施渥特·克拉耶的商人合伙开办了“基利俱乐部”,不再去联系录制唱片。1973 年,当地一位留声机经销商说服他为她的音响系列录几首歌曲,基利又回到了录音棚。他录制的专辑《充满玫瑰花的房间》由阿斯特罗唱片公司出版、发行后,在当地引起了轰动。歌曲《充满玫瑰花的房间》首次荣登乡村歌曲排行榜榜首,花花公子唱片公司复制再版这首歌曲时又进入了流行歌曲排行榜前 50 名。1974 ~ 1978 年,基利在花花公子唱片公司录制了 5 首榜首歌曲,其中有《城市之光》、《关门时姑娘们难道不更漂亮》和《她又把我拽回去》。1978 年,基利转到世纪唱片公司后,他演唱的歌曲仍然进入了排行榜前 10 名。1986 年,基利与施渥特·克拉耶解散了“基利俱乐部”,也从乡村歌曲排行榜上消失了 3 年。1989 年,当乡村音乐出现新的回潮时,基利演唱的歌曲再一次进入了排行榜。

米凯·基利
(Mickey Gilley)

1936 ~

最著名的乡村音乐家

不为音乐而音乐的音乐之路

"史密斯先生，我也想像表哥吉瑞·李·里维斯那样弹钢琴，瞧他多么风光。"米凯·基利对表哥的钢琴老师说。

里维斯也是乡村音乐著名的歌手，少年时期就显示出非凡的音乐天才，而且很能吃苦。基利则一直没有明确的喜好，总是三心二意。看表哥在舞台上风光时他想学音乐，看电影明星露脸时他想演电影……史密斯先生知道基利不是学音乐的材料，于是很诚恳地对他说："何必选择你做不好的事呢？"

后来，基利做了汽车修理工，这十分适合他悠闲自在的个性。一天，基利送表哥到机场，他看到里维斯拿出的一大把百元大票，这又让他感到自己有些失落，于是他再次去一家唱片公司录制了几首歌，歪打正着，终于上榜了。可是，自由自在的生活还是吸引着他又去做了半年的建筑工人。

音乐就像一块强烈的磁铁牢牢地吸引着基利，不久，在朋友的鼓动下他与人合开了一家夜总会，走上了一条只为抒发自己情感而歌唱的路，从此竟唱出了名而成为著名的乡村明星。

最 流 行 歌 曲

《充满玫瑰花的房间》
Room Full of Roses （1974 年）
《关门时姑娘们难道不更漂亮》
Don't the Girls All Get Prettier
at Closing Time （1977 年）
《真诚的爱》
True Love Ways （1980 年）
《这就是一切》
That's All That Matters （1980 年）
《明天会头疼》(今晚会头疼)
A Headache Tomorrow
(Or a Headache Tonight) （1981 年）
《把梦放一边》
Put Your Dreams Away （1982 年）
《跟我说》
Talk to Me （1982 年）

另有 32 首歌曲进入排行榜前 40 名

格伦·坎培尔
（Glen Campbell）

1936 ~

最著名的乡村音乐家

　　1936 年 4 月 22 日生于美国阿肯色州比尔斯一个有 10 个孩子的家庭。坎培尔 4 岁就随哥哥姐姐学习吉他，后来一面在当地教堂唱歌，一面听巴莱·凯塞尔的录音带。14 岁时，坎培尔来到新墨西哥州和得克萨斯州的休斯敦谋求发展。先在叔叔迪克·比尔斯的"跳舞和打架俱乐部"的乐队里参加巡回演出，后来又上了大学。坎培尔 22 岁时来到加利福尼亚。1960 年又来到洛杉矶，他刚到洛杉矶时，因有家乡口音和某些生活习惯而不适应当地的生活。1962 年，坎培尔演唱的歌曲第一次进入乡村歌曲排行榜前 20 名，当时他还是"青山小伙子"乐队的特色歌手与吉他手。1965 年，坎培尔成为"海滩小伙子"乐队的临时队员；后来又加盟布瑞恩·威尔逊的乐队，6 个月后成为这支乐队永久性的成员并与国会大厦唱片公司签约录音。1967 年，这家公司为他出版、发行的首张个人专辑《燃烧的桥》进入了流行歌曲排行榜第 18 名；同年夏天为他出版、发行的专辑《心上的温柔》又进入了乡村歌曲排行榜第 30 名和进入了流行歌曲排行榜第 76 名。其后出版、发行的专辑《当我到达凤凰城》又进入了乡村歌曲排行榜第 2 名和流行歌曲排行榜第 26 名。另一首歌曲《维齐塔的养路工》则荣登乡村歌曲排行榜榜首和流行歌曲排行榜第 3 名。这些成绩为坎培尔在 1968 年至 1972 年的电视专题《格伦·坎培尔黄金时间》创造了条件。70 ~ 90 年代,坎培尔演唱的乡村歌曲在排行榜上长久不衰。其中包括经典歌曲《盖尔伏斯顿》和乡村歌曲、流行歌曲两个排行榜的榜首歌曲《莱茵斯顿的牛仔》、《南方的夜晚》等。

弹吉他比扶犁把更有趣

小格伦·坎培尔牵着驴子无言地走在前面，父亲在后面扶着犁不停地吆喝着："驾！驾！"大片的田野好像总也耕不完。

坎培尔稍长大些，父亲有时就让他替自己扶扶犁。一天的辛苦就不用提了。

星期天，是坎培尔一家最开心的日子。上午9点的家庭音乐会，兄弟姐妹10人各演奏一件乐器，效果还挺不错，吸引了众多的乡邻观看。

坎培尔15岁时，叔叔参加的"跳舞和打架俱乐部"的乐队缺人手，就推荐他加盟了乐队并与这支乐队一起演奏了各种各样的乡村音乐，而且还到许多地方巡回演出。乡村音乐与城乡风光的良辰美景时时让坎培尔的心里涌起激情。

回到家里，坎培尔对父亲说："爸爸，我觉得弹吉他唱歌比耕地有趣多了。"父亲笑着说："儿子，弹吉他唱歌也像耕地一样，要一步一个脚印，踏踏实实去做才能成功。！"

最 流 行 专 辑

《格伦·坎培尔黄金时间》
The Glen Campbell Good Time （1975年）
《纯种》
Bloodline （1976年）
《南方的夜晚》
Southern Nights （1977年）
《家信》
Letter to Home （1984年）

最 流 行 歌 曲

《当我到达凤凰城》
By the Time I Get to Phoenix （1967年）
《我要活着》
I Wanna Live （1968年）
《维齐塔的养路工》
Wichita Lineman （1968年）
《盖尔伏斯顿》
Gal veston （1969年）
《莱茵斯顿的牛仔》
Rhinestone Cowboy （1975年）
《南方的夜晚》
Southern Nights （1977年）

另有48首歌曲进入排行榜前40名

汤姆·T·豪尔
(Tom T Hall)

1936 ~

最著名的乡村音乐家

　　1936 年 5 月 25 日生于美国肯塔基州的迪克里奇。豪尔 8 岁时写诗,9 岁时作曲,15 岁时由于父母亲的早逝而辍学在一家服装厂干活,16 岁时组织了一支名为"肯塔基旅行者"的乐队在该地区的学校里和当地的一个电台节目中演出。乐队解散后,豪尔留在电台当音乐节目主持人。1957 ~ 1961 年,豪尔在军中服役时完成了高中学业并继续作曲和唱歌。回地方后,他在弗吉尼亚州的塞莱姆当电台音乐节目主持人,后考入罗恩努克学院学习新闻。1963 ~ 1964 年,豪尔在吉米·凯的出版公司工作时,他创作的歌曲由吉米·C·纽曼和戴夫·杜德莱演唱并进入了排行榜前 10 名,由琼尼·瑞特演唱的歌曲《你好!越南》荣登乡村歌曲排行榜榜首。1967 年,豪尔与麦考瑞唱片公司签约录音。他首次演唱的歌曲《我在晨露中洗脸》第一次进入了乡村歌曲排行榜。1968 年,豪尔应邀创作的歌曲《哈派山 P. T. A.》再一次荣登排行榜榜首。随后,他作曲和演唱的歌曲《在乡村监狱的一星期》又进入了排行榜。1971 年,豪尔创作和演唱的歌曲《克莱顿·德兰尼去世的那一年》又一次获得排行榜第 1 名。此期间,他还写了一本半自传体的书——《说书人的纳什维尔》。1982 年出版了一本小说《伍德蒙特爱笑的人》。80 年代,豪尔上榜的次数虽然减少了,但是他创作的歌曲曾对琼斯·乔治、琼尼·卡希、弗莱特、斯克劳格斯、鲍比·贝尔等许多歌星产生过影响。

最 流 行 专 辑

《寻找一支歌》
In Search A Song （1971 年）
《汤姆· T ·豪尔精品集》
The Essential Tom T Hall （1988 年）

最 流 行 歌 曲

《在乡村监狱的一星期》
A Week In A Country Jail （1969 年）
《克莱顿·德兰尼去世的那一年》
The Year That Claytnn Delaney Died （1971 年）
《西瓜酒》
(Old Dogs Children and)Watermelon Wine （1972 年）
《我爱》
I Love （1973 年）
《这首歌使我发狂》
That Song Is Driving Me Crazy （1974 年）
《乡村》
Country Is （1974 年）
《我在意》
I Care （1974 年）
《更快的马》
Faster Horses(The Cowboy and the Poet) （1976 年）

另有 31 首歌曲进入排行榜前 40 名

噢！妈妈

　　"噢！妈妈，别哭泣，别发愁，黄油和面包都会有，黄油和面包都会有。"汤姆·T·豪尔 15 岁时父亲去世，母亲深深地陷入了苦痛与忧愁中。豪尔知道自己必须为母亲分担生活的重担，为了让母亲开心点便轻声地唱出这首自编的歌，母亲凝重的眉间终于露出了一丝欣慰的笑容。

　　此后，尽管豪尔离开了学校，做过工，当过兵，但却一直坚持写歌并完成了高中的学业。尤其是写歌、唱歌，犹如他生命的一部分。退役后，豪尔在电台找到了一份工作，工作之余仍然坚持创作。一次，音乐制作人哈罗德·普斯特威特听了豪尔创作的新歌试唱后大为吃惊："天啊，你这是从哪儿弄来的这些歌？""我自己写的！""我的上帝，还有多少哇？""你要多少？"

　　豪尔回到家，把合同和定金全交给了母亲。这次，他又充满幸福与感奋地自编自唱："噢！妈妈，苦尽甜来，买车、买房都随您，环球旅游也可以……"

克里斯·克里斯朵夫森
（Kris Kristofferson）

1936 ~

最著名的乡村音乐家

1936 年 6 月 22 日生于美国得克萨斯州的布朗斯维尔。1958 年，克里斯朵夫森进入英国牛津大学时就开始写歌，大学毕业后应征入伍，退役后又组织了一支乐队。60 年代中期，克里斯朵夫森在纳什维尔休假时与琼尼·卡希相识，卡希鼓励克里斯朵夫森从事作曲。1965 年，他来到了纳什维尔，曾在哥伦比亚录音室当过看门人。1970 年，克里斯朵夫森创作的歌曲《我和鲍比·马吉》，由罗吉·米勒演唱后进入了乡村歌曲排行榜第 12 名；同年，卡希也录制了他创作的歌曲《星期日早晨降临了》，这首歌曲收录在克里斯朵夫森 1971 年发行的首张专辑里，这张专辑还收录了《为了好时光》和《帮我度过这一夜》等不同音乐风格的经典歌曲，因此唱片发行后十分火爆并售出了 100 万张，从此确立了克里斯朵夫森在乡村歌坛的地位。1971 年，克里斯朵夫森作为作曲家和演员出现在洛杉矶的抒情诗人夜总会和卡希主持的电视节目上。1973 年，他创作的歌曲《为什么是我》第一次荣登乡村歌曲排行榜榜首；同年，他与歌星瑞塔·考利奇结婚，70 年代中、后期，他们两人曾一起巡回演出和录音。1974 年，他们录制的《温存的胳膊》和《雨》等歌曲在排行榜上名次较低。1979 年，克里斯朵夫森与考利奇的婚姻结束。1985 年，他与威利·纳尔逊、韦龙·詹尼斯以及琼尼·卡希等人组成"公路人"乐队，乐队的首张专辑《公路人》问世后再次荣登排行榜榜首。此外，乐队还成功地在全美各地巡回演出和录制唱片，直到 90 年代还录制了《等火车的无赖》和《银色的种马》等一批上榜歌曲。目前，克里斯朵夫森仍然从事着他所热爱的音乐事业，相信不久的将来又会有新的佳作问世。

最 流 行 专 辑

《克里斯朵夫森》
Kristofferson （1971 年）
《耶稣是蝎子星座》
Jesus Was a Capricorn （1973 年）

最 流 行 歌 曲

《为什么是我》
Why Me （1973 年）

　　与韦龙·詹尼斯、威利·纳尔逊、
琼尼·卡希合作演唱的歌曲：

《公路人》
Highwayman （1985 年）
《等火车的无赖》
Desperados Waiting for a Train （1985 年）
《银色的种马》
Silver Stallion （1990 年）

开着飞机去推销歌

　　克里斯·克里斯朵夫森在大学毕业后就参军作了一名滑翔机飞行员，结婚以后组织了一支乐队并开始创作歌曲。
　　克里斯朵夫森除了把作品寄到纳什维尔的一些音乐出版社外，还驾机到处推销自己的作品。据说他将飞机降落在著名乡村音乐作曲家、歌唱家琼尼·卡希的后院，亲自交给了卡希一张自己创作的歌谱，赢得了这位名歌星对自己从事作曲、演唱的支持。

艾弗莱兄弟
(The Everly Brothers)

1937 ~

最著名的乡村音乐家

多恩·艾弗莱（1937年2月1日生于美国肯塔基州的伯隆尼）、菲尔·艾弗莱（1939年1月19日生于肯塔基州的伯隆尼），父亲艾克·艾弗莱和母亲玛格丽特都是受欢迎的乡村歌手，多恩和菲尔从小就跟着父母在南方和中西部巡回演出。1955年，兄弟俩先在纳什维尔哥伦比亚唱片公司录制了一张专辑，因不成功与哥伦比亚公司中止了合约。1957年，艾弗莱兄弟在吉他演奏家恰特·阿特金斯和出版商阿克夫——罗斯的帮助下与韵律唱片公司签约录音。同年，作曲家弗利斯和波多·伯朗特为他们创作了歌曲《再见吧! 爱》，这首歌经他们兄弟俩演唱后首次荣登乡村歌曲排行榜榜首并保持了7周之久，在流行歌曲排行榜上也连续4周排名第2。此后，艾弗莱兄弟演唱的歌曲《小苏茜快醒来》获1957年乡村歌曲排行榜第1名，《追梦》和《小狗》，再一次荣登1958年乡村歌曲排行榜和流行歌曲排行榜榜首，艾弗莱兄弟转到华纳唱片公司后还出版、发行了更多的上榜歌曲。60年代中期，随着英国流行音乐的兴起，艾弗莱兄弟的名声逐渐下降。1968年，艾弗莱兄弟又录了几张专辑和推出了一首上榜歌曲《根》。1973年，兄弟俩在

加利福尼亚的一次演出后分了手。过了10年他们又走到了一起。1984年，兄弟俩又演唱了保罗·麦卡特尼创作的歌曲《夜莺的翅膀》再一次进入了排行榜。此时的艾弗莱兄弟不但已是功成名就，而且还创作了《卡塞的小花脸》、《等到我吻你》、《忠于你》和《我什么时候能被人爱》等许多进入排行榜的歌曲。1986年，多恩和菲尔的名字被正式载入摇滚音乐名人堂。

受冲击不是坏事

　　红过一阵之后，乡村音乐、流行音乐歌手艾弗莱兄弟受到了英国流行音乐的冲击，"披头士乐队"来势凶猛，几乎将兄弟俩淹没。

　　既然事情就这样摆在了面前，艾弗莱兄弟知道愤怒是没有用的，只有向别人学习才是上策。结果，兄弟俩又在新的音乐探索里取人之长，补己之短，使自己的艺术修养和演唱水平都迈上了新的台阶。多恩说："感谢上帝给了我们这些英国人，他们把美国摇滚音乐拿去，提高了层次，又给我们送回来，'披头士乐队'给我们的流行音乐要比原来的好。"

最流行歌曲

《小苏茜快醒来》
Wake Up Little Susie （1957 年）
《我们要告诉他吗》
Should We Tell Him （1958 年）
《追梦》
All I Have to Do Is Dream （1958 年）
《克劳蒂》
Claudette （1958 年）
《小狗》
Bird Dog （1958 年）
《忠于你》
Devoted to You （1958 年）
《难题》
Problems （1958 年）
《等到我吻你》
Till I Kissed you （1959 年）

另有 2 首歌曲进入排行榜前 40 名

墨尔·哈加特
(Merle Haggard)

1937 ~

最著名的乡村音乐家

　　1937 年 4 月 6 日生于美国加利福利亚州的贝克斯菲尔德一个移民家庭，祖父和父亲都会拉小提琴。哈加特 9 岁时父亲就得脑瘤去世了，随后他离家出走。一次，哈加特闯进一家消防器材店偷了一只护胸器，又和几个喝醉了的哥儿们闯进一家正在开业的酒吧胡闹，为此而被判 14 年半的有期徒刑关在圣昆汀监狱里。50 年代后期，哈加特受琼尼·卡希来监狱中慰问演出的鼓舞，发誓要重新做人。此后，哈加特从一名闹事者转变成模范犯人并参加了监狱里的乐队。哈加特 21 岁时被假释出狱，他回到贝克斯菲尔德，白天挖沟，晚上在简陋的娱乐场所唱歌。60 年代早期，贝克斯菲尔德因出了布克·欧文斯、弗林·赫斯基和鲍妮·欧文斯等歌星而使该地区成为受人关注的音乐中心。1962 年，哈加特经露易丝·塔利介绍与塔利唱片公司签了合约。1963 年 12 月，这家公司为哈加特出版、发行的第 1 张专辑《唱悲伤的歌》就进入排行榜第 19 名。随后哈加特又演唱了两首进入排行榜前 40 名的歌曲，其中包括他自己创作的《陌生人》。1966 年，哈加特转到国会大厦唱片公司，这家公司为他录制的专辑《摇晃的门》进入了排行榜第 5 名，从此为哈加特打开了成功的大门。1966 ~ 1977 年，在短短的 11 年里，哈加特发行了 8 张专辑，只有 2 张专辑的排名落后于前 10 名，其余的都在前 5 名，并且还有《逃亡者》、《难忘的人》、《把我唱回家》、《妈妈试过》、《饥饿的眼睛》、《劳动者布鲁斯》以及《从穆斯科基来的穷移民》等 24 首歌曲登上了乡村歌曲排行榜榜首。哈加特一生历经过各种磨难，但从他获得了 36 次排行榜第 1 名的惊人成就，足以证明他在乡村乐坛的声望和影响。

你我都会改变

墨尔·哈加特 9 岁时，父亲因病去世，这对他来说是难以承受的事实，从此便离家出走。

到处流浪的结果是在 14 岁那年因偷东西进了监狱，被判了 14 年半的刑。一次，著名的乡村歌手琼尼·卡希来监狱慰问演出，卡希的歌声深深鼓舞了他，他决心重新做人，很快由一名闹事者变成了模范犯人并在 21 岁时获假释出狱。

哈加特原来就受祖父、父亲的影响会拉小提琴，也会唱歌，他出狱后如鱼得水，在音乐之旅上进步神速，而且获得巨大成功。1960～1970 年，在他出版、发行的 38 张唱片中竟有 24 首歌曲名列排行榜第一。一次在飞机上，一位穿着整齐的小伙子动情地拥抱着哈加特说："你的歌唱改变了我的生活，我曾是混迹于街头的……"哈加特会心地笑了。

最 流 行 歌 曲

《逃亡者》
The Fugitive （1966 年）
《把我唱回家》
Sing Me Back Home （1967 年）
《妈妈试过》
Mama Tried （1968 年）
《劳动者布鲁斯》
Workin' Man Blues （1969 年）
《从穆斯科基来的穷移民》
Okie from Muskogee （1969 年）
《大城市》
Big City （1982 年）
《跟着孤独者走》
Going Where the Lonely Go （1982 年）
《爱就是这样》
That's the Way Love Goes （1983 年）
《高处》
Natural High （1985 年）
《幸运之星亮晶晶》
Twinkle Twinkle Lucky Star （1987 年）

另有 72 首歌曲进入排行榜前 40 名

弗雷迪·范德尔
（Freddy Fender）

1937 ~

最著名的乡村音乐家

1937 年 6 月 4 日生于美国得克萨斯州靠近墨西哥边境的圣贝尼托，原名鲍尔德马尔·赫塔。父母亲都喜欢听传统的墨西哥乐曲，范德尔从小就受到音乐的熏陶。他 16 岁时离开学校参加海军，服役期满后又回到圣伯连托，在当地的舞会上演唱墨西哥歌曲。范德尔很快就意识到要取得成功必须开阔音乐视野并开始演唱一些带有美国乡村音乐和摇滚乐风格的歌曲，由此而引起当地制作人威尼·顿肯的注意。当他与顿肯签约时，改名为范德尔。1960 年，范德尔录制的唱片引起了帝国唱片公司的关注；同年，帝国唱片公司为他出版、发行的首张专辑《浪费掉的白天和黑夜》进入了乡村歌曲排行榜；5 月，刚崭露头角的范德尔因私藏毒品在路易斯安那州被捕服刑 5 年。在监狱里，范德尔仍然学习音乐，每逢周末就为犯人们演出，从而得到不少练习机会。1963 年，经州长吉米·戴维斯获准，范德尔被假释出狱。 在此后的十几年里，他虽然没有出版唱片，但仍然在当地许多俱乐部和舞台上演出。1975 年，范德尔与道特唱片公司签约并出版、发行了上榜专辑《在又一滴眼泪掉下之前》。这张唱片以他忧郁的歌喉和朴实的真诚

而吸引了不少新的歌迷；同年，他的这张上榜专辑获得乡村音乐协会的最佳单张奖，他本人也获得最佳男歌手奖。此后，道特唱片公司还为范德尔出版、发行了《秘密的爱》、《你会丢掉一样好东西》、《雨来了》和《对我说》等许多上榜专辑。1990 年，范德尔参加了杜·尚姆和其他一些人组织的"得克萨斯旋风"的巡回演出。

最 流 行 歌 曲

《浪费掉的白天和黑夜》
Wasted Days and Wasted Nights （1960 年）
《在又一滴眼泪掉下之前》
Before the Next Teardrop Falls （1975 年）
《婴孩时我就见过你》
Since I Met You Baby （1975 年）
《秘密的爱》
Secret Love （1975 年）
《生活的疯狂一面》
Wild Side of Life （1976 年）
《你会丢掉一样好东西》
You'll Lose a Good Thing （1976 年）
《改过自新》
Living It Down （1976 年）
《雨来了》
The Rains Came （1977 年）
《如果你不爱我》
If you Don't Love Me
(Why Don't You Just Leave Me Alone) （1977 年）

另有 6 首歌曲进入排行榜前 40 名

炼狱之歌

"开门，我们是警察。"一阵急促的敲门声把弗雷迪·范德尔吓了一跳，他本能地走过去打开了门。"据举报，你私藏毒品，这是搜查令……"范德尔觉得有点像拍电影，挺刺激的，他知道自己不吸毒，也不会藏那些玩意儿。可是，就在这时警察从他的床底下搜出了海洛因……"这，这，这……"噢! 想起来了，这是一年前朋友维克多为他自己储备的，时间久了竟忘了让他拿走。

"你被逮捕了，你有权保持沉默，"警察一边说着一边给范德尔带上了手拷……

"啊，天哪，我的歌正在走红我却要进监狱……"

"我要唱歌，我要唱歌。"范德尔在牢房里大叫着。监狱长早已久仰他的大名，也希望有点高水平的娱乐，于是就答应了他。5 年的监禁，范德尔几乎每周给牢友们开一场音乐会，他的歌唱技巧和声音质量因此而有了提高。范德尔出狱后，歌迷们对他忧郁、朴实而真诚的歌唱更加赞赏和喜爱，并称其为炼狱之歌。

　　1937 年 6 月 15 日生于美国得克萨斯州的立特弗尔德。父亲是吉米·罗杰斯的狂热歌迷,
詹尼斯从小受到很大影响,但他更喜欢歌星恩斯特·特伯,詹尼斯刚学会走路时就偷偷地拿起
爸爸的吉他来模仿特伯弹奏。1950 年,13 岁的詹尼斯开始演唱并在地方比赛中获奖,14 岁时他
离开学校,在鲁伯克电台当音乐节目主持人和演唱乡村、摇滚歌曲。60 年代初,詹尼斯因不喜欢
模仿阿尔·马丁诺的演唱而从 ACM 唱片公司辞职。1965 年,恰特·阿特金斯介绍他与纳什维
尔 RCA 唱片公司签约录音,这家公司为他出版、发行的歌曲《挡住世界》进入了排行榜前 40
名。此后,詹尼斯在录制一首名为《气闷》的歌曲时,坚持用作曲家哈兰·何华德创作的简练而
有效果的伴奏而掌握了演唱的主动权。1974 年,詹尼斯又打破了 RCA 公司必须在自己的录音
棚里录歌的规定,强迫公司接受自己在汤姆帕尔·格拉斯的录音棚里录制的专辑《这个男人》,
这一举动使他在录音行业中成为"叛逆者"。1976 年,詹尼斯与妻子吉丝·科尔特等人录制的专
辑《招聘:叛逆者》出版、发行后十分火爆,唱片售出 100 万张,歌曲《得克萨斯州的鲁肯巴希》荣
登乡村歌曲排行榜榜首并保持了 6 周之久。到 1977 年时,这张专辑已成为最热门的乡村歌曲
和流行歌曲唱片。詹尼斯以他真诚的歌声和独特的男低音音色,在乡村音乐史上写下了光辉的
一页。

韦龙·詹尼斯
（Waylon Jennings）

1937 ~

最著名的乡村音乐家

你有权试一次自己的样式

"爸爸,你看我给你表演吉米·罗杰斯。"小韦龙·詹尼斯拿着一把扫帚,左右摇摆着身体,嘴里有滋有味地唱着罗杰斯的歌曲。

父亲乐得一把抱起了詹尼斯,头拱在儿子的怀里,使劲地亲吻着他。"看来你是我热衷罗杰斯音乐的最有价值的结果。好儿子,你一定会成为未来的罗杰斯。"

"我才不要作罗杰斯呢,我叫詹尼斯,要做詹尼斯。"听着儿子的话,父亲心里乐开了花。

詹尼斯13岁时就脱离了模仿,按照自己对音乐的理解和想象唱出了名堂。他成为名歌星后,甚至打破唱片公司录制音响必须在所属的录音棚录制的规定,完全按照自己的设想在别的棚里录音。不仅如此,他还鼓励每一个歌手去追求自己的演唱特色。詹尼斯常挂在嘴边的一句话是:"你有权试一次你自己的样式。"

最 流 行 专 辑

《这一次》
This Time (1974 年)
《招聘:叛逆者》
Wanted:The Outlaws (1976 年)
《我总是疯狂》
I've Always Been Crazy (1978 年)

最 流 行 歌 曲

《这一次》
This Time (1974 年)
《我是一个放荡不羁的人》
I'm a Ramblin'Man (1974 年)
《得克萨斯州的鲁肯巴希》
Luckenbach,Texas
(Back to the Basics of Love) (1977 年)
《阿曼达》
Amanda (1979 年)
《赫扎德公爵》
Theme from the Dukes of Hazzard
(Good ol'Boys) (1980 年)

与威利合作的二重唱:

《好心的女人》
Good Hearted Woman (1975 年)
《妈妈们不要让你们的孩子长大当牛仔》
Mammas Don't Let Your Babies Grow
 Up to Be Cowboys (1978 年)

另有 75 首歌曲进入排行榜前 40 名

比尔·安得森
（Bill Anderson）

1937 ~

最著名的乡村音乐家

1937 年 11 月 1 日生于美国南卡罗来纳州哥伦比亚城的一个中产阶级家庭，在佐治亚州长大。9 岁随家人从卡罗来纳州移居亚特兰大市郊得克特，后逐渐对音乐萌发了兴趣。安得森在阿旺达尔上高中时组织了一支名为"阿旺达尔花花公子"的乐队。17 岁时，他在佐治亚州康迈斯城的电台找到一份演奏迪斯科的工作，使其能够完成自己在佐治亚大学的学业并取得了新闻播音学位。起初，他只把音乐当做业余爱好，大学一年级时，他创作的第 1 首歌曲《我没有爱》问世后，由阿肯萨斯·吉米演唱，并由圣·安东尼奥唱片公司录制成唱片，这改变了安得森对音乐的态度。后来，他为 TNT 唱片公司创作的歌曲《城市之光》由瑞·普莱斯演唱获得 1958 年流行歌曲排行榜第 1 名，纳什维尔的大门从此为他打开，英国迪卡唱片公司也开始与他合作。1960 ~ 1961 年，他创作的《我的手指尖》、《向后走》和《流行民谣》等 3 首歌曲又连续 3 次进入了乡村歌曲排行榜的前 10 名。1962 年，他又以乡村歌曲《妈妈唱首歌》和《静寂》第一次获得金曲奖。1964 年，是安得森音乐事业的鼎盛时期，他已有足够的影响力去发掘歌星；同年他与歌坛新秀简·哈瓦德录制的一系列二重唱，有 4 首进入了流行歌曲排行榜前 5 名。比尔·安得森从跳迪斯科开始走上乐坛，经过 30 年的努力而成长为乡村乐坛最著名的作曲家和名歌星。

最 流 行 歌 曲

《我的手指尖》
The Tips of My Fingers （1960 年）
《流行民谣》
Po' Folks （1961 年）
《妈妈唱首歌》
Mama Sang a Song （1962 年）
《静寂》
Still （1962 年）
《但是你知道我爱你》
But you Know I Love You （1972 年）
《有时候》
Sometimes （1975 年）

另有 51 首歌曲进入排行榜前 40 名

别怕上当

　　一个最著名的乡村音乐作曲家和歌唱家的一首作品所得稿酬是多少？总不至于是 2 美元吧？

　　就是 2 美元。当然，这不是在安得森成名之后，而是之前的事。

　　安得森上大学一年级时创作的第 1 首歌曲《我没有爱》被一家唱片公司录成唱片，所得的稿酬为 2 美元 52 美分。安得森后来说自己当时上当了，好在没有因为吃亏而放弃音乐的梦想，否则就不可能取得今天的成绩。

1938 年 3 月 18 日生于美国密西西比州斯莱基的一个农民家庭。普瑞德从小就和兄弟姐妹们一起去摘棉花来养家糊口，直到 17 岁才逐渐爱上了乡村音乐，然而他最喜欢的还是打棒球，曾参加过"美国黑人联赛"和"洛杉矶天使"队。1963 年，普瑞德在蒙塔纳与瑞德·苏凡和瑞德·福莱同台演出，两位歌星对普瑞德的演唱印象很深，他们建议普瑞德去纳什维尔录唱片，于是普瑞德来到纳什维尔和 RCA 唱片公司签约录音。公司经理恰特·阿特金斯害怕暴露了普瑞德的黑人身份听众可能不接受，为了防止产生负面反应，RCA 公司出版、发行普瑞德的第 1 张唱片时，封

查理·普瑞德
（Charley Pride）

———————————

1938 ~

最著名的乡村音乐家

面上没有附照片，仅署名"乡村歌手查理·普瑞德"。后来当歌迷知道普瑞德是一名黑人时，他已经 3 次进入了乡村歌曲排行榜前 10 名，完完全全在乡村乐坛站稳了脚跟。1969 年，普瑞德演唱的歌曲《我所能给你的一切》首次荣登排行榜榜首。此后，他共有 29 首歌进入排行榜第 1 名，其中最走红的一首歌曲是《吻小天使早安》，这首歌曲还同时进入了流行歌曲排行榜第 21 名。70 年代，普瑞德在 RCA 公司录制的唱片销量最好，因此而成为这家公司历史上获利最大的歌手之一。普瑞德曾获得乡村音乐协会颁发的最佳男歌手与演员奖，3 次获得格莱美乡村音乐奖。1986 年，普瑞德认为自己在 RCA 公司已没有优势可言，于是转到第 16 大道唱片公司继续录歌和巡回演唱。作为黑人演员，普瑞德所遭受到的种种困难和所取得的成就是惊人的。他曾谦虚地说："尽管我喜欢名声和赞美，但并不因此而骄傲。我跟其他人一样有脚、有手、有心、有一付好嗓子，我应该不断努力，再上一层。"

最 流 行 歌 曲

《害怕又失去你》
(I'm So) Afraid of Losing You Again （1969 年）
《我不能相信你不再爱我了》
I Can't Believe That You've Stopped Loving Me （1970 年）
《我就是我》
I'm Just Me （1971 年）
《吻小天使早安》
Kiss an Angel Good Morning （1971 年）
《时间要长点儿》
It's Gonna Take a Little Bit Longer （1972 年）
《酒吧布鲁斯》
Honky – Tonk Blues （1980 年）
《从没有这样被爱过》
Never Been So Loved(In All My Life) （1981 年）
《爱之山》
Mountain of Love （1981 年）
《夜晚游戏》
Night Games （1983 年）

另有 50 首歌曲进入排行榜前 40 名

没人用眼睛听音乐

一位记者问："查里·普瑞德先生，作为全美唯一的一个黑人乡村歌手，你当初学唱乡村歌曲时，难道你不知道这是白人歌手的领域吗？"

"先生，当你打开收音机听歌时，是用耳朵呢，还是用眼睛？"在场的人全都笑了。

"这是我一直都不想谈的话题，如果我老是想肤色，就当不成演员了。人们老问我一些有关种族的问题，对于歌手来说？喜欢唱歌不应该受肤色的限制，音乐是无肤色、无种族、无国界的，想怎么唱就怎么唱，我怎能不唱我喜欢的歌呢?！"普瑞德动情地说。

记者又问："唱片公司出版、发行你的第 1 张唱片时，考虑到公众可能接受不了黑人演唱乡村歌曲，所以封面只有署名而没有附上你的照片，你对这个问题怎么看？"

"在美国，种族歧视是有的，这只是时间和人数的问题，许多人听音乐时和我一样，是用耳朵而不是用眼睛，否则我不会成功。"

豪易特·阿克斯顿
（Hoyt Axton）

1938 ~

最著名的乡村音乐家

　　1938 年 5 月 25 日生于美国俄克拉荷马州的顿肯。阿克斯顿的母亲梅·P·阿克斯顿曾与艾尔维斯·普莱斯利合作录制了《伤心的旅店》这张销量 100 万张的唱片，母亲的成绩促使阿克斯顿从小就开始作曲和录音，到 15 岁时已创作了一批歌曲。50 年代后期，他在西海岸的咖啡馆里巡回演唱民歌。1962 年，阿克斯顿为金斯顿·奥特里创作的歌曲《绿色的钞票》第一次上了流行歌曲排行榜；同年又出版、发行了自己的首张专辑《喝水的瓢》。70 年代初，阿克斯顿为斯蒂芬·沃尔夫创作了歌曲《推动者》，还为"三只狗的夜晚"的演唱组创作了 2 首上榜歌曲。其中《从未去过西班牙》进入流行歌曲排行榜前 10 名，《给世界欢乐》则荣登 1971 年流行歌曲排行榜榜首。此期间，他还与人合作录制了被称为历史上反吸毒的流行金曲《不要歌》，位居排行榜第 3 名。1974 年，阿克斯顿首次因演唱《当早晨来临时》进入乡村歌曲排行榜前 10 名。随后又有《拿破仑的手指》进入流行歌曲排行榜前 10 名。70 年代后期，阿克斯顿又有新作品《苔拉和商人》和《生锈的旧光环》问世。与此同时，他还进行广泛的巡回演唱，并持续到 80 年代。此外，阿克斯顿的演唱生涯还给他带来了在电视广告、电视剧和电影中的演出机会，曾分别在 1979 年的影片《黑种马》和 1984 年的影片《小妖精》中担任过角色。

最 流 行 歌 曲

《给世界欢乐》
Joy to the World （1971 年）
《当早晨来临时》
When the Morning Comes （1974 年）
《拿破仑的手指》
Boney Fingers （1974 年）
《苔拉和商人》
Della and the Dealer （1979 年）
《生锈的旧光环》
A Rusty Old Halo （1979 年）
《骑野牛的人》
Wild Bull Rider （1980 年）

另有 2 首歌曲进入排行榜前 40 名

最 流 行 专 辑

《无畏》
Fearless （1976 年）
《雪盲的朋友》
Snowblind Friend （1977 年）
《大路上的歌》
Road Songs （1977 年）
《生锈的旧光环》
A Rusty Old Halo （1979 年）

我 也 跟 妈 妈 学

　　看着母亲的一颦一笑，一举一动，小豪易特·阿克斯顿每时每刻都想跟妈妈在一起。母亲每天上班之前，阿克斯顿总不愿放开她，嘴里还不停地说："妈妈早点回来呀"。每天睡觉之前，他也总是对母亲说："妈妈，您再陪我一会好吗？"一天，阿克斯顿跑进母亲的卧室说："妈妈，我想跟您和爸爸一起睡，好吗？"母亲和父亲对望了一下，说："来吧，乖儿子。"

　　"妈妈，你为什么总是那样幸福啊？"

　　"因为妈妈有你呀"。

　　"要我说，是因为妈妈喜欢的音乐。"父亲开玩笑地说。

　　"那我要跟妈妈一样也喜欢音乐。"这是印在阿克斯顿记忆深处的儿时情景。

　　阿克斯顿的母亲是一位音乐制作人，曾与艾尔维斯·普莱斯利合作出版过专辑《伤心的旅店》，唱片销出 100 多万张。阿克斯顿长大后，他看到母亲很有成绩，一方面录制了许多好的歌曲，一方面也有丰厚的经济收入，他深知自己儿时说过的话不是戏言，而且音乐之路父母早就为他铺好了，所以，他后来能在作曲和演唱方面出类拔萃是情理之中的事。

肯尼·罗杰斯
（Kenny Rogers）

1938 ~

最著名的乡村音乐家

1938 年 8 月 21 日生于美国得克萨斯州的休斯敦，原名肯尼斯·多纳尔·罗杰斯。罗杰斯从小开始学习音乐，上高中时曾参加过一支名为"学者"的山地乐队，后来又在一支爵士乐队里弹电贝司，同时还在一个四重唱小组里唱歌。60 年代中期，罗杰斯演唱了很长时间的民间歌曲。1967 年，他组织了一支名为"第一版"的乐队，同年与瑞普拉斯唱片公司签约录音。1968 年，乐队录制的歌曲《进来看看我的处境》进入了流行歌曲排行榜前 5 名，此后，罗杰斯演唱的歌曲连续 9 次进入排行榜，其中有 3 张专辑进入了乡村歌曲排行榜。1975 年，罗杰斯转到艺术家联合会唱片公司，这家公司为他出版、发行的歌曲《爱举起了我》进入了乡村歌曲排行榜前 20 名，另有 7 首歌曲《露茜》、《白天的朋友》、《爱或差不多的事》、《赌徒》、《她信服我》、《你点缀了我的生活》、《乡村胆小鬼》连续 7 次登上了乡村歌曲排行榜榜首，并且还有许多歌曲进入了排行榜前 10 名。这些成就使罗杰斯获得了格莱美奖和乡村音乐协会颁发的 3 个奖项以及乡村音乐学院颁发的两项奖。1980 年，罗杰斯和金姆·卡纳斯合作录制的专辑《不要与一个梦想者恋爱》又进入乡村歌曲排行榜第 3 名和流行歌曲排行榜第 4 名；同年，罗杰斯转到自由唱片公司，与制作人兼作曲家列昂纳尔·里奇合作录制的歌曲《妇人》成为荣登两个排行榜榜首的惊人之作。1983 年，罗杰斯转到 RCA 唱片公司后推出的歌曲《小河中的岛屿》再次荣登两个排行榜的榜首。1987 年，他与隆尼·梅沙普合作的二重唱《没错，她是我的》又一次获得排行榜第 1 名。此后，罗杰斯与默里·安妮、荷莉·顿和道莱·帕顿等歌星都有过合作。

最 流 行 歌 曲

《露茜》
Lucille （1977 年）
《白天的朋友》
Daytime Friends （1977 年）
《爱或差不多的事》
Love or Somthing Like It （1978 年）
《赌徒》
The Gambler （1978 年）
《她信服我》
She Believes in Me （1979 年）
《你点缀了我的生活》
You Decorated My Life （1979 年）
《乡村胆小鬼》
Coward of the Country （1979 年）
《妇人》
Lady （1980 年）
《今晚是我们的》
We're Got Tonight （1983 年）
《小河中的岛屿》
Islands in the Stream （1983 年）

另有 40 首歌曲进入排行榜前 40 名

只是用心罢了

　　肯尼·罗杰斯的嗓音有些沙哑，但惟其沙哑，他的歌声才与其他人的歌声有明显的区别而独具魅力。一天，罗杰斯演唱结束回到化妆间，待散场之后，门口还站立着一位中年男子和一位妙龄少女，他们都在等着肯尼·罗杰斯。肯尼·罗杰斯出来了，俩人赶忙上前，"您们好，有事找我吗?"肯尼·罗杰斯微笑着问他们。中年男子说："您的歌唱哪儿都好，就是有点沙哑，望今后注意。"少女一听就急了，抢着说道："我觉得您那些沙哑的嗓音特有味儿，透出了平常人的真实，千万别改，而且就是这种真实才使我有勇气来见您!"肯尼·罗杰斯听后说："我并没有刻意追求，只是用心罢了。谢谢您们的关心与支持。"

1938 年 12 月 9 日生于美国路易斯安那州的博西尔城。休斯顿幼年时在教父吉恩·奥斯汀的鼓励下开始学习音乐，12 岁就参加了电台节目的演出。此后，电台节目经理第尔曼·弗伦克斯对他影

戴维·休斯顿
（David Houston）

1938 ~ 1993

最著名的乡村音乐家

响很大。休斯顿上了一段时间的大学后，因非常喜欢音乐就退了学并在阳光唱片公司录制了一张不成功的专辑《雪莱的嘴唇》。这时，弗伦克斯又帮助他与世纪唱片公司签了合约。 1963 年，这家公司为休斯顿出版、发行的第 2 张专辑《爱之山》就进入了乡村歌曲排行榜第 2 名，这种荣誉对休斯顿来说是一种鼓励和鞭策。接着他又演唱了一批歌曲进入排行榜前 40 名，包括名列第 3 的歌曲《住在充满爱的房子里》。1966 年，休斯顿演唱的歌曲《差一点被说服》首次荣登乡村歌曲排行榜榜首和流行歌曲排行榜第 24 名。这首歌还为休斯顿赢得了格莱美最佳男歌手奖和最佳歌曲奖。在以后的 5 年里，休斯顿演唱的歌曲又连续 15 次进入排行榜前 10 名，连续 5 次荣登排行榜榜首，包括 1967 年与塔米·维纳特合作的二重唱《我的朦胧的梦》。1970 ~ 1974 年，休斯顿与芭芭拉·孟德利尔合作录制了 6 首歌曲，其中《关门以后》和《我爱你，我爱你》这两首歌进入排行榜前 6 名。1976 年，休斯顿与世纪唱片公司的签约结束后，曾短期与其他一些唱片公司签过约，但他已不再有昔日的辉煌。1993 年 11 月 25 日，休斯顿死于脑瘤，年仅 55 岁。休斯顿去世后，他演唱的歌曲仍然受到乡村歌迷的欢迎和喜爱。

乡村少年

　　戴维·休斯顿连续数年荣登乡村歌曲、流行歌曲排行榜榜首,居高不下。许多人在陶醉与赞美的同时,也在琢磨他为何有如此魅力? 一天,休斯顿因急匆匆赶往电视台演出,不小心将一位乡下来的妇女的篮子碰翻了,休斯顿连忙道歉,并立即帮她将撒了一地的果子拾起来,但那位妇女却怎么也不饶他,非让他赔偿不可。休斯顿将这一篮子水果买下并带到演出现场,当晚演出时,他一边演唱,一边把果子分给观众……第二天,《音乐评论》上载文说:"休斯顿连道具的使用都别出心裁,是一位真正的乡村少年。"

最 流 行 歌 曲

《爱之山》
Mountain of Love　(1963 年)
《差一点被说服》
Almost Persuaded　(1966 年)
《只有一次例外》
With One Exception　(1967 年)
《我的朦胧的梦》
My Elusive Dreams　(1967 年)
《要有点儿信心》
Have a Little Faith　(1968 年)
《已经是天堂》
Already It's Heaven　(1968 年)
《在爱存在的地方》
Where Love Used to Live　(1968 年)
《孩子,孩子》
Baby, Baby(I Know You're a Lady)　(1969 年)
《女人总知道》
A Woman Always Knows　(1971 年)

另有 35 首歌曲进入排行榜前 40 名

瑞·斯蒂文斯

（Ray Stevens）

————————

1939 ~

最著名的乡村音乐家

　　1939 年 1 月 24 日生于美国佐治亚州的克拉克斯戴尔。50 年代后期，斯蒂文斯开始学习音乐，随后的 4 年里他录制了自己的首张专辑，其中有一首歌曲在 1961 年进入了乡村歌曲排行榜，但名次较靠后。1969 年，斯蒂文斯演唱的歌曲《星期日早晨降临了》进入了排行榜第 55 名。1970 年演唱的歌曲《一切都是美好的》首次荣登流行歌曲排行榜榜首，随后推出的歌曲《打开你的收音机》又进入了乡村歌曲排行榜第 17 名和流行歌曲榜第 63 名。1974 年，斯蒂文斯演唱的新潮歌曲《闪光》再次登上了流行歌曲排行榜榜首和乡村歌曲排行榜第 3 名。1975 年，他录制的经典歌曲《雾》在两个排行榜上均获得较高的名次和赢得了格莱美奖。70 年代中期，斯蒂文斯充分展示了他的多种音乐爱好，1975 年演唱了摇滚歌曲《你如此美丽》和经典歌曲《印第安的爱在召唤》，1977 年推出了专辑《有情有意》。1980 年问世的《殿堂集会》又进入了乡村歌曲排行榜第 7 名，这是他最后一首上榜歌曲。此后，斯蒂文斯在排行榜上的名次开始滑落。尽管他在后 10 年中又录制了《我需要你的帮助，芭瑞·曼尼罗》、《人民法庭》和《还是我，玛格丽特》等专辑，但都未能再现昔日的辉煌。

分秒不差

瑞·斯蒂文斯的幽默感始终被朋友称道，但斯蒂文斯似乎并不知道，从未刻意去追求过。一次，他与朋友说好了4点钟赶去聚会，然而录音师却一再拖延录制时间，致使他录完音赶到聚会地点时已晚到了整整一小时，这怎么办？怎么向大家解释呢？更何况他是今晚唯一的一位名人，迟到了会让大家觉得他摆架子，不把朋友放在眼里，想到这儿，斯蒂文斯有了主意。一进门就埋怨大家："你们怎么来得这么早？整整提前一小时！""你的表是什么表？"斯蒂文斯一脸严肃地说："当然是名表，分秒未差过。不过刚才我进门时，怕大家骂我，往后拨了一小时，你们看，分秒不差！"。

最 流 行 歌 曲

《打开你的收音机》
Turn Your Radio On （1970 年）
《闪光》
The Streak （1974 年）
《雾》
Misty （1975 年）
《你如此美丽》
You Are So Beautiful （1975 年）
《娱乐场华尔兹》
Honky Tonk Waltz （1976 年）
《做自己的最好朋友》
Be Your Own Best Friend （1978 年）
《殿堂集会》
Shriner's Convention （1980 年）
《夜间游戏》
Night Games （1980 年）
《再给最后一次机会》
One More Last Chance （1981 年）
《写在我心上》
Written Down in My Heart （1982 年）

另有 6 首歌曲进入排行榜前 40 名

拉兹·贝利

（Razzy Baily）

1939 ~

最著名的乡村音乐家

1939 年 2 月 14 日生于美国亚拉巴马州的五点城，原名拉齐·米切尔·贝利。贝利从小在一个邻里关系融洽、将音乐作为主要娱乐方式的农场上长大。父亲为孩子们写诗、为歌咏节作曲给他留下了深刻的印象。当时他想："唱歌挣钱倒是个好主意。"然而，过了好久他才实现了这个愿望。贝利 15 岁开始演出，结婚后他的音乐生涯曾中断了一段时间。1958 年，他组织了一支名为"每日面包"的乐队，从此开始了演唱生涯。1972 年，他与宝瓶唱片公司签约录音。1974 年，曾短期与 MGM 唱片公司合作，并首次用拉兹这个名字录音，但一直到 70 年代中期，贝利的歌唱和作曲才能还没有得到音乐界的承认，这使他非常沮丧。一天，在佛罗里达州他竟跑去找一位女巫算命，女巫预言说他很快会好转。1976 年，迪克·李录制了贝利 10 年前创作的一首歌曲《9,999,999 滴眼泪》进入了流行歌曲排行榜第 3 名，贝利也因此与 RCA 唱片公司签约录音并录制了自己的首张专辑《你什么时候要回天堂》。在随后的 4 年中，贝利仅有一次未能进入乡村歌曲排行榜前 10 名。80 年代初期，贝利的音乐事业达到了鼎盛时期，当人们把目光转向新的歌星时，他的走红停止了。

怀 恋

一次演出,拉兹·贝利上台就学驴叫,所不同的是他将驴的叫声更加多样化了,起伏有致,粗而不俗,中间插唱几句他创作的歌曲,获得了让人意料不到的奇特效果。事后,一位乐评人采访他时问:"您这样唱有何用意,趣味儿在哪里?"贝利说:"都市里乌烟瘴气,什么气都有,熏得人受不了。""这与您的演唱有什关系?"贝利做了个鬼脸,故意阴阳怪气地说:"我就是想制造点乡村的驴粪气儿,唤起人们对纯朴、自然的田园乡情的一种怀恋。"

最 流 行 专 辑

《拉兹·贝利》
Razzy Baily （1980 年）
《交朋友》
Makin' Friends （1981 年）
《感觉很好》
Feel in' Right （1982 年）
《拉兹·贝利续集》
A Little More Razzy Baily （1982 年）

最 流 行 歌 曲

《爱上暴风雨》
Loving Up a Storm （1982 年）
《我不断回来》
I Keep Coming Back （1980 年）
《朋友》
Friends （1981 年）
《半夜送货人》
Midnight Hauler （1981 年）
《她把全部爱留给我》
She Left Love All Over Me （1981 年）

另有 13 首歌曲进入排行榜前 40 名

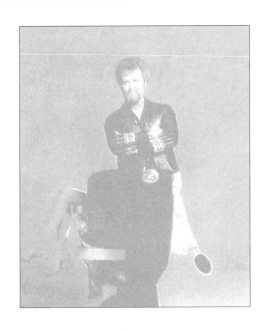

唐·威廉姆斯
（Don Williams）

1939 ~

最著名的乡村音乐家

      1939 年 5 月 27 日生于美国得克萨斯州的佛罗里达。唐·威廉姆斯是在 25 岁时参加了一个音乐小组才开始涉足音乐的。1966 ~ 1967 年，这个音乐小组在哥伦比亚唱片公司录制了 6 首进入流行歌曲排行榜的歌曲，其中《我能和你一起来》和《看你做了些什么》进入了排行榜前 40 名。1971 年，三人音乐小组解散后，唐·威廉姆斯开始为杰克音乐有限公司作曲。1972 年，唐·威廉姆斯作为独唱歌手录制唱片，随后出版、发行的 5 张专辑都进入了乡村歌曲排行榜前 20 名，其中一首歌曲《我们应该在一起》进入排行榜第 5 名。1974 年，唐·威廉姆斯转到道特唱片公司，这家公司为他出版、发行的专辑《如果你不爱我我就不想活》首次荣登乡村歌曲排行榜榜首。1978 年，唐·威廉姆斯获得乡村音乐协会颁发的最佳男歌手奖，专辑《杜尔萨时光》获得乡村音乐学院颁发的最佳唱片奖。1979 年，唐·威廉姆斯自己创作的歌曲《再爱我一次》再一次荣登乡村歌曲排行榜榜首。1980 年，他最成功的一张专辑《我相信你》问世后，这张金唱片再一次登上了乡村歌曲排行榜榜首和流行歌曲排行榜第 24 名。1981 ~ 1991 年，威廉姆斯一共有 38 首歌曲进入了乡村歌曲排行榜的前 10 名。

最 流 行 歌 曲

《如果你不爱我我就不想活》
I Wouldn't Want to Live If You Didn't Love Me （1974 年）
《你是我最好的朋友》
You're My Best Friend （1975 年）
《杜尔萨时光》
Tulsa Time （1978 年）
《再爱我一次》
Love Me Over Again （1979 年）
《我相信你》
I Believe in You （1980 年）
《上帝,我希望这天不错》
Lord, I Hope This Day Is Good （1981 年）
《如果好莱坞用不着你》
If Hollywood Don't Need You （1982 年）
《黑暗中心跳》
Heartbeat in the Darkness （1986 年）

另有 42 首歌曲进入排行榜前 40 名

单纯的美

唐·威廉姆斯是最早在乡村歌坛尝试无伴奏歌唱的明星,他说:"我小的时候在田间歌唱,有小河、星星伴奏,还有鸟和小虫儿伴奏,那种感觉如天籁般浑然一体,妙趣横生,曲意悠扬。现在呢?现在是轰轰隆隆,既不轻快,也不悠扬,我就是要扭转这种歌风,所以很少用伴奏。"一天,一位音乐大师问他:"你为什么不要伴奏?"唐·威廉姆斯反问"你为什么非用伴奏?"那位大师无话可说,脸上有点不好看了。唐·威廉姆斯见状,忙对他说:"其实,我更向往一种单纯的美。"

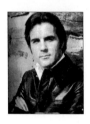

贝利·克拉道克
（Billy Craddock）

1939 ~

最著名的乡村音乐家

    1939 年 6 月 16 日生于美国北卡罗来纳州的格林斯堡。克拉道克十几岁时就与哥哥劳纳德组织了一支"四名造反者"的摇滚乐队，此后，他一只脚在摇滚乐里，另一只脚在乡村音乐里。克拉道克上中学时已是鼎鼎大名的足球中卫，外号"砰砰"适合他后来精力充沛的扭动屁股的舞台形象。克拉道克与哥哥的乐队因连续数年参加电台天才歌手比赛获奖而在当地出了名。1957 年，克拉道克先与克芳里尔唱片公司、后与道特唱片公司合作录制的专辑《啊，可怜的小乖乖》虽然未能上榜，但却促成他与哥伦比亚唱片公司的顺利签约。60 年代中期，由于无所成就，克拉道克暂时离开了音乐界。1971 年，他与车轮唱片公司签约后，用歌曲《敲打三次》敲开了排行榜之门，这首歌进入了乡村歌曲排行榜第 3 名，随后他又在车轮唱片公司录制了 5 首进入排行榜前 10 名的歌曲，其中包括《梦中情人》和《我要敲你的门》等。克拉道克深知自己是一位带有流行歌曲色彩的乡村歌手，他借用了艾尔维斯·普莱斯利的舞台形象，留起小胡子，穿着白色的旅行服，为了保持性感形象，还要求报界不要宣传他已经结婚。1974 年，克拉道克的音乐事业达到了鼎盛时期，他再次推出了《使我想起》和《红宝石乖乖》这两首荣登乡村歌曲排行榜榜首的歌曲，同时，这两首歌曲还进入了流行歌曲排行榜。1977 年，他演唱的歌曲《跌得粉碎》再次荣登榜首，从此奠定了自己在乡村乐坛的地位。80 年代后期，尽管克拉道克已不再有歌曲上榜，但他为乡村音乐所做出的贡献，仍然受到歌迷的喜爱和欢迎。

最 流 行 歌 曲

《敲打三次》
Knock Three Times （1971 年）
《梦中情人》
Dream Lover （1971 年）
《使我想起》
Rub it in （1974 年）
《红宝石乖乖》
Ruby Baby （1974 年）
《简单得像烙馅饼》
Easy as Pie （1976 年）
《但愿我能写像你一样漂亮的歌》
If I Could Write a Song As Beautiful As You （1979 年）

另有 27 首歌曲进入排行榜前 40 名

最 流 行 专 辑

《"砰砰"的两面》
Two Sides of Crash （1973 年）
《简单得像烙馅饼》
Easy as Pie （1976 年）
《第一次》
The First Time （1977 年）

道　歉

　　贝利·克拉道克生于一个拥有 13 个兄弟姐妹的大家庭,所以从小养成了独立谋生的能力。当时他的家境并不好,父母常常为一家生计而操劳,克拉道克的吃饭穿衣偶尔也得靠自己想办法解决。为此,他经常受到父母亲的表扬。有一次,克拉道克趁邻居餐馆老板不注意,将人家餐桌上的方巾台布披在身上,大摇大摆地回到了家。当他正在夸耀自己如何能干时,被父亲揪住了耳朵,一直揪到了餐馆,逼他向餐馆老板道歉。没法子,他只好向餐馆老板说:"我知道我错了,对不起,先生,能先给我块面包吃吗?我不该偷您的方巾台布。"老板看着这可爱的孩子,笑着去给他拿了一个大面包。

    1941 年 8 月 14 日生于美国印第安那州的埃尔克哈特,原名琼·弥多斯。康妮·史密斯上中学时就喜欢唱歌,青年时代分别在西弗吉尼亚州和俄亥俄州度过。1964 年,康妮·史密斯与 RCA 唱片公司签约录音,这家公司为她出版、发行的首张专辑《一天一次》一炮打响,主打歌《一天一次》荣登乡村歌曲排行榜榜首,并获得乡村音乐协会颁发的最佳歌曲奖,康妮·史密斯从此一举成名。1965～1972 年,这位受欢迎的新人在 RCA 唱片公司连续工作了 8 年,这时是史密斯音乐生涯的鼎盛时期。这期间,她演唱的 10 首歌曲进入了排行榜的前 5 名和一大批上榜名次较低或未上榜的歌曲。1973 年,康妮·史密斯转到哥伦比亚唱片公司,她演唱的歌曲《难道爱不是一件好事》又进入了排行榜前 10 名。1974～1976 年,康妮·史密斯演唱的歌曲仍然不断上榜。1977～1979 年,康妮·史密斯又转到石碑唱片公司,灵歌成为她演唱的重心。1980 年,康妮·史密斯从乡村乐坛隐退。后来曾短期与世纪唱片公司签约,1985 年出版、发行了专辑《你的远方呼唤》。

康妮·史密斯
（Connie Smith）

1941 ~

最著名的乡村音乐家

泄 密

　　康妮·史密斯婚后很快就怀孕了，于是便退出了乐坛。许多歌迷非常渴望听到她的演唱，有的写信，有的打电话，有一些人甚至前来拜访和探望，希望康妮·史密斯能告诉大家为什么不露面。难道是又在录制新作品？实情是，深爱着康妮·史密斯的丈夫从她的发展考虑，决定不到万不得已的时候先不向外界披露妻子怀孕即将生子的消息，但在幸福中的妻子却并不了解丈夫的心思，一次丈夫不在家，康妮·史密斯应邀到一位少年时的好友家去参加一次聚会，回家后丈夫忙问她："你告诉人们说你要生孩子了吗？"康妮·史密斯腆着肚子对丈夫说"我什么也没说，不过……"她指了指凸起的肚子说："是它泄的密。"

最 流 行 专 辑

《一天一次》
Once a Day （1964 年）
《你的远方呼唤》
A Far Cry From You （1985 年）

最 流 行 歌 曲

《一天一次》
Once a Day （1964 年）
《只在那时》
Then and Only Then （1965 年）
《如果我对他讲》
If I Talk to Him （1965 年）
《没有爱》
Ain't Had No Lovin （1966 年）
《俄亥俄州辛辛那提》
Cincinnati, Ohio （1967 年）
《我从没有停止爱你》
I Never Once Stopped Loving You （1970 年）
《就一次》
Just One Time （1971 年）

另有 29 首歌曲进入排行榜前 40 名

戴维·弗里泽尔
(David Frizzel)

1941 ~

最著名的乡村音乐家

　　1941 年 9 月 26 日生于美国阿肯色州的埃尔多拉多。戴维·弗里泽尔 15 岁时就离开学校跟着哥哥巡回演出，1960 年应征入伍，从部队退役后走上了唱歌的音乐生涯。直到 1970 年，戴维·弗里泽尔才以《我就是相信》进入乡村歌曲排行榜前 40 名。此后，他与布克·欧文斯的合作经历，为他的履历表增加了分量和内容。1976 年年底，戴维·弗里泽尔虽有 3 首歌曲进入排行榜，但名次较低。1977 年，戴维·弗里泽尔在加利福尼亚与女歌手雪莱·韦斯特相识并同在一个俱乐部演出二重唱，他们还合作出版了一张专辑，但销量不是很好。1981 年，维瓦唱片公司的克林特·伊思特伍德正在制作一部电影，他认为戴维·弗里泽尔和韦斯特演唱的二重唱《上帝为了你创造了俄克拉荷马》会煽起观众的热情，于是将这首歌和其他一些走红的歌录在一个专辑里。这首歌很快进入排行榜第 5 名并成为最热门的一首歌曲，不久又登上了乡村歌曲排行榜榜首，广大歌迷的注意力一下子转向这对新人。1981 年，他们获得乡村音乐协会颁发的最佳二重唱奖。此后，戴维·弗里泽尔的独唱又多次荣登排行榜榜首，如1982 年的《我要雇一个酒鬼来装修我们的房子》、1984 年的《那是一次在一起的夜晚》等。80 年代后期,尽管戴维·弗里泽尔已不再引人注目,但他作为乡村乐坛中最好的歌手的地位从未动摇过。在有关描述乡村音乐的书籍中，他的位置紧挨着自己的哥哥莱夫特·弗里泽尔。

最 流 行 歌 曲

《我要雇一个酒鬼来装修我们的房子》
I'm Gonna Hire A Wino to Decorate Our Home （1982 年）
《这些日子你在哪儿过夜》
Where Are You Spending Your Nights These Days （1983 年）
《那是一次在一起的夜晚》
It's a Be Together Night （1984 年）

与雪莱·韦斯特合作的二重唱:

《上帝为了你创造了俄克拉荷马》
You're the Reason God Made Oklahoma （1981 年）
《心中的得克萨斯州》
A Texas State of Mind （1982 年）
《丈夫们和妻子们》
Husbands and Wives （1981 年）
《百老汇的又一次欢乐之夜》
Another Honky— Tonk Night on Broadway （1982 年）
《我到这儿来就是为跳舞》
I Just Came Here to Dance （1982 年）
《沉默的伙伴》
Silent Partners （1984 年）

另有 2 首歌曲进入排行榜前 40 名

需 要

戴维·弗里泽尔年轻时有一年先后换过 15 所学校,这使他的生活经历变得异常丰富,见了谁他都不胆怯,都敢与之接触并成为朋友。一次他遇到一位非常傲慢的音乐家,而他也听说这位音乐家脾气不好,特别难接触,但还是想与之交往,向他学习。路上,他们相遇了,戴维·弗里泽尔主动热情地上前搭话:"您好! 我特别爱听您的歌,也特别爱唱歌,您能收我做学生吗?""我从不收学生。""那您一定需要佣人吧?"戴维·弗里泽尔说完这话,双眼真诚地望着音乐家。"也不需要!""那您需要什么呢?"音乐家烦了,说:"我什么都不需要!"戴维·弗里泽尔一听怔了一下,又微笑着问他"难道您不需要尊重吗?"音乐家这回认真了,望了戴维·弗里泽尔一眼,说:"好吧,就收你这个学生吧。"

伊尔·汤姆斯·康利

（Earl Thomas Conley）

1941 ~

最著名的乡村音乐家

1941 年 10 月 17 日生于美国俄亥俄州的朴茨茅斯。汤姆斯·康利从小家境贫寒，14 岁时随姐姐乔丝·安移居艾森尼亚，是姐姐让他坚持进行艺术创作。康利 21 岁时参军并随部队到了德国，在军营中伙伴们教他弹奏吉他，到离开军队时，他已经决定了要一生从事音乐事业。回俄亥俄州后，康利参加了叔叔婶婶的唱诗班，并开始了歌曲创作。白天他在阿拉巴马州的亨茨维尔一家钢铁厂干活，晚上作曲和唱歌。1975 年，康利创作的歌曲由迈尔·斯特雷特和康威·特威蒂演唱后进入了流行歌曲排行榜前 40 名；同年，康利在纳什维尔与独立的 GRT 公司签约并开始录制唱片。在他的首张专辑中虽有 4 首歌曲进入了排行榜，但排名较靠后。1979 年，康利转到华纳唱片公司后，这家公司为他出版、发行了第 2 张专辑，歌曲《梦着我做的一切》和《困在死胡同里》又进入了排行榜前 40 名。1980 年，康利与太阳唱片公司签约录音，并以一张密纹唱片《蓝珍珠》一炮打响，歌曲《沉默的对待》进入了排行榜第 7 名。1981 年，康利与 RCA 唱片公司签约录音，RCA 唱片公司为康利出版、发行了专辑《火与烟》，主打歌曲《火与烟》首次荣登乡村歌曲排行榜榜首。此后，康利的创作才华和热情奔放、富于回声效果的歌喉便一直受到歌迷的青睐。1982 ~ 1989 年期间，康利演唱的歌曲共有 21 首进入排行榜前 10 名，其中还包括 17 首榜首歌曲，这些成就使他成为 80 年代大红大紫的歌星。

姐　姐

　　伊尔·汤姆斯·康利对姐姐的感情很深,直到姐姐逝世若干年后,仍对姐姐念念不忘。每当他取得了一点小成绩,都要默默地在心中向姐姐汇报;相反,每当他做错了什么事,也总要向姐姐忏悔,姐姐成了他的精神偶像。康利演唱的歌曲第一次荣登排行榜榜首后,朋友们都跑来找他,向他祝贺,然而却怎么也找不到他。此时,康利来到了姐姐的墓前,手里捧着一束鲜花默默地说:"姐姐,我最冷的时候,是你给我棉衣;我最饿的时候,是你给我面包;我孤独无援的时候,你伸出双手;我无法忘记,我永生难忘……他泪流满面,情不能止,……"原来,他的歌之所以唱得那么好,是因为心中充满了感情,可以说是姐姐给了他演唱的灵魂,因此他的歌声才这么感人。

最 流 行 专 辑

《蓝珍珠》
Blue Pearl （1980 年）
《火与烟》
Fire and Smoke （1981 年）
《对错之间》
Somewhere Between Right and Wrong （1982 年）
《次数太多》
Too Many Times （1986 年）

最 流 行 歌 曲

《火与烟》
Fire and Smoke （1981 年）
《对错之间》
Somewhere Between Right and Wrong （1982 年）
《有一次在蓝色的月亮中》
Once in a Blue Moon （1986 年）
《从头来》
Right from the Start （1987 年）
《大声地说出爱》
Love Out Loud （1989 年）

另有 26 首歌曲进入排行榜前 40 名

艾迪·罗贝特
（Eddie Rabbitt）

1941 ~

最著名的乡村音乐家

1941 年 11 月 27 日生于美国纽约州的布鲁克林，原名为爱德华·汤姆斯。父亲会拉手风琴和小提琴，罗贝特从小就受到音乐熏陶，12 岁开始随托尼·希维克瑞斯学弹吉他。 50 年代中期，罗贝特已开始在纽约州和新泽西州一带的俱乐部里演唱。1968 年，他来到了纳什维尔，在一家音乐出版公司创作歌曲。一年后，他创作的歌曲《从底层往上爬》由罗伊·德罗斯基演唱进入乡村歌曲排行榜第 33 名。1970 年，他创作的歌曲《肯塔基的雨》由

艾尔维斯·普莱斯利演唱而成为白金唱片。1973 年，罗贝特创作的歌曲《纯粹的爱》由隆尼·梅沙普演唱后首次荣登排行榜榜首。此后，罗贝特与埃列克特拉唱片公司签约录音。1975 年，他演唱的歌曲《喝吧，我的宝贝》第一次荣登排行榜榜首，后来另一首歌曲《投两美元进自动点唱机》也进入排行榜前 10 名。到 1977 年，罗贝特已成为乡村乐坛上的明星；同年，他被《乡村音乐》杂志评选为最佳新星。1978 年，再次被乡村音乐协会评选为最佳新星。1980 年，罗贝特演唱的歌曲《我喜欢雨夜》荣登流行歌曲排行榜榜首，1982 年，他与克里斯特·盖尔合作的二重唱《你和我》再次登上了流行歌曲排行榜榜首。罗贝特作为乡村乐坛的巨星之一，尽管已获得 20 多个乡村歌手奖，但还是不被传统的乡村歌迷所接受，他们认为罗贝特是流行歌手。罗伯特对此则认为："我要不断地在乡村乐坛重新树立自己的形象，用实际行动告诉人们我热爱乡村音乐。"

与克里斯特·盖尔合作的二重唱:

《你和我》
You and I （1982 年）

歌属于底层

　　歌曲《从底层往上爬》荣登排行榜后，艾迪·罗贝特的名字在一夜间家喻户晓。这首迎合底层人心态的歌，给了罗贝特一个启示：歌是写给人听的，但只有人们被感动了，引起了共鸣，才能获得人们由衷的认同和喜爱。沿着这样的思路创作，罗贝特获得了丰硕的成果，成功的喜悦使他有些飘飘然。一天，他有些洋洋得意，拍着自己的脑门对朋友说："这里装了多少首金曲啊！简直令人难以置信！"身边的朋友问："难道你还能再写一首榜首歌曲？""那当然！"罗贝特说得十分肯定。另一人说："你敢为贵族写一首榜首歌吗？""当然敢，但肯定上不了榜首""为什么呢？""歌属于底层。"罗贝特肯定地说。

最流行歌曲

《喝吧,我的宝贝》
Drinking My Baby(Off My Mind) （1975 年）
《你不再爱我》
You Don't Love Me Anymore （1978 年）
《我就是爱你》
I Just Want to Love You （1978 年）
《四通八达无拘无束》
Every Which Way But Loose （1978 年）
《怀疑》
Suspicious （1979 年）
《走远了》
Gone Too Far （1980 年）
《从我的生活里开走》
Drivin' My Life Away （1980 年）
《我喜欢雨夜》
I Love a Raing Night （1980 年）
《循序渐进》
Step by Step （1981 年）
《今晚有人要伤心》
Someone Could Lose a Heart Tonight （1981 年）

另有 29 首歌曲进入排行榜前 40 名

137

李·格林伍德
（Lee Greenwood）

1942 ~

最著名的乡村音乐家

1942 年 10 月 27 日生于美国加利福尼亚州萨克拉门托的南门镇。母亲是一名专业钢琴家，父亲十分爱吹萨克斯管。格林伍德从小随父亲学习萨克斯管，12 岁就参加了德尔·里夫斯的乐队演出。当乐队巡回演出时，格林伍德留在了夏威夷。60 年代中期，格林伍德错过了与"苏格兰士兵"音乐小组一起巡回演出的机会。1971 年，格林伍德与派拉蒙唱片公司签约录制了首张专辑《我第一天单独与你在一起》，由于各种原因，唱片没有发行。1972 年，格林伍德在内华达州海军新兵营里从事写歌、唱歌、弹电子琴、吹萨克斯管和指挥乐队演奏流行、摇滚和乡村音乐。迈尔·梯利斯乐队的低音贝司手看过格林伍德的精彩表演，建议他去纳什维尔录制唱片。于是，格林伍德来到纳什维尔与 MCA 唱片公司签约录音，这家公司为他出版、发行的首张专辑《了解我的全部秘密》由于格林伍德独特而又粗犷的演唱风格而使唱片十分畅销。1983 ~ 1984 年，格林伍德被乡村音乐协会评为当年的最佳男歌手；在获此殊荣后的一个月，他演唱的歌曲《有人会爱你》首次荣登乡村歌曲排行榜榜首。1984 年，格林伍德获得格莱美奖；同年，他与歌星芭芭拉·孟德利尔合作录制了专辑《天生是一对》。1985 ~ 1986 年，格林伍德演唱的歌曲连续 4 次获得排行榜冠军和 1 次进入排行榜前 10 名。1990 年，格林伍德从 MCA 公司转到国会大厦唱片公司并录制了进入排行榜第 2 名的歌曲《好好抓住手》；与此同时，格林伍德还在作曲方面也取得了成功，他为肯尼·罗杰斯创作的歌曲《爱之歌》进入了 1982 年排行榜第 3 名。格林伍德尽管在乡村乐坛早已大名鼎鼎，但他为人谦和、从不锋芒毕露的品德更是令人敬佩。

最 流 行 专 辑

《了解我的全部秘密》
It Turns Me Inside Out （1982 年）
《有人会爱你》
Somebody's Gonna Love You （1983 年）

最 流 行 歌 曲

《有人会爱你》
Somebody's Gonna Love You （1983 年）
《走，走，走了》
Going, Going, Gone （1983 年）
《南方的路》
Dixie Road （1985 年）
《我不在乎刺》
I Don't Mind the Thorns
(If You're he Rose) （1985 年）
《不要低估我对你的爱》
Don't Underestimate My Love for You （1985 年）
《心是会碎的》
Hearts Aren't Made to Break
(They're Made to Love) （1986 年）
《早上兜风》
Mornin' Ride （1986 年）
《好好抓住手》
Holdin, a Good Hand （1990 年）

另有 45 首歌曲进入排行榜前 40 名

怕 什 么？

　　李·格林伍德是一位人品、音乐修养极好的乡村歌星，无论何时何地，他都能以谦和的君子风度赢得人们的好感和尊重。一次，他应邀到某州演出，原订时间为 12 号到，可是当人们正准备去机场接他时，他已站到了朋友们的面前。朋友问："你什么时候到的？"格林伍德说"昨天。"为什么不通知我们接你呢？要知道州长及议员们都要去接你呢？"朋友埋怨地说。格林伍德说："我就是怕耽误大家的时间，所以才提前一天赶来的，你知道我最怕见大人物了！""你早已大名鼎鼎！为什么怕他们？"格林伍德又说："我怕他们……"他看了一眼左右说"耽误我们聊天啊！走，喝咖啡去。"说着便与朋友一起走了。

乔·斯坦普莱

(Joe Stampley)

1943 ~

最著名的乡村音乐家

　　1943 年 6 月 6 日生于美国路易斯安那州的春山城。斯坦普莱从小爱听汉克·威廉姆斯演唱的歌曲，十几岁时已是一名摇滚歌迷。60 年代，斯坦普莱演唱的歌曲《不久之前》和《所有这些事》都进入了流行歌曲排行榜。1969 年，斯坦普莱来到纳什维尔与道特唱片公司签约录音。这家公司为他出版、发行的两首歌曲进入了排行榜第 74 和 75 名，而第 3 首歌《如果你触摸我》则进入了排行榜第 9 名。1972 年，斯坦普莱演唱的歌曲《灵魂之歌》首次荣登乡村音乐排行榜榜首。1975 ~ 1976 年，在道特唱片公司和世纪唱片公司为他出版、发行的专辑里，歌曲《母亲逝去的岁月》和《所有这些事》又两次荣登排行榜榜首，另有 6 首歌曲分别进入排行榜前 10 名。1979 年，斯坦普莱与得克萨斯州的歌手摩·邦迪合作的二重唱《老小伙子》又登上了排行榜榜首。1980 年，他们被乡村音乐协会评选为最佳二重唱歌手。在此后的 6 年里，他们合作的二重唱《小伙子们耍夜去》)、《女上衣在哪儿》等歌曲 9 次进入排行榜。与此同时，斯坦普莱还录制了《当你心情忧郁时，我精力旺盛》、《褐色眼睛的女孩》等一批乡村、摇滚歌曲和受黑人歌曲影响的一张专辑《如果你到现在还不认识我》。

危 机

　　乔·斯坦普莱在独唱领域正火爆时，还一边继续努力，一边积极寻找新的突破口。一天，他的演出又获得了巨大的成功，歌迷们几乎把他抛上了天空。然而,回到化妆室斯坦普莱却发出一声长叹，同伴问他："叹什么气呢?"斯坦普莱说:"花开得最好的时候，就该败落了。"同伴说:"道理是这样,但你的威信正越来越高,如日中天,决不会败落的。""你见过不败的花吗?"斯坦普莱反问道。正是因为他有这种危机意识,所以他才又进行了二重唱的尝试和探索,并又一次走红。

最 流 行 歌 曲

《灵魂之歌》
Soul Song （1972 年）
《带回家》
Bring It On Home(To Your Woman) （1972 年）
《我仍爱你》
I'm Still Loving You （1973 年）
《带我到家乡某个地方》
Take Me Home to Some where （1974 年）
《母亲逝去的岁月》
Roll On Big Mama （1975 年）
《所有这些事》
All These Things （1976 年）
《红色的酒和忧伤的回忆》
Red Wine and Blue Memories （1978 年）
《如果你有 10 分钟》
If Your've Got Ten Minutes(Let's Fall in Love) （1978 年）
《你曾经闲逛过吗》
Do You Ever Fool Around （1978 年）

与摩·邦迪合作的二重唱:

《老小伙子》
Just Good Old Boys （1979 年）
《小伙子们耍夜去》
Boys Night Out （1980 年）
《女上衣在哪儿》
Where's the Dress （1982 年）

另有 35 首歌曲进入排行榜前 40 名

萨米·史密斯
(Sammi Smith)

1943 ~

最著名的乡村音乐家

1943 年 8 月 5 日生于美国加利福尼亚州的俄伦奇，在俄克拉荷马城长大。萨米·史密斯 12 岁时就在当地的俱乐部里演唱，60 年代后期来到纳什维尔与哥伦比亚唱片公司签约录音，这家公司出版、发行了她的首张专辑《查理·布朗，再会，甭找我》进入排行榜第 69 名，随后又推出了 3 张专辑进入排行榜的前 40 名。1970 年，萨米·史密斯转到梅加唱片公司。在她出版、发行的第 5 张专辑《他无所不在》里，歌曲《帮我度过这一夜》首次荣登乡村歌曲排行榜榜首和流行歌曲排行榜第 8 名，唱片售出 200 多万张。1971 年，萨米·史密斯演唱的歌曲《后来你走进来》又进入排行榜第 10 名。1975 年，她又以一首《今天我又爱上你》进入排行榜第 9 名。70 年代中期，萨米·史密斯转到埃列克特拉唱片公司，演唱风格也从传统风格进入乡村摇滚风格的行列。1985 ~ 1986 年，她演唱的歌曲《你伤害了我最后的感情》和《爱我一切》两次上榜。有人说："萨米·史密斯远离了乡村音乐的主流，然而，她却给乡村音乐注入了新的活力与独特的艺术魅力。

最 流 行 专 辑

《帮我度过这一夜》
Help Me Make It Through the Night （1970 年）
《混杂的情感》
Mixed Emotions （1976 年）

最 流 行 歌 曲

《帮我度过这一夜》
Help Me Make It Through the Night （1970 年）
《后来你走进来》
Then You Walk In （1971 年）
《我要拥有你》
I've Got to Have You （1972 年）
《爸爸眼里的彩虹》
The Rainbow in Daddy's Eyes （1974 年）
《今天我又爱上你》
Today I Started Loving You Again （1975 年）
《爱的胳膊》
Loving Arms （1977 年）
《我说的谎》
What I Lie （1979 年）

另有 12 首歌曲进入排行榜前 40 名

激 动

萨米·史密斯无论唱什么歌都有一种与众不同的平静感，这使许多爱激动的歌迷不太喜欢她。但也有非常喜欢她的人，说她的歌声充满了理性的优美。一次演出时，萨米·史密斯的演唱依然如故、台下掌声稀疏，这使萨米·史密斯有点难过，她悄悄来到观众身旁，不一会便听到了人们的议论——"萨米·史密斯唱得太冷静了"，"冷静有什么不好？""她的歌让人清醒、让人平静地面对艰辛"等等，听到这儿，萨米·史密斯一激动，用力挤到了说话人的身边说："您真是这么认为的吗？谢谢！我太激动了！太激动了！"那人却说："嗨，萨米·史密斯小姐，我们大家都以为您从来不会激动呢！"

143

1943 年 10 月11 日生于美国得克萨斯州的帕勒斯坦。瓦特森家境贫寒，从小常到教堂去唱歌，十几岁时就和兄弟在福特沃斯参加过一次演出，后来还组织了一支名为"吉恩·瓦特森和另外四个"的乐队。1970年，瓦特森来到霍斯顿。1971～1973年，只在周末演出和短期在一些小唱片公司录制唱片。1974 年年末，里斯科唱片公司为瓦特森出版、发行了专辑《炎热午后的爱》，主打歌引起国会大厦唱片公司的关注并与他签约录音。1975 年，国会大厦唱片公司再版时，这张专辑进入了乡村歌曲排行榜前 10 名，其中歌曲《爱开始的地方》进入了排行榜第 5名。1976 年，瓦特森演唱的歌曲《你

吉恩·瓦特森
（Gene Watson）

1943 ～

最著名的乡村音乐家

能这样了解陌生人》又进入了排行榜前 10 名。1977 年，瓦特森推出的歌曲《纸罗丝》又进入了排行榜前 3 名。1979 年，他又有 3 首歌曲进入排行榜前 5 名。80 年代初期，当瓦特森转换签约公司时，又把目标放在了演唱榜首歌曲上。1981 年，MCA 公司为他出版、发行的第 3 张专辑《十四克拉头脑》终于荣登乡村歌曲排行榜榜首，圆了瓦特森的榜首梦。1988年，瓦特森转到华纳唱片公司，1989 年初出版、发行的专辑《不要在布鲁斯上浪费》进入了排行榜第 5 名。目前，瓦特森正在纳什维尔唱片公司录制唱片，仍然是乡村乐坛最走红的歌星之一。

最 流 行 专 辑

《吉恩·瓦特森精选》
The Best of Gene Watson （1978 年）
《上榜歌曲》
Greatest Hits （1985 年）
《得克萨斯星期六的夜晚》
Texas Staurday Night （1986 年）

最 流 行 歌 曲

《炎热午后的爱》
Love in the Hot Afternoon （1974 年）
《告别会》
Farewell Party （1979 年）
《摘朵树林中的花》
Pick the Wildwood Flower （1979 年）
《我该回家吗》
Should I Come Home
(Or Should I Go Crazy) （1979 年）
《十四克拉头脑》
Fourteen Carat Mind （1981 年）
《你在外面做我在这儿做不了的事》
You're Out Doing What I'm Here Doing Without （1985 年）

另有 30 首歌曲进入排行榜前 40 名

真诚的补偿

　　瓦特森获得了巨大的成功，在最火爆的一场音乐会上，瓦特森竟然一激动，将自己的牛仔帽扔下了台，并高呼"让全世界的乡村人都来唱歌吧！"。台下一位少女抢到了瓦特森的帽子，跑上台请他签名留念。瓦特森当然很高兴，欣然命笔。谁知，这顶瓦特森的签名帽竟然上了拍卖行，行价爆出 50 万美金！有人对瓦特森说："你不该把帽子送给她。"瓦特森说："我知道这帽子值 50 万以上，之所以送给她，是因为我要让人们知道，热爱应该热爱的事物，是能够获得真诚的补偿的！我决不后悔！"

145

约翰·丹佛
（John Denver）

1943 ～ 1997

最著名的乡村音乐家

1943 年 12 月 31 日生于美国新墨西哥州的罗斯韦尔，原名小亨利·约翰·得奇道夫。丹佛自从 8 岁时得到祖母送给的一把 1910 年制造的吉布森吉他后，开始与音乐结下了不解之缘。1965 年，丹佛来到洛杉矶，在一支小乐队中工作了 4 年。1969 年，他作为独唱歌手与 RCA 唱片公司签约并发行了专辑《有根有据》，其中歌曲《喷气式飞机》首次荣登流行歌曲排行榜榜首。1971 年，丹佛又以专辑《诗歌、祈祷与允诺》进入流行歌曲排行榜第 15 名。随后他又在新出版、发行的专辑《高高的落基山》中改进了演唱，使这张专辑获得 1972 年排行榜的第 4 名，其中的主打歌进入流行歌曲榜第 9 名。70 年代中期，丹佛演唱的歌曲《阳光洒在我肩上》再一次荣登排行榜榜首并很快成为他的代表作。1974 年出版的专辑《又回到家》再次荣登榜首，歌曲《安妮之歌》获得乡村歌曲排行榜第 1 名。丹佛的这种辉煌一直延续到 1975 年，其中榜首歌曲包括影片《约翰·丹佛之夜》中的《谢谢上帝，我是一个乡村男孩》；专辑《风之歌》中的《我很抱歉》等。此外，丹佛主持的电视节目还获得最佳音乐专场艾米奖。 1977 ～ 1978 年，丹佛与"梦之乐队"巡回演出。 1979 年以后，丹佛虽然在排行榜上的名次逐渐滑落，然而他的专辑却仍在继续走红。80 年代，丹佛在流行歌曲排行榜上比在乡村歌曲排行榜上更成功，他与著名歌唱家普拉契多·多明戈合作的《也许是爱》获 1982 年流行歌曲排行榜第 59 名，与艾米罗·哈瑞斯合作的《一望无际的蒙大拿天空》获 1983 年流行歌曲排行榜第 14 名，与尼迪·格瑞迪·得特乐队合作的《于是就这样了》获 1989 年流行歌曲榜第 14 名。1997 年 10 月 12 日，丹佛因晚上驾驶自己的飞机不幸撞在加利福尼亚海滨的峭壁上去世，年仅 54 岁。

最流行专辑

《又回到家》
Back Home Again （1974 年）
《风之歌》
Windsong （ 1975 年 ）

最流行歌曲

《安妮之歌》
Annie's Song （1974 年）
《又回到家》
Back Home Again （1974 年）
《谢谢上帝，我是一个乡村男孩》
Thank God I'm a Country Boy （1975 年）
《我很抱歉》
I'm Sorry （1975 年）
《飞走》
Fly Away （1975 年）
《有些日子像钻石》
Some Days Are Diamonds
(Some Days Are Stone) （1981 年）
《梦境中的特别快车》
Dreamland Express （1985 年）

另有 6 首歌曲进入排行榜前 40 名

惊险的感觉

丹佛喜欢冒险，这个性格成就了他，但也酿成了日后的灭顶之灾。不过人还是要有一点冒险精神的，否则创新就可能成为一句空话。据说丹佛小的时候经常登高爬低，有一次竟然在二十层的高楼沿儿上与人比赛竞走，说他喜欢在高处行走时的那种感觉——不得不小心，又不得不前行。成人之后，他又开着自己的汽车在险峻的盘山道飞驶，说这样驾车，有一种飞的感觉，像优美的歌声在飞翔一般。有人不客气地说："这与音乐有什么关系?完全是你个人的感觉。"丹佛说："先生，你错了，真正的好歌，肯定不是四平八稳的，越是有惊险感觉的就越是好歌! 不信你去听听那些榜首歌曲吧。"今天当我们再次回想起丹佛的话，虽然为他驾机身亡而难过，但对他精彩绝伦的艺术见解，却仍然印象深刻。

摩·邦迪
（Moe Bandy）

1944 ~

最著名的乡村音乐家

1944 年 2 月 12 日生于美国密西西比州的默里迪恩。父亲会弹吉他，母亲会弹钢琴，邦迪从小随父母学习音乐。1964 年，他组织了一支名为"摩·邦迪和小牛"的乐队在圣安东尼奥的俱乐部巡回演出并受到欢迎。后来，邦迪在电视台举办的"乡村角落"的节目中演唱而引起轰动，从此成为当地的电视明星，他在录制了一系列地区性的唱片后，又在纳什维尔音乐制作人瑞·贝克的帮助下开始向全国发展。1974 年，邦迪与 GRC 唱片公司合作录制的首张专辑《今天我就不乱唱》，有 5 首歌曲进入了排行榜前 40名。1975 年，哥伦比亚唱片公司挖走了邦迪，并为他录制了进入排行榜第 2 名的专辑《汉克·威廉姆斯：你写出了我的生命》。1979 年，邦迪演唱的歌曲《就是因为你，我骗了我自己》荣登排行榜榜首；同年，他与简妮·弗瑞克录制的二重唱《那是骗人的鬼把戏》进入排行榜第 2 名。1981 年与朱迪·贝利合作的二重唱《跟着感觉》进入排行榜前 10 名；1983 年与贝克·霍布斯合作的二重唱《让我们一起对付他们》也进入了排行榜前 10 名。1979 ~1985 年期间，邦迪与乔·斯坦普莱合作出版了 5 张专辑；其中歌曲《好男孩》荣登排行榜榜首，另外还有 3 首歌曲进入排行榜前10 名。邦迪尽管在二重唱中取得了成功和乐趣，但也因此错过了独唱生涯的好时机。此时，一批新的歌手杜怀特·约克姆、朗地·特拉维斯和瑞基·冯·谢尔顿等已崭露头角。1987 ~ 1988 年，邦迪从哥伦比亚唱片公司转到 MCA 唱片公司并录制了两首独唱歌曲进入了流行歌曲榜前 10 名。90 年代末，邦迪离开纳什维尔所属的范围，在密苏里州伯朗森的舞台上开始了非常成功的新时代。

最 流 行 专 辑

《汉克 · 威廉姆斯 : 你写出了我的生命》
Hank Williams, You Wrote My Life （1975 年）
《那是骗人的鬼把戏》
It's a Chealin' Situation （1979 年）
《冠军》
The Champ （1980 年）
《嘿! 乔, 嘿! 摩》
Hey Joe, Hey Moe （1981 年）
《好男孩》
Just Good Boys （1985 年）

最 流 行 歌 曲

《汉克 · 威廉姆斯 : 你写出了我的生命》
Hank Williams, You Wrote My Life （1975 年）
《那是骗人的鬼把戏》
It's a Chealin' Situation （1979 年）
《就是因为你, 我骗了我自己》
I Cheated Me Right Out of You （1979 年）
《她不是真的欺骗》
She's Not Really Cheatin'
She's Just Gettm'Even （1982 年）
《好男孩》
Good Boy （1985 年）

就是因为你

　　邦迪的第 1 首榜首歌曲《就是因为你, 我骗了我自己》, 是一种对自我灵魂的拷问和对自己感情的诘问。许多歌迷甚至将这首歌当成了口头禅, 动不动就是一句"就是因为你""怎么啦?""我骗了我自己!"一次, 一位歌迷见了邦迪, 也来了一句"就是因为你!"邦迪猛一下子没有反应过来, 问"因为我什么?"歌迷答:"因为你的那首就是因为你呀!"邦迪大悟, 道:"难道你自己没有主心骨吗?"歌迷说:"就是因为你啊! 我才骗了我自己, 否则, 你算老几?"

T. G. 希巴德

（T. G. Sheppard）

1944 ~

最著名的乡村音乐家

　　1944 年 7 月 20 日生于美国田纳西州的亨保尔特。母亲是一名钢琴教师,希巴德从小开始学习钢琴和吉他。16 岁开始在孟菲斯参加一支乐队的演出,并与一支名为"星星之火"的乐队合作为音响唱片公司录音。60 年代,希巴德用艺名斯达塞在大西洋唱片公司录制了首张专辑《中学时代》。1974 年,他还录制了鲍比·大卫创作的歌曲《瓶中的魔鬼》,以艺名斯达塞出版、发行。1975 年,这首歌曲荣登乡村歌曲排行榜榜首;同年,他与人合作创作的歌曲《把早晨赶回家》出版、发行后再一次登上了榜首,希巴德从此一举成名。1977 年,希巴德转入华纳唱片公司,他演唱的歌曲两次进入排行榜前 20 名和 4 次进入前 10 名。1978 ~ 1982 年,希巴德录制的歌曲连续 11 次登上排行榜榜首,歌曲《我爱他们每一个人》同时在乡村歌曲排行榜和流行歌曲排行榜上都取得好名次。1984 年,希巴德与克宁特·伊斯特伍德合作的二重唱《让我走运》又进入了排行榜第 12 名;同年,他与朱迪·考伦斯合作了二重唱《又回到家》后,转投哥伦比亚唱片公司,这家唱片公司为希巴德出版、发行了 7 首进入排行榜前 10 名的歌曲。80 年代,希巴德与肯尼·罗杰斯、艾迪·罗贝特以及其他一些歌星成为乡村歌曲主流的开创人。

最 流 行 歌 曲

《瓶中的魔鬼》
Devil in the Bottle （1974 年）
《把早晨赶回家》
Tryin'to Beat the Morning Home （1975 年）
《最后一个骗子的华尔兹》
Last Cheater's Waltz （1979 年）
《我要回来的比得到的更多》
I'll Be Coming Back for More （1979 年）
《你想上天堂吗?》
Do You Wanna Go to Heaven （1980 年）

《我又想爱你》
I Feel Like Loving You Again （1980 年）
《我爱他们每一个人》
I Loved'Em Every One （1981 年）
《晚会时刻》
Party Time （1981 年）
《你是唯一》
Only One You （1981 年）
《最后》
Finally （1982 年）

另有 29 首歌曲进入排行榜前 40 名

魔鬼在哪儿?

　　歌曲《瓶中的魔鬼》录成专辑发行快一年了,仍然没有什么反响,有些朋友开始说闲话:"这首歌开始录的时候唱片公司就不太满意,名字就怪怪的,很难与乐迷沟通和产生共鸣。"但希巴德却不这样认为,每次演出他总是首先唱这首歌,而且不厌其烦。有人又问他:"这首歌好在哪儿呢?"希巴德说:"这样吧,你把《瓶中魔鬼》改成'心中魔鬼',用'瓶中'的用意只是为了更形象而已。其实,人心里的邪念,何尝不比魔鬼更可怕?""你是说人人心中都有魔鬼了?包括圣人?"希巴德微笑着说:"我唱的可是《瓶中的魔鬼》,并没有唱《心中的魔鬼》!"果然,1977年这首歌曲进入了乡村歌曲排行榜榜首。

艾迪·拉文
（Eddy Raven）

1944 ~

最著名的乡村音乐家

　　1944 年 8 月 9 日生于美国路易丝安那州的拉斐特。父亲喜欢听乡村歌星劳伊·阿克夫的音乐，拉文也受到影响和熏陶，从小就参加过许多乐队演出。16 岁时录过一首名为《曾经是傻瓜》的歌曲，后来又在拉斐特一家许多大人物经常光顾的音乐商店兼录音棚工作。1969 年，拉文录制了自己的第 1 张专辑《凯金乡村歌声》，歌手吉米·C·纽曼听过这张专辑后，介绍拉文与纳什维尔的阿克夫——罗斯音乐出版公司签约作曲。拉文先为歌星唐·吉伯森和简尼·C·瑞莱写歌，后来又为朗地·康诺尔、康妮·史密斯和阿克夫本人写歌。1978 年，唐·甘特介绍拉文作为独唱歌手与 ABC 唱片公司签约录音，这家公司为拉文出版、发行了 8 首上榜歌曲，但没有一首歌进入前 10 名，为此拉文又转了好几家唱片公司。1981 年，在拉文推出的新专辑《绝望的梦》里，歌曲《她拼命要忘记》进入乡村歌曲排行榜前 10 名，随后拉文与"橡树岭男孩乐队"合作演唱的歌曲《为孩子们感谢上帝》又进入了排行榜。1984 年，拉文转到 RCA 唱片公司，这家公司为他出版、发行的第 7 张专辑《我得到墨西哥》，主打歌曲首次荣登排行榜榜首。1985 ~ 1991 年，拉文演唱的歌曲连续不断进入排行榜前 10 名，其中《我要得到你》和《乔知道怎么生活》两首歌曲均名列第 2。充满自信的拉文又转到宇宙唱片公司，在那儿形成了自己的演唱风格。当钢鼓伴奏的歌曲《海湾男孩》再次荣登乡村歌曲排行榜榜首后，拉文作为乡村歌曲作曲家和名歌星的地位得到了进一步的巩固。

谁记错了？

艾迪·拉文在音乐商店兼做录音工作时，凡遇到前来录音的作曲家、歌唱家总是彬彬有礼、极其认真。有时店里老板心烦，对一些口气大、不善言辞的作曲家、歌唱家就有些不够尊敬。一次，店老板把拉文叫来，对他说："刚才来的那个女的挺傲气的，让她在门厅多等会儿，先把牛脾气缓一缓再给她录不迟。""好的!"拉文答应着便进了录音棚，不一会便灰着脸来到老板面前说："老板，差点忘了，昨天劳伊·阿克夫预约了三点整来录音。""现在几点啦?""已经两点十分了，如果现在给门厅那女歌手录还来得及。"店老板无法，说："那就给她先录吧。"于是，拉文认真、细致地给女歌手录了音，效果极为出色，女歌手听了样带后对拉文的录音技术赞不绝口。这时老板进录音棚问："阿克夫怎么还没来?"拉文笑着说："可能是我记错了?"

最 流 行 专 辑

《得力的男人》
Right Hand Man （1986 年）
《暂时的公正》
Temporary Sanity （1989 年）

最 流 行 歌 曲

《我得到墨西哥》
I Got Mexico （1984 年）
《你早应该走了》
You Should Have Been Gone by Now （1985 年）
《有时是个女人》
Sometimes a Lady （1986 年）
《照吧，照吧，照吧》
Shine，Shine，Shine （1987 年）
《我要得到你》
I'm Gonna Get You （1988 年）
《在给你的信中》
In a Letter to You （1989 年）
《海湾男孩》
Bayou Boys （1989 年）

另有 18 首歌曲进入排行榜前 40 名

布伦达·李
(Brenda Lee)

1944 ~

最著名的乡村音乐家

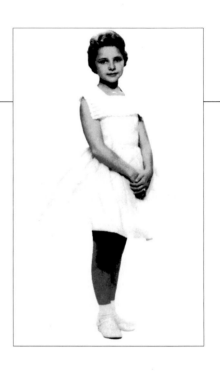

1944 年 12 月 11 日生于美国佐治亚州的利梭尼亚，原名布伦达·梅·帕帕莱。布伦达·李 4 岁时就在纳什维尔的地方电视节目中演唱汉克·威廉姆斯的歌曲，6 岁时第一次在比赛中得奖。1956 年，布伦达·李在一次比赛中引起乡村音乐大师瑞德·福莱的注意并邀请她参加电视节目演出。布伦达·李在电视上的表演赢得迪卡唱片公司的青睐，同年与这家公司签约录音并出版、发行了首张专辑《大杂烩》，但没有取得成功。1957 年，布伦达·李推出的第 2 张专辑《一次一步》进入了乡村歌曲排行榜第 15 名；同年，布伦达·李的第 3 张专辑问世，歌曲《爆炸性的》进入了流行歌曲排行榜，《甜美的小事》进入了流行歌曲排行榜的前 3 名。1960 年，布伦达·李演唱的两首歌曲《我对不起》和《我想有人要》首次荣登乡村歌曲排行榜榜首。1961 ~ 1966 年，布伦达·

李有 21 首歌曲进入流行歌曲排行榜的前 40 名，其中 5 张唱片分别售出 100 万张。60 年代，是布伦达·李事业的鼎盛时期，曾为英国女王演出过，在德国巡回演出时"披头士"乐队曾为她伴奏过。1972 年，布伦达·李演唱的《如果这是我们最后一次》和《总在我心上》等歌曲上榜后名次居中。1973 年，她演唱的歌曲《没有人赢》进入了排行榜第 5 名。在此后的 12 年中，她又有 16 首歌曲进入排行榜前 40 名。1983 年，布伦达·李与威利·纳尔逊合作的二重唱《你会爱自己》又进入排行榜第 40 名。1984 年，她与琼斯·乔治合作的二重唱《上帝啊! 我这么爱你》上榜名列第 15。90 年代，布伦达·李仍未退出舞台，并继续着自己热爱的音乐事业。

最 流 行 歌 曲

《一次一步》
One Step at a Time （1957 年）
《没有人赢》
Nobody Wins （1973 年）
《星期天的日子》
Sunday Sunrise （1973 年）

《错误的想法》
Wrong Ideas （1974 年）
《四张大广告牌》
Big Four Poster Bed （1974 年）
《女孩身上的宝石》
Rock on Baby （1974 年）
《他是我的宝贝》
He's My Rock （1975 年）
《告诉我那像什么》
Tell Me What It's Like （1979 年）
《女牛仔和花花公子》
The Cowgirl and the Dandy （1980 年）
《破灭的信赖》
Broken Trust （1980 年）

与琼斯·乔治合作的二重唱：

《上帝啊! 我这么爱你》
Hallelujah I Love You So （1984 年）

另有 9 首歌曲进入排行榜前 40 名

歌声可以丈量吗？

　　布伦达·李成名后，有些人对她矮小的身材总是说三道四，当然也有许多人是倾心相爱的。有一次，布伦达·李出席一个宴会，一位很有名的歌星看见布伦达·李来了便赶忙迎上，以示男士对女士的尊重并半开玩笑地说"小精豆儿来了，欢迎! 欢迎!"布伦达·李听后很不高兴，要知道音乐家就是音乐家，为什么要把人的身高扯进来呢? 于是李便对这位同仁说:"身高可以丈量，那么歌声可以丈量吗?"男歌星自知失礼，忙道歉说:"真对不起，我不该在这种场合开玩笑。"布伦达·李严肃地说:"那么您在什么地方可以丈量歌手的长短呢?"望着那位男歌星的窘状，布伦达·李语气平和地说:"亵渎音乐，就是亵渎神灵啊!"男歌星点点头没趣地站到了一边。

麦克尔·马丁·摩菲
（Mchael Martin Murphy）

1945 ~

最著名的乡村音乐家

　　1945 年 3 月 14 日生于美国得克萨斯州的达拉斯，在阿肯色州和得克萨斯州的家庭农场和牧场上长大。祖父和叔叔一边牧牛、一边唱歌的生活给了摩菲许多的音乐灵感。摩菲 16 岁时就在达拉斯一家咖啡馆里自弹自唱做了首场演出，几年后就进入了北得克萨斯州立大学学习语言和戏剧。60 年代后期，摩菲在加利福尼亚州洛杉矶大学学习文学，晚间在俱乐部里演出。后经迈克·奈斯密斯介绍与银幕之宝唱片公司签约作曲。几年后，他为肯尼·罗杰斯、弗莱特·斯克劳格斯等歌星创作了不少歌曲，用别名特拉维斯·勒威斯署名，同时，摩菲还与欧文·卡斯特曼组织了一支乐队，1967 年出版、发行了首张专辑。歌曲《我感觉好》虽然进入了排行榜但名次较靠后。70 年代，摩菲在奥斯汀的一家俱乐部演出时，一位歌迷带着纳什维尔的音乐制作人鲍比·约翰顿飞到达拉斯观看摩菲的演出，约翰顿当时就决定让摩菲去纳什维尔录制唱片。后为他出版、发行了首张专辑《简罗尼摩之最》，这张专辑的主打歌进入了流行歌曲排行榜前 40 名。3 年后，摩菲又以歌曲《野火》进入了流行歌曲排行榜第 3 名。1976 ~ 1982 年，摩菲又有 6 首歌进入乡村歌曲排行榜前 10 名，另有 4 首歌进入流行歌曲排行榜前 40 名。1982 年，摩菲演唱的歌曲《永远》首次荣登乡村歌曲排行榜榜首；同年，他被乡村音乐协会评选为最佳新歌手。此后，摩菲演唱的歌曲还经常进入乡村歌曲排行榜的前 10 名。80 年代，摩菲曾与交响、管弦乐队合作举办音乐会和发起过一年一次的"西部大聚会"。1987 年，在摩菲推出的第 14 张专辑《美国式》中，歌曲《漫长的爱》再一次荣登排行榜榜首，他的第 15 张专辑《时光、河流和迷人的土地》又有好几首歌曲进入乡村歌曲排行榜前 10 名。90 年代，摩菲录制的 3 张西部音乐专辑《牛仔之歌 I》、《牛仔圣诞节之歌》和《牛仔之歌 II——韵律与叛逆》又产生了一些脍炙人口的歌曲，如《祝你好事不断》、《红河谷》和《山上的家》等等。作为美国西部音乐的代表，摩菲把乡村音乐与西部音乐融会到了一起。

西部音乐

最流行专辑

《蓝色的天——夜晚的雷》
Blue Sky—Night Thunder （1975 年）
《麦克尔·马丁·摩菲》
Mchael Martin Murphy （1982 年）
《美国式》
Americana （1987 年）

最流行歌曲

《永远》
What's Forever For （1982 年）
《仍在找机会》
Still Taking Chances （1982 年）
《人群中的一张脸》
A Face in the Crowd （1987 年）
《漫长的爱》
A Long Line of Love （1987 年）
《女孩，我会想你》
I'm Gonna Miss You, Girl （1987 年）
《对牛弹琴》
Talking to the Wrong Man （1988 年）
《从头来》
From the Word Go （1989 年）

另有 13 首歌曲进入排行榜前 40 名

麦克尔·马丁·摩菲对现代化的大都市越来越感到压郁和厌烦！这促使他自然而刻苦地进入了乡村歌坛并获得了声誉。然而，摩菲渴望清新、纯朴的大自然的心愿却一直未了，渐渐地，他发现了音乐的"西部"，觉得如果能将西部的旷野引入音乐，一定会对都市的喧嚣有所冲击，于是他组织了一次西部音乐大聚会。在音乐会上，摩菲口若悬河，又唱又跳，纯朴、鲜活而奔放的情绪很快感染了听众，台下的歌迷们更是疯狂，一股强劲的"西部旋风"在天地之间滚动。在狂歌漫舞中摩菲淹没在人海里，对着电视台的转播镜头他说："我期待已久的音乐终于降临，要知道任何个人的能力都是有限的，只有大家共同努力，音乐才是不朽的！"

隆尼·梅沙普

（Ronnie Milsap）

1946 ~

最著名的乡村音乐家

1946 年 1 月 16 日生于美国北卡罗来纳州的罗宾斯维尔。梅沙普由于先天性青光眼而致盲，只能用听觉来感受世界。他初次听到的音乐是宗教集会上的灵歌和当地吉他手弹奏的南方歌曲。梅沙普 6 岁时进入州立盲童学校学习钢琴和小提琴，不久就参加了音乐会的演出。60 年代初，梅沙普拒绝了爱默瑞大学的法学奖学金而来到亚特兰大从事音乐活动。1965 年，他与国王唱片公司签约录音，首张专辑中的歌曲《从未如此好》就进入了排行榜第 5 名。后来，梅沙普转到孟菲斯唱片公司，在演唱的同时还经常为皮杜拉·克拉克和艾尔维斯·普莱斯利等歌星录音时弹钢琴伴奏。70 年代初，梅沙普来到纳什维尔，在罗吉·米勒的大路俱乐部演出，先与华纳唱片公司合作，1973 年又转到 RCA 唱片公司；同年，他演唱的歌曲《我恨你》进入了排行榜。1974 年，梅沙普演唱了艾迪·瑞贝特创作的歌曲《纯粹的爱》首次荣登排行榜榜首。此后 10 年，梅沙普在 RCA 唱片公司出版、发行的歌曲有 48 首进入了排行榜前 10 名，其中 35 首荣登榜首，这些歌曲包括他自己创作的《这差不多像是一首歌》、《我生活中只有一次爱》、《雾山之雨》和《欺骗不了我》等。1993 年，梅沙普离开 RCA 唱片公司转到自由唱片公司，他对记者说："我喜欢所有的音乐形式，从摇滚乐到古典音乐。"当记者问他为什么选中乡村音乐时，他说："我小时候听惯了这些乐曲，乡村音乐是我心灵栖息的地方。"

小鸟啁啾

隆尼·梅沙普的成功让所有的盲人感到了光荣。在他 16 年的音乐生涯中，竟然演唱了 36 首歌曲荣登排行榜榜首，可想而知他付出了什么样的艰辛与努力。成名后的梅沙普对世界充满了好感，无论用手摸到什么，都要反复抚摸，用心去想象。一次，一个小朋友让他摸了一只鸟，梅沙普轻轻地、不停地抚摸这只小鸟，小鸟似乎也很理解他的心情，在他手上啁啾不停。梅沙普问："这只鸟为什么在叫?"小朋友告诉他："小鸟在唱歌。"梅沙普又问："你知道它唱的什么吗?"小朋友说："我听不懂。"梅沙普说："小鸟知道我看不见它，所以用歌声告诉我，它是我的朋友，它爱我!"小朋友说："你怎么知道它是这么唱的?"梅沙普说："我对小鸟的啁啾，亦有真挚的心灵感悟。"

最 流 行 歌 曲

《请不要告诉我故事的结尾》
Please Don't Tell Me How the Story Ends （1974 年）
《白天做晚上的梦》
Daydreams About Night Things （1975 年）
《这差不多像是一首歌》
It Was Almost Like a Song （1977 年）
《我的心》
My Heart （1980 年）
《雾山之雨》
Smoky Mountain Rain （1980 年）
《欺骗不了我》
(There's)No Gettin' Over Me （1981 年）
《随便哪一天》
Any Day Now （1982 年）
《今夜我迷失在许多事中》
Lost in the Fifties Tonight
(In the Still of the Night) （1985 年）
《你难道没有厌倦过》
Don't You Ever Get Tired(Of Hurting Me) （1988 年）
《恋爱中的女人》
A Woman in Love （1988 年）

另有 43 首歌曲进入排行榜前 40 名

1946 年 1 月 19 日生于美国田纳西州塞维尔郡的一个贫困家庭。帕顿小时候就经常给家人唱歌，10 岁时已开始在当地电台和电视台唱歌。15 岁她来到纳什维尔，制作人勃迪·凯伦对她的演唱很感兴趣，在麦考瑞唱片公司为她发行了第 1 张专辑，虽然没什么影响，但帕顿却意识到要从事音乐必须在纳什维尔，于是中学刚毕业就再次来到这座音乐之都。1967 年，帕顿与石碑唱片公司签约录音，这家公司为她出版、发行的两首歌曲《哑巴金发女郎》和《有点靠不住》就进入了排行榜前 40 名。1968 年，帕顿转到 RCA 唱片公司，1970 年演唱的歌曲第 1 次进入了排行榜前 10 名。1971 年，她创作并演唱的歌曲《约书亚》首次荣登乡村音乐排行榜榜首。1977～1980 年，帕顿与鲍特·瓦格纳合作演唱的二重唱有 20 首进入了排行榜前 40 名，1974 年，帕顿离开鲍特·瓦格纳后，为感谢他多年来的帮助而创作了歌曲《我将永远爱你》，这首歌曲分别于 1974、1982、1992 年 3 次荣登排行榜榜首。特别是 1992 年，由惠特尼·休斯顿在电影《保镖》中演唱了这首歌曲后，迅速赢得了全世界歌迷的喜爱和青睐。1983 年，帕顿创作、演唱的歌曲《小河中的岛屿》同时荣登乡村歌曲和流行歌曲两个排行榜的榜首。1987 年，她还与琳达·伦斯塔特和艾米罗·哈瑞斯合作录制了一张三重唱专辑。作为独唱歌手，帕顿曾演唱过《你又来了》和《9 比 5》等一些上两个排行榜的热门歌曲。此外，她还通过参加全国性的电视节目、拍摄电影《得克萨斯最好的小妓院》、《9 比 5》和《钢制木兰花》而成为美国娱乐行业的偶像。目前，帕顿仍然对自己的事业和生活充满了希望与憧憬。

道莱·帕顿
（Dolly Parton）

1946 ～

最著名的乡村音乐家

美好往事

道莱·帕顿就要中学毕业了,这使有 12 个孩子的父亲高兴极了! 要知道,贫穷的家庭能出这么一个争气的孩子是多么的不容易呀! 为此,母亲决定为帕顿做一件新衣服,可是家中没有新布,又没有钱去买,这怎么办呢? 母亲笑着对帕顿说:"好孩子,天晚了,你们都去睡觉吧,妈妈一定给你做一件新衣服。"晚上,母亲翻遍了全家的衣柜,硬是用碎布头拼缝出了一件新衣服。清晨,帕顿睁开眼睛一看,一件叠得整整齐齐的衣服摆放在她枕边。帕顿起床穿上这件五颜六色的带有美丽图案的衣服,激动得

抱着母亲亲了又亲,一蹦一跳地上学去了。到了学校,许多同学都对帕顿的新衣服赞不绝口,一个富家女孩想用自己的衣服与帕顿交换,小帕顿不换,她就说:"有什么了不起,你的衣服是烂布头拼成的,我才不稀罕呢!"帕顿说:"我们买不起漂亮的衣服,但我们能自己做!"帕顿成名后,回首往事,还创作了一首歌曲《五颜六色的外衣》,把苦难的童年当成了美好的回忆。

最 流 行 歌 曲

《约书亚》
Joshua (1971 年)
《朱兰妮》
Jolene (1973 年)
《我将永远爱你》
I Will Always Love You (1974 年)
《你又来了》
Here You Come Again (1977 年)
《都错了,没关系》
It's All Wrong But It's All Right (1978 年)
《9 比 5》
9 to 5 (1980 年)

《小河中的岛屿》
Islands in the Stream (1983 年)
《野花》
Wildflowers (1988 年)
《请别不爱我》
Please Don't Stop Loving Me (1974 年)
《摇滚年代》
Rockin' Years (1991 年)

另有 70 首歌曲进入排行榜前 40 名

拜 拉 米 兄 弟
（Bellamy Brothers）

1946 ~

最著名的乡村音乐家

最 流 行 专 辑

《拜拉米兄弟》
The Bellamy Brothers （1976 年）
《就这两个》
The Two and Only （1979 年）
《你会发狂》
You Can Get Crazy （1980 年）
《何华德和戴维》
Howard and Dave （1985 年）

最 流 行 歌 曲

《如果我说你身体棒,你能抱我吗?》
If I Said You Have a Beautiful Body
Would You Hold lt Against Me （1979 年）
《老不正经》
Sugar Daddy （1980 年）
《跳舞的牛仔》
Dancin' Cowboys （1980 年）
《你能像你长的那样地去爱吗?》
Do You love As Good As You Look （1981 年）
《为了所有的不正当理由》
For All the Wrong Reasons （1982 年）
《红脖子女孩》
Redneck Girl （1982 年）

另有 29 首歌曲进入排行榜前 40 名

良 药

歌曲《如果我说你身体棒,你能抱我吗?》一炮打响并荣登乡村歌曲排行榜榜首,这不仅使拜拉米兄弟在一夜间走红,而且还让许多年轻的小伙子都喜欢哼唱,但一些年龄偏大的歌迷则认为"这首歌太性感,有伤风化"。拜拉米兄弟听了只是淡淡一笑。在一次接受记者采访时,他们兄弟俩一人一句地回答了这个问题:"如果说风化是以限制人的健康的欲望为目的的话,那么我们希望能将这种风化粉碎! 我们演唱的这首歌只想将人们美好相爱的渴望刺激得更加强烈一点!"记者也是一位年龄偏大的保守派,听了拜拉米兄弟的回答显然不满意,便对他们说:"难道您们兄弟俩的渴望还不够强烈吗?"老大何德华说:"我们当然很棒了,我们兄弟最关心的是像您这样生命力渐衰的中老年人在听了我们的演唱后也能受到刺激。"记者说:"我受不了"。弟弟戴维说:"那也得忍住,要知道良药苦口利于病啊!"

何华德(1946 年 2 月 2 日生于美国佛罗里达州的达比)、戴维(1950 年 9 月 16 日生于佛罗里达州的达比)兄弟俩从小亲密无间,对音乐有着共同的爱好。何华德弹吉他、曼陀林和班卓琴,戴维拉手风琴、弹风琴、钢琴、班卓琴、曼陀林和拉小提琴。他们受父亲何穆的影响,弹的唱的主要是乡村歌曲,很快,兄弟俩就配合得相当默契。70 年代初,他们来到洛杉矶,专门写歌谋生。吉姆·斯达福演唱和录制了戴维写的一首名为《蜘蛛与蛇》的歌曲并进入了流行歌曲排行榜第 3 名。后来,兄弟俩与华纳唱片公司签约录音并推出了许多在流行歌曲排行榜上名列前茅的精品。之后又转向乡村歌曲,他们远离纳什维尔,选择在自己的故乡建立录音棚,并录制了歌曲《如果我说你身体棒,你能抱我吗?》、《你能像你长的那样地去爱吗?》、《红脖子女孩》、《老不正经》和《莫名其妙的叛逆者》等歌曲。这些歌曲充分显示出他们独特的音乐风格和鲜明的音乐个性。1986 年,一次偶然的机会,兄弟俩与福瑞斯特姐妹合作的四重唱《太多也不够》首次荣登乡村歌曲排行榜榜首。此后,他们曾与克伯、华纳、埃勤克、MCA、大西洋等唱片公司都有过合作。1992 年,他们成立了自己的唱片公司,取名为拜拉米兄弟唱片公司,其目的是继续他们的事业及培养新的歌星。

蕾丝·J·戴顿
(Lacy J. Dalton)

1946 ~

最著名的乡村音乐家

    1946 年 4 月 24 日生于美国宾夕法尼亚州的布鲁姆斯堡。父亲是一名乡村音乐乐器管理员。当戴顿准备离开家出外谋生时,父亲给了她一把吉他。戴顿身背吉他经犹他州到加利福尼亚州,先在咖啡馆里演奏民歌和布鲁斯乐曲,后来又在加利福尼亚州的圣他克鲁兹附近一个行政区的俱乐部里演出,逐渐小有名气。不久,戴顿在洛杉矶与唱片公司签了一份录音合约,后因唱片公司只要她而不要她的乐队而宣告无效。1979 年,戴顿一边写歌一边唱歌,一位叫大卫·伍德的人听她演唱后鼓励她录一盘带子,并帮助她与纳什维尔的哥伦比亚唱片公司签约录音。戴顿以她沙哑的嗓音和布鲁斯味的乡村歌曲形式推出的第 1 张专辑,一下子引起轰动,这种形式的乡村歌曲在当时还很新颖并有着美好的前景;同年,她又推出了有自己亲自签名的第 2 张专辑《疯狂的蓝眼睛》,主打歌《疯狂的蓝眼睛》进入了乡村歌曲排行榜第 17 名,这已是个不小的成就。后来又有《艰难的时代》、《悠着点儿》和《第 16 条大道》等几首歌曲进入排行榜前 10 名。从此,戴顿开始受到歌迷的青睐和媒体的关注。80 年代中期,戴顿不幸卷入与唱片公司的合同纠纷中,因败诉再也无法回到从前的状态。1989 年,当她有机会转入其他唱片公司时为时已晚,当时在乡村歌曲录音行业中已经是年轻人的天下了。尽管如此,戴顿仍然是最受欢迎的乡村歌手之一。1990 年,她演唱的《黑咖啡》又进入了排行榜第 15 名就是一次证明。

最 流 行 专 辑

《蕾丝·J·戴顿》
Lacy J. Dalton （1979 年）
《艰难的时代》
Hard Times （1980 年）
《悠着点儿》
Takin' It Easy （1980 年）

最 流 行 歌 曲

《疯狂的蓝眼睛》
Crazy Blue Eyes （1979 年）
《艰难的时代》
Hard Times （1980 年）
《悠着点儿》
Takin' It Easy （1980 年）
《细语》
Whisper （1981 年）
《人人都犯错误》
Everybody makes Mistakes （1981 年）
《第 16 条大道》
16th Avenue （1982 年）
《梦中小孩》
Dream Baby （1983 年）

另有 12 首歌曲进入排行榜前 40 名

包馅饼

　　蕾丝·J·戴顿在未成名之初就因原则性问题解除了与洛杉矶某唱片公司的录音合约，她回到布鲁姆斯堡后情绪仍然很好，在一家小饭馆找到了一份包馅饼的工作，但也没有中断音乐创作和唱歌，戴顿对某些音乐公司只欣赏她的演唱而不欣赏她组织的乐队十分反感，因此在和姐妹们一边包馅饼、一边唱歌的生活实践里渐渐摸索出了一种用宣叙调来表达生活和感情的方法。一次，她和姐妹们一边包馅饼一边唱歌，并将包出的馅饼摆成了一朵玫瑰花，店老板非常高兴，夸奖她有组织能力，将来一定能干大事业。戴顿听后激动得哭着说："我在您的小店里又找到了自信。"店老板说："真的吗？若是这样我就太高兴了！我觉得您一定能组成一个好乐队。"戴顿后来果然成功了。

默里·安妮
(Murray Anne)

1946 ~

最著名的乡村音乐家

1946 年 6 月 20 日生于加拿大新斯科舍省的斯普林希尔。安妮在为加拿大电视台民歌大奖赛演唱时就开始了演唱生涯。起初与 ARC 唱片公司签约录音,后来又转投加拿大的美国国会大厦公司,1970 年,这家公司为她推出的第一首热门歌曲《雪鸟》为她日后在美国一连串上榜的乡村歌曲铺平了道路。1972 年,安妮又推出了歌曲《早上商量》、《棉纱机》、《他以为我还在乎》等。1973 年,安妮演唱的热门歌曲《丹尼之歌》进入了美国乡村歌曲排行榜的前 10 名,随后翻唱的巴巴拉·乔治的《我知道》又进入了排行榜的前 10 名。1978 年,安妮翻唱的歌曲《原路而回》又进入了乡村音乐排行榜的第 4 名,随后演唱的《你曾经需要我》又进入了排行榜的第 4 名和流行榜歌曲排行榜榜首,是她自《雪鸟》以来最为成功的一首歌曲。70 年代末和 80 年代初,安妮又演唱了《你曾经需要我》、《修士》和《白日梦信徒》等歌曲。在此后的 8 年中,安妮又陆续推出了许多进入排行榜前 10 名的歌曲,其中有 9 首歌曲再次登上了排行榜榜首。这些歌曲是:《我刚刚再次堕入情网》、《月光下的影子》、《伤透我的心》、《我可以跳这个舞吗?》、《祝福就是虔诚者》、《一个小小的好消息》、《只是另外一个女人在恋爱》、《没有人像你这样爱我》和《现在和永远(你和我)》等。此时,安妮已在乡村歌坛牢固地树立了自己的地位,而且成为最受欢迎的乡村歌手之一。80 年代末期,安妮的唱片渐渐失去了市场,主要原因是乡村音乐听众改变了欣赏品味,尽管如此,安妮还是受到许多歌迷的尊敬和喜爱。

最 流 行 歌 曲

《雪鸟》
Snowbird （1970 年）
《丹尼之歌》
Danny Song （1973 年）
《你曾经需要我》
You Needed Me （1978 年）
《我刚刚再次堕入情网》
I Just Fall in Love Again （1979 年）
《月光下的影子》
Shadows in the Moonlight （1979 年）
《伤透我的心》
Broken Hearted Me （1979 年）
《我可以跳这个舞吗?》
Could I Have This Dance? （1980 年）
《祝福就是虔诚者》
Blessed Are the Believers （1981 年）
《一个小小的好消息》
A Little Good News （1983 年）
《只是另外一个女人在恋爱》
Just Another Woman in Love （1984 年）
《没有人像你这样爱我》
Nobody Loves Me like You Do （1984 年）
《现在和永远(你和我)》
Now and Forever(You and Me) （1986 年）

琼尼·李

（Johnny Lee）

1946 ~

最著名的乡村音乐家

　　1946 年 7 月 3 日生于美国得克萨斯州得克萨斯城的一个奶牛场，原名约翰·李·哈姆。琼尼·李少年时就沉醉在艾尔维斯·普莱斯利、吉瑞·李·里维斯、恰克·贝里等歌星演唱的电台节目中。上中学时应聘担任圣达菲高级中学的"美国未来农夫"乐队的歌手并在当地的比赛和一次全州性比赛中获奖。此后，他组织了一支自己的乐队在当地中学的舞会上演奏。乐队解散后，琼尼·李参加了海军，在部队，琼尼·李一直是米凯·基利的歌迷，退役后希望能和他一起工作。1968 年，琼尼·李在派萨登那的一个俱乐部里演唱后与米凯·基利相识，并征得米凯·基利的同意在派萨登那基利开的夜总会里当歌手。70 年代中期，琼尼·李与 ABC 唱片公司签约并出版、发行了首张专辑，歌曲《有时候》进入乡村歌曲排行榜第 59 名。此后，琼尼·李又出版了 6 张上榜专辑，这些专辑在得克萨斯州电台播放后深受歌迷的喜爱和欢迎。1980 年，米凯·基利的夜总会被导演约翰·特拉伏尔塔选为影片《城市牛仔》的主要外景地，琼尼·李也参加了电影的拍摄，并演唱了这部电影的主题歌《寻找爱情》，歌曲问世后首次荣登乡村歌曲排行榜榜首并进入了流行歌曲排行榜第 5 名，琼尼·李从此成为全美著名的歌星。1981 ~ 1986 年，琼尼·李演唱的歌曲又有 4 首荣登排行榜榜首，11 首进入前 10 名。此期间，他还与女演员查兰妮·迪尔顿结了婚。1987 ~ 1988 年，没有一家唱片公司与琼尼·李签约。1989 年，克伯唱片公司与琼尼·李签约并出版、发行了他的一张专辑。此后，琼尼·李再也没有重现他演唱《寻找爱情》时的那种辉煌和昔日令人心醉的荣耀。

如果寂寞

　　正像中国的流行歌曲《黄土高坡》引出了西部歌曲热一样,琼尼·李的《寻找爱情》亦引起了美国的西部歌曲热,那一阵子,琼尼·李红极了,所到之处,备受人们的欢迎。当时追求他的女孩儿很多,有的女孩儿很纯情、很执著,可琼尼·李却迷上了女演员查兰妮·迪尔顿,迪尔顿也是一位特别看重名声的女人,她与琼尼·李结婚完全是为了出名,而涉世未深的琼尼·李并没有看透此点,以为俩人志同道合,正好可以比翼双飞。结果是琼尼·李要演出,迪尔顿也要演出,夫妇俩除了偶尔聚会,其余多数时间都是各忙各的事情,完全不能互相照应。一次迪尔顿走了,给琼尼·李留了个便条:"我很忙,如果寂寞,可以带个女孩儿来过。"琼尼·李陷入了痛苦之中,事业也受到了很大的影响。

最 流 行 歌 曲

《寻找爱情》
Lookin' for Love （1980 年）
《一百万中的一个》
One In a Million （1980 年）
《遇上陌生人》
Pickin' Up Strangers （1981 年）
《希望的囚犯》
Prisoner of Hope （1987 年）
《把你的心赌给我》
Bet Your Heart on Me （1981 年）

《嘿,酒色小伙计》
Hey Bartender （1983 年）
《黄玫瑰》
The Yellow Rose （1984 年）
《你能听到心碎》
You Could've Heard a Heart Break （1984 年）

另有 12 首歌曲进入排行榜前 40 名

1946 年 7 月 15 日生于美国亚利桑那州的图森。伦斯塔特从小就听着墨西哥和乡村音乐长大，上中学时组织了"伦斯塔特三人"音乐小组并开始了音乐生涯。1965 年，伦斯塔特正式组织了一个民间摇滚音乐小组。1967 年，她演

琳达·伦斯塔特
（Linda Ronstadt）

1946 ~

最著名的乡村音乐家

唱的歌曲《不一样的鼓》就进入了排行榜；同年，伦斯塔特解散了这个小组向独唱方面发展。1969 ~ 1974 年，伦斯塔特推出了《手种家耕》、《丝钱包》、《琳达·伦斯塔特》、《那将是一个好日子》等一批带有乡村音乐旋律和具有摇滚音乐表现力的专辑，虽然产生了两首经典歌曲《我摔得粉碎》、《我什么时候会有人爱》，但影响不是很大。1975 年，伦斯塔特演唱的《爱是一朵玫瑰》进入了乡村歌曲排行榜第 5 名和摇滚歌曲排行榜第 63 名。1977 年，她演唱的《这么容易》又进入了流行歌曲排行榜第 5 名和乡村歌曲排行榜第 81 名，歌曲《蓝色的港湾》进入了乡村歌曲排行榜第 2 名和流行歌曲排行榜第 3 名。1980 年，伦斯塔特参加了百老汇的歌剧演出，1983 年参加了歌剧《潘桑斯的海盗们》的电影拍摄。80 年代中期，伦斯塔特与老资格的乐队指挥纳尔逊·瑞德尔合作录制了 40 年代的爱情歌曲专辑。1986 年，伦斯塔特与艾米罗·哈瑞斯、道莱·帕顿合作演唱的歌曲《认识他就是爱上他》首次登上了乡村歌曲排行榜榜首，从此确立了自己在乡村歌坛的地位。1987 年，伦斯塔特又与瑞德尔合作录制了一张墨西哥经典传统歌曲专辑，80 年代末至 90 年代末伦斯塔特又演唱了一批进入排行榜的歌曲。目前，她仍然活跃在世界音乐舞台上，继续着自己所热爱的音乐事业。

最 流 行 专 辑

《手种家耕》
Hand Sown, Home Grown （1969 年）
《丝钱包》
Silk Purse （1970 年）
《琳达·伦斯塔特》
Linda Ronstadt （1971 年）
《车轮一样的心》
Heart Like a Wheel （1974 年）

最 流 行 歌 曲

《我没有法子》
I Can't Help It(If I'm Still in Love with You) （1974 年）
《我什么时候有人爱》
When Will I Be Loved （1974 年）
《爱是一朵玫瑰》
Love Is a Rose （1974 年）
《蓝色的港湾》
Blue Bayou （1977 年）
《认识他就是爱上他》
To Know Him Is to Love Him （1987 年）
《对我说谎》
Telling Me Lies （1987 年）

另有 9 首歌曲进入排行榜前 40 名

错 误

琳达·伦斯塔特是一个不寻常的女人，无论做什么都有声有色，唱乡村歌曲、唱歌剧、拍电影，几乎无所不能。在娱乐圈及上流社会，琳达·伦斯塔特的名字几乎是成功者的代名词，没人敢说三道四。一天，朋友们在她的家里聚会，她的佣人按道理是不允许与客人说话的，但琳达·伦斯塔特对待佣人像亲姐妹，所以佣人们说话都很随意。正当朋友们在恭维琳达·伦斯塔特的时候，佣人开口道"琳达·伦斯塔特笨极了！蠢极了！"大家一听都怔住了。佣人只管嘴痛快："她不仅把花肥当咖啡，把牛油当炼乳，还常常把衣服穿反，简直笨极了！"客人们听后一榜，都觉得琳达·伦斯塔特应该在生活上用些心思，于是便劝道："您该问清楚再做嘛！"琳达·伦斯塔特一本正经地对客人说："我若不故意弄错，让她们来纠正我，她们会觉得在我这儿工作生活没意思的。"

约翰·康利

（John Conlee）

1946 ~

最著名的乡村音乐家

　　1946 年 8 月 11 日生于美国肯塔基州的凡赛利斯。约翰·康利 8 岁时就在学校礼堂里演唱歌曲《温存地爱我》。中学毕业后他拒绝了一所大学的录取，上了殡仪学校，后来成为一名开业的殡仪承包人。工作 6 年后，约翰·康利又去凡赛利斯电台当了新闻播音员。最后，他来到纳什维尔，很快就在 WKQB— FM 和 WLAC— AM 两家姐妹电台找到了工作，在 FM 台当迪斯科歌手，在 AM 台当音乐导演和节目导演助理，从此开始与电台的几个朋友们创作歌曲并想办法录音。1976 年。约翰·康利在一次名人高尔夫球邀请赛后争取到了在烧烤帐棚里演唱的机会。那天，他的歌声感动了制作人布德·劳根，因此而与 ABC 唱片公司签约录音。1977 年，约翰·康利与人合作创作并录制的专辑《三十岁的背后》没有取得成功。1978 年 5 月，当他推出了自己创作的首张专辑《玫瑰色眼镜》时才开始引起轰动。歌曲《玫瑰色眼镜》进入了排行榜的前 5 名；同年，约翰·康利以歌曲《女士躺下了》荣登乡村歌曲排行榜榜首。1979 年春天，约翰·康利再版、发行了专辑《三十岁的背后》，同样的曲调同样的制作，这张专辑却登上了乡村歌曲排行榜榜首。1986 年，约翰·康利又推出了《艾米拉小姐的玉照》、《我只是为了爱》等最热门的歌曲，这些歌曲巩固了他作为抒情歌手的地位。

最 流 行 专 辑

《玫瑰色眼镜》
Rose Colored Glasses （1978 年）
《破了产的人》
Bu Sted （1982 年）
《在我眼里》
In My Eyes （1983 年）

最 流 行 歌 曲

《三十岁的背后》
Back Side of Thirty （1977 年）
《玫瑰色眼镜》
Rose Colored Glasses （1978 年）
《女士躺下了》
Lady Lay Down （1978 年）
《普通人》
Common Man （1983 年）
《我只是为了爱》
I'm Only in It for the Love （1986 年）
《家庭生活》
Domestic Life （1987 年）

另有 20 首歌曲进入排行榜前 40 名

歌 声

　　约翰·康利的平易近人在乐坛是出了名的。这或许得益于他承包过殡仪馆的经历？据说他在殡仪馆工作时非常细心，有时甚至比死者的亲属还要认真，不仅要替死者换衣服、洗澡、还要化妆描眉，那种负责与虔诚的精神，使人们很难将他与在舞台上演唱时的热情奔放联系到一起。一位死者的儿子曾经这样问："你是约翰·康利吗？"康利说："是的，有什么事？""您刚才默立在我去世的父亲身边说什么呢？"康利答："我问令尊大人要不要听我唱歌，令尊说他很乐意。"说完，康利便轻声而动情地在死者的耳畔唱了一首歌，死者的儿子被感动得热泪盈眶⋯⋯

艾米罗·哈瑞斯
（Emmylou Harris）

1947 ~

最著名的乡村音乐家

1947 年 4 月 2 日生于美国亚拉巴马州的伯明翰。哈瑞斯从小就喜欢听乔恩·贝兹、朱迪·考伦斯和汤姆·拉希等歌星演唱的歌曲。中学毕业后开始学弹吉他并在公共场合唱歌，从北卡罗来纳大学戏剧专业毕业后，哈瑞斯来到纽约，把注意力转向民间音乐，在格林威治村录制了一张鲜为人知的民间歌曲专辑《滑走的鸟》。此后，哈瑞斯与格瑞姆·帕森斯一起唱歌和演出，他们共同录制了两张强劲的乡村、摇滚专辑《悲痛的天使》、《格瑞姆·帕森斯和人间天使》。1973 年，帕森斯去世后，哈瑞斯开始了自己的独唱生涯。1975年，她与制作人布瑞恩·阿赫斯组建了"发烧"乐队。1975 年，哈瑞斯的第 1 张专辑《空中的碎片》首次荣登乡村歌曲排行榜榜首，从此一举成名；同年，她还翻唱了"罗文兄弟"乐队的一首歌曲《如果我能赢得你的爱》又进入了排行榜前 5 名。1976 ~ 1989年，哈瑞斯演唱的歌曲有 38 首进入了排行榜，其中 17 首获乡村歌曲排行榜第 1 名并一次次被乡村音乐协会评为最佳女歌手。1990 年，哈瑞斯解散了"发烧"乐队，组织了没有电声乐器的伴唱小组"纳什漫游者"，直接影响了她的唱片的销售量。然而，哈瑞斯仍然拥有一大批不受音乐市场波动的忠实歌迷。

最 流 行 专 辑

《名流饭店》
Elite Hotel （1976 年）
《雪中的玫瑰》
Roses in the Snow （1980 年）

最 流 行 歌 曲

《空中的碎片》
Pieces of the Sky （1975 年）
《甜蜜的梦》
Sweet Dreams （1976 年）
《在静止的水面下》
Beneath Still Water （1980 年）
《在我们最后的一次约会上》
(Lost His Love) On Our Last Date （1982 年）

与伊尔·汤姆斯·康利合作的二重唱：

《我们相信有个好结局》
We Believe in Happy Endings （1988 年）

另有 30 首歌曲进入排行榜前 40 名

心 思

　　艾米罗·哈瑞斯天生就是一位歌唱家，这从她三任丈夫都是作曲家就能看出来。"为什么都要选择作曲家作为自己的丈夫呢？"当她进入中年时常常这样问自己。"或许是作曲家都对声音极其敏感，而且能够将声音编配、组合成奇妙的旋律的缘故吧。"她又是这样回答了自己。一次，偶然有一位作曲家提出相似的问题时，哈瑞斯思忖着："告诉他真话吗？""应当告诉他真话。"可是话到嘴边她又改变了主意，原来她是担心眼前的这位喜欢她的作曲家知道了自己的想法，会变得很自负。于是笑着说："假若你有一天成了我的第四任丈夫，我肯定会告诉你。"

杰茜·考尔特
(Jessi Colter)

1947 ~

最著名的乡村音乐家

　　1947 年 5 月 25 日生于美国亚利桑那州的凤凰城,原名为玛瑞阿姆·约翰森。父亲是一位发明家、赛车制造商、采矿工程师,母亲后来成为传教士。考尔特 11 岁时就在母亲的教堂里弹钢琴,拉手风琴。当考尔特第一次在凤凰城 JD 夜总会观看了韦龙·詹尼斯的演唱后,她的生活就发生了戏剧性的变化。1969 年,考尔特终于如愿与韦龙·詹尼斯结婚。1970 年,考尔特与詹尼斯合作的二重唱《疑惑的头脑》首次上榜。与此同时,詹尼斯鼓励考尔特创作歌曲,考尔特不负丈夫所望,仅用 5 分钟就创作出了歌曲《我不是丽莎》,这首歌于 1975 年在她的首张专辑问世时荣登乡村歌曲排行榜榜首和流行歌曲排行榜的第 4 名,并被许多权威人士认为是美国歌曲的经典之作。同年,考尔特创作并演唱的另一首歌曲《蓝眼睛发生了什么事》又进入了排行榜第 5 名。1976 年,考尔特在推出的专辑里还收录了她与丈夫合作的二重唱《疑惑的头脑》,这首歌进入了排行榜第 2 名;同年,考尔特达到了自己事业的鼎盛时期。1979 年,她偃旗息鼓回家带孩子。此后,偶尔出版一张专辑或与丈夫在台上唱一首二重唱。尽管如此,考尔特仍然受到歌迷的喜爱和青睐。

最 流 行 专 辑

《我是杰茜 · 考尔特》
I'm Jessi Colter （1975 年）
《杰茜》
Jessi （1976 年）
《天然钻石》
Diamond in the Rough （1976 年）

最 流 行 歌 曲

《疑惑的头脑》
Suspicious Minds （1970 年）
《我不是丽莎》
I'm Not Lisa （1975 年）
《蓝眼睛发生了什么事》
What's Happened to Blue Eyes （1975 年）
《那是早晨(而我仍然爱你)》
It's Morning（And I Still Love You） （1976 年）
《生活的疯狂一面/不是上帝让酒吧间藏污纳垢》
Wild Side of Life/It Wasn't God
Who Made Honky Tonk Angels （1976 年）

另有 4 首歌曲进入排行榜前 40 名

感 动

　　与其说杰茜 · 考尔特是爱上了韦龙 · 詹尼斯，还不如说是爱上了韦龙 · 詹尼斯的演唱才能，有的人就是这样尊从自己的感受去爱、去生活。考尔特别无选择，但又如何向丈夫艾迪启齿呢? 更何况是自己移情别恋。离异是痛苦的、也是神圣的，她与艾迪坐在即将解体的家里，共同欣赏完了最后一首乐曲，艾迪说:"祝你幸福! "考尔特尽管已经泪流满面,但还是一字一句地说:"亲爱的! 也祝你幸福,愿上帝保佑您! 请您原谅。""我理解。"艾迪说完就默默地走出了家门。事后,考尔特对好朋友说:"他没有责备我一句,真让我感动。"

　　1947 年 9 月 26 日生于美国北达科他州的大福克斯城,在加利福尼亚州的撒克拉曼托长大。莉恩·安得森的母亲莉兹·安得森曾演唱墨尔·哈加特创作的歌曲《我的朋友要成为陌生人》获 1965 年流行歌曲排行榜第 10 名,《飘泊不走》获 1966 年的第 1 名。此后,母亲将莉恩·安得森新创作的歌曲录成的带子送到纳什维尔,从此开始了莉恩·安得森的歌唱生涯。1967 年,莉恩·安得森演唱的《允诺》进入排行榜前 5 名。1968 年,莉恩·安得森在"劳伦斯·韦尔克电视节目演出"中作为嘉宾出场引起轰动并从此成为这个电视节目的常客,在这个电视节目中,莉恩·安得森把自己演唱的乡村歌曲推向了全国。1970 年,她演唱的《玫瑰花园》在乡村歌曲、流行歌曲排行榜上都名列前茅,并连续在 15 个国家上榜,莉恩·安得森的名字因此而在世界各地家喻户晓,这对于纳什维尔出身的乡村歌手来说是少有的现象。1970～1980 年,莉恩·安得森又有两首歌的销量超过了《玫瑰花园》,这就是《嘿! 犹大》和《浑水上的桥》。

莉恩·安得森
（Lynn Anderson）

1947 ~

最著名的乡村音乐家

美 貌

　　莉恩·安得森的美貌是出众的，从她第一次随母亲去纳什维尔就十分引人注目。回头率高当然是好事，最初莉恩·安得森自己也洋洋得意。但随着年龄的增长和名声的逐步提高，有一些评论文章开始让她不舒服了，有的小报说"莉恩·安得森凭着她的美貌吸引听众……"怎么能说自己是凭着美貌呢？生性好强的她急了，就在得知此事的当晚演出前化妆时她用油彩把自己故意画得又丑又黑，并要求报幕员不报名字只报曲名，她上台演唱时观众始终不知道这位唱歌的人是谁。一曲终了，台下响起热烈的掌声、喝彩声，并连续返场3次，台下的观众还纷纷要求报幕员报出演唱者的姓名，直到唱完最后一曲，报幕员才报出她的名字。"噢！原来是莉恩·安得森呀！唱得真好！"此后，再没人说她凭着美貌吸引听众之类的话了。

最 流 行 专 辑

《国王所有的马》
All the King's Horses （1976 年）
《莉恩·安得森专辑》
Lynn Anderson （1977 年）
《不受法律保护只是一种想法》
Outlaw Is Just a State of Mind （1979 年）

最 流 行 歌 曲

《如果我吻你》
If I Kiss You （1967 年）
《允诺》
Promises, Promises （1967 年）
《玫瑰花园》
Rose Garden （1970 年）
《你是我的男人》
You're my Man （1971 年）
《我怎能不爱你》
How Can I Unlove You （1971 年）
《记住我》
Keep Me in Mind （1973 年）
《我的男人是个什么样的人》
What a Man My Man Is （1974 年）

另有 40 首歌曲进入排行榜前 40 名

1947 年 12 月 19 日生于美国印第安那州南惠特尼的一个音乐世家，父亲是吉他手，母亲是当地教堂的风琴手。弗瑞克是在上印第安那州立大学时才开始为电视台和电台唱广告歌曲的，大学毕业后曾在达拉斯、孟菲斯和洛杉矶继续从事这方面的工作。70 年代中期，弗瑞克来到纳什维尔。1975 年首次被邀请参加琼尼·豪顿的音乐会并与豪顿合唱了一首二重唱《乔和牛仔》，她那迷人的歌声使这首歌曲进入了排行榜前 10 名。在随后的两年里，她为众多的乡村歌星伴唱的歌曲也都进入了排行榜前 10 名。1977 年，哥伦比亚唱片公司主动与弗瑞克签约录音，随后为她出版、发行的首张专辑《今晚你在干什么》进入了排

简妮·弗瑞克
（Janie Fricke）

1947 ~

最著名的乡村音乐家

行榜第 21 名。1978 年，弗瑞克与查理·里奇合唱的歌曲《跪下》首次荣登乡村歌曲排行榜榜首，1980 年，她又推出了进入排行榜第 2 名的歌曲《我最后破碎的心》，1981 年推出的 2 首歌曲《我需要有人扶着我》和《给我爱》又进入了排行榜第 4 名。1982 年 5 月出版、发行的《孩子别为我发愁》成为弗瑞克第 1 张榜首专辑；同年 11 月，她演唱的歌曲《轻松并不轻松》又一次登上了排行榜榜首。1982 ~ 1983 年，弗瑞克获得乡村音乐协会颁发的最佳女歌手奖。1983 ~ 1984 年，弗瑞克演唱的歌曲 7 次进入排行榜前 10 名，其中 5 首名列排行榜榜首。80 年代中期，弗瑞克又有 5 首歌曲进入排行榜前 10 名。1985 年，她演唱的歌曲《她又单身了》上榜名列第 2。1986 年则以《总有总要》一曲再一次登上排行榜榜首。80 年代末期，弗瑞克演唱的歌曲再没有进入排行榜，她也因此从乡村歌坛上消失至今。

最 流 行 歌 曲

《跪下》
On My Knees （1978 年）
《我最后破碎的心》
Down to My Last Broken Heart （1980 年）
《孩子别为我发愁》
Don't Worry About Me Baby （1982 年）
《轻松并不轻松》
It Ain't Easy Bein' Easy （1982 年）
《他叫我心疼》
He's a Heartache
(Looking for a place to happen) （1983 年）
《给我说个谎》
Tell Me a Lie （1983 年）
《咱们别再谈那些事》
Let's Stop Talkin'about It （1984 年）
《你心不在焉》
Your Heart's Not in It （1984 年）
《分手的地方》
A Place to Fall Apart （1984 年）
《总有总要》
Always Have Always Will （1986 年）

另有 22 首歌曲进入排行榜前 40 名

激 将 法

70 年代中后期，是弗瑞克逐步走红并达到鼎盛的时期。有心的歌迷发现，此前尽管弗瑞克也非常努力，但均收效甚微。那么弗瑞克的成功秘密在哪里呢？她说："其实人与人的人格都是平等的，即使是那些响当当的大作曲家，也同样如此。"说完举了一个例子，当时，她想与某位大作曲家合作，但弗瑞克的名气太小了，人家根本不搭理她，弗瑞克非常伤心，但对音乐的追求又使她鼓起了勇气。一天，她又碰见了这位作曲家，打完招呼她便对人家说："你呀！你呀！你有一首歌曲糟透了，简直像一团麻！"作曲家这下认真了，说："哪首歌曲？""你先别急，等你仔细看完这首歌词后，我再告诉你。"谁知这位作曲家把弗瑞克递过来的词一连看了三遍，赞不绝口，并且说："我一定把它写好，一定！你现在可以告诉我了吧？"弗瑞克说："你若不写好这首歌，你的下首歌肯定一团糟！"

丹·西尔斯
（Dan Seals）

1948 ~

最著名的乡村音乐家

1948 年 2 月 5 日生于美国得克萨斯州麦卡米的一个音乐家庭。父亲是一名吉他手,曾与许多著名的乡村歌星合作过。西尔斯 4 岁时就和哥哥吉姆在家庭乐队里演奏。1967 年,西尔斯和朋友们组织了一支乐队,第二年就以歌曲《香的气味》进入了流行歌曲排行榜。不久乐队解散,西尔斯和考莱以二重唱的身份与大西洋唱片公司签约录音。70 年代,他们合作的二重唱《我真想今晚见你》进入了流行歌曲排行榜第 2 名。然而,西尔斯不满足于摇滚音乐,1982 年他离开洛杉矶来到纳什维尔,才开始了真正的乡村歌手生涯。1983 年,西尔斯演唱的歌曲《人人梦中的女孩》进入乡村歌曲排行榜前 20 名。1985 年 7 月,西尔斯与玛丽·奥斯蒙德合作的二重唱《在蒙大拿等我》首次荣登乡村歌曲排行榜榜首;同年,两人被乡村音乐协会评选为最佳二重唱歌手;10 月,西尔斯独唱的歌曲《一击》第二次荣登榜首并被乡村音乐协会评为最佳歌曲。1985 ~ 1990 年,西尔斯演唱的《闪光的 (不都是金子)》、《我要去那儿》、《一个朋友》和《一到就爱》等 11 首歌曲几乎是一首接一首登上了乡村歌曲排行榜榜首。西尔斯成功了,但成功来得太快了,他已经没有时间去学习、吸收新的知识和找到灵感,因此在 90 年代中后期,他从榜上开始滑落和消退,再也未能重现昔日的辉煌。

最流行歌曲

《在蒙大拿等我》
Meet Me in Montana （1985 年）
《一击》
Bop （1985 年）
《闪光的(不都是金子)》
Everything That Glitters(Is Not Gold) （1986 年）
《你仍在感动我》
You Still Move Me （1986 年）
《我要去那儿》
I Will Be There （1987 年）
《三个失去时间的人》
Three Time Loser （1987 年）
《一个朋友》
One Friend （1987 年）
《上瘾》
Addicted （1988 年）
《月光大盗》
Big Wheels in the Moonlight （1988 年）
《一到就爱》
Love on Arrival （1990 年）

另有 9 首歌曲进入排行榜前 40 名

光 荣

　　丹·西尔斯和同学们组织的乐队以歌曲《香的气味》上了乡村歌曲排行榜,这对一所普通的中学来说的确是一件暴炸性的新闻,同学们高兴坏了,老师们更是神采飞扬,消息很快传到了校长那儿。"天呀,孩子们上了排行榜,太棒了!"校长听说后也惊叫了一声,对来报喜的老师说:"走,看看孩子们去。"校长和老师们来到教室,孩子们以为闯了什么大祸,教室里鸦雀无声。校长知道孩子们是害怕自己,于是便将双手一背,故意用怀疑加厌恶的口气说:"听说你们上了排行榜?"孩子们紧张急了,一个个你看看我,我看看你。这时,西尔斯站了起来,勇敢地说:"校长先生,这首歌是我写的我唱的,与同学们无关!"校长走下讲台来到西尔斯身边,用手捧起西尔斯的脸,俯下身在他的额头上轻轻地吻了一下,瞬间眼眶里涌出了热泪,同时缓缓地抬起头说:"孩子们! 你们用微薄的能力和才华,为学校争得了荣誉,我代表全校师生感谢你们!"不知是哪个孩子先笑了,然后是一片孩子们的笑声和掌声,那情景,西尔斯至今仍然刻骨铭心。

拉瑞·加特林和加特林兄弟
(Larry Gatlin And The Gatlin Brothers)

1948 ~

最著名的乡村音乐家

　　拉瑞(1948年5月2日生于美国得克萨斯州的塞米诺尔)、斯蒂夫(1951年4月4日生于得克萨斯州的奥尔尼)、鲁迪生(1952年8月20日生于美国得克萨斯州的奥尔尼),上中学时,他们和姐姐拉冬娜一起组织了一支宗教音乐小组在南方巡回演出。60年代,拉瑞独自奋斗,最终在"帝国"乐队成为一名歌手,在拉斯维加斯,拉瑞第一次与道蒂·韦斯特相识。1972年,他来到纳什维尔,成为韦斯特音乐公司第一批创作员,为韦斯特音乐公司创作了《你是我的另一半》、《你曾经属于我》和《我的心飞走了》等歌曲。1973年,拉瑞在朋友克里斯的鼓励下与里程碑唱片公司签约录音,这家公司为他出版、发行的首张专辑《可爱的打招呼的路人》进入了乡村音乐排行榜前40名。70年代中期,又为他出版、发行了一些在排行榜名次不高的专辑,1974年的专辑《三角土堆》名列第14;1975年末的歌曲《心碎的妇人》终于进入了排行榜第5名,并获得1976年格莱美最佳乡村歌曲奖。1976年,拉瑞推出的专辑《没有心的雕像》再次进入排行榜第5名,1977年推出的歌曲《我不想哭》、《爱情只不过是游戏》均获得第3名;同年,拉瑞演唱的歌曲《但愿你是我所爱的人》首次荣登乡村歌曲排行榜榜首。1978年,拉瑞已有3张专辑进入排行榜前20名。1979年,拉瑞和兄弟们重新组织了"拉瑞·加特林和加特林兄弟"乐队,随后演唱的歌曲又火爆了5年,同时还有15首歌曲进入了排行榜前40名。80年代,拉瑞又与不同的乐队多次合作并再次上榜。1984年,拉瑞因吸毒被戒毒所收容,音乐小组的名声开始下降。1991年,小组在称为"告别"的巡回演出后进入半瘫痪状态。

第一个音符与最后一个音符

　　加特林兄弟在 1979 年火爆之极，先后有 15 首歌曲进入了排行榜，许多乐队对他们由羡慕到妒嫉："这几个不知天高地厚的家伙，有什么了不起？"他们几人形影不离，常在一起研究音乐，当然，从来都是以拉瑞为中心。不过，拉瑞也十分谦虚，而且作为领头人，他的胸怀也非常坦荡。一次，拉瑞看到一篇文章，文章中说他们乐队的成功主要是他的成功，因为他在其中发挥了最最重要的作用，其余的人都是他的小帮手，等等。拉瑞为此非常生气，他找到这位评论家，质问他："你说，一首歌的第一个音符重要，还是最后一个音符重要！"评论家毫不犹豫地回答说："当然都重要！"拉瑞说："那你为什么写文章说我最重要呢？"评论家强辩道："我，我是为了突出你！"拉瑞说："我不需要，你懂吗？"

最流行专辑

《三角土堆》
Del ta Dirt （1974 年）
《没有心的雕像》
Stat Ues WithoutHearts （1976 年）

最流行歌曲

拉瑞 · 加特林和加特林兄弟：

《我不想哭》
I don't Wanna Cry （1977 年）
《爱情只不过是游戏》
Love Is Just a Game （1977 年）

《但愿你是我所爱的人》
I Just Wish You Were Someone I Love （1977 年）
《加利福尼亚所有的金子》
All the Gold in California （1979 年）
《为什么我们孤独》
What Are We Doing Lonesome （1981 年）
《休斯敦》
Houston(Means I'm One Day Closer to You) （1983 年）
《她过去是某人的孩子》
She Used to Be Somebody's Baby （1986 年）
《与月球对话》
Talkin' to the Moon （1986 年）

另有 24 首歌曲进入排行榜前 40 名

芭芭拉·孟德利尔
（Barbara Mandrell）

1948 ~

最著名的乡村音乐家

　　1948 年 12 月 25 日生于美国得克萨斯州的休斯敦。据说，孟德利尔在识字之前已经能演奏多种乐器，11 岁时开始上舞台演出，并且在电视节目"市政厅晚会"中亮相。13 岁时与琼尼·卡希一起巡回演出，15 岁时已能演奏钢琴、萨克斯管、低音提琴、吉他、班卓琴和在父亲的乐队里唱歌。60 年代中期，孟德利尔与莫斯瑞特唱片公司签约录音并出版、发行了第 1 张专辑《一天的女王》。1969 年，孟德利尔与哥伦比亚唱片公司签约录音，这家公司为她出版、发行的专辑《我爱你太久》引起轰动。随后，她又推出了《女人得当——男人得当》、《给我看》、《今晚我的小乖乖要回家》等一些上榜歌曲。1975 年，孟德利尔转到道特唱片公司。1978 年，她演唱的歌曲《一个人睡在双人床上》首次荣登乡村歌曲排行榜榜首。1979 年，她演唱的歌曲《我不想对》、《多年》再次名列第 1。1981 年又有歌曲《当乡村音乐不红火时我唱乡村歌曲》荣登榜首并成为她的代表作之一。随着这些歌曲的走红，孟德利尔开始改变以前的唱法，将传统的演唱风格与流行的演唱风格融为一体，使其更具艺术魅力。1980 ~ 1981 年，孟德利尔被乡村音乐协会评选为当年最佳演员。80 年代，孟德利尔与姐姐爱伦、妹妹露易丝一起拍摄了电视系列片，在片中她们演奏各种乐器，演唱了流行歌曲、乡村歌曲和灵歌。此外，孟德利尔还首次作为女演员参加了电视剧《愤怒之火》的拍摄并以特有的沙哑而圆润的嗓音、惊人的音乐天才和吸引人的包装而成为走红的乡村音乐名星。

拜访著名歌星

芭芭拉·孟德利尔 15 岁时已经可以演奏 6 种乐器,这不仅在同龄人中是佼佼者,就是与许多成名的歌星相比,音乐修养也是高出一筹。一次,她随父亲去拜访一位著名歌星,进门后她发现这位歌星家的乐器真多,而且都是最好的,这使孟德利尔羡慕不已。"您能为我们演奏萨克斯管吗?"孟德利尔大胆地问这位著名歌星。"小姑娘,叔叔不会。"歌星的回答使孟德利尔非常失望,她说:"那么我可以演奏给您听吗?""可以"。小孟德利尔大方地拿起萨克斯管吹奏了起来,一首简短的小曲已让这位歌星赞叹不已,后来她又弹了钢琴、管风琴、吉他和班卓琴等,歌星都听呆了。在回家的路上小孟德利尔一直在默默地走着,父亲问她想什么,小孟德利尔用一种奇特的大人口气说:"在我看来,一位真正伟大的音乐家,一定要会很多种乐器,否则,他就不配这个称号。"父亲看着自己的女儿,仿佛不认识一样。

最 流 行 歌 曲

《结婚了但不是相互的》
Married But Not to Each Other (1977 年)
《一个人睡在双人床上》
Sleeping Single in a Double Bed (1978 年)
《我不想对》
I Don't Want to Be Right (1979 年)
《多年》
Years (1979 年)
《当乡村音乐不红火时我唱乡村歌曲》
I Was Country When Country Wasn't Cool (1981 年)
《但愿你在这儿》
Wish You Were Here (1981 年)
《直到你走开》
Till You're Gone (1982 年)
《一对好傻瓜中的一个》
One of a Kind Pair of Fools (1983 年)
《生日好,亲爱的苦闷》
Happy Birthday Dear Heartache (1984 年)
《只有孤独的心知道》
Only a Lonely Heart Knows (1984 年)

另有 39 首歌曲进入排行榜前 40 名

牛顿－约翰·奥利维亚

（Newton-John Olivia）

1948 ~

最著名的乡村音乐家

　　1948 年 12 月 26 日生于英国伯明翰。奥利维亚 4 岁时随全家迁居澳大利亚，上中学时曾与 3 个同学组建了一个演唱组，16 岁时在约翰尼·奥基夫组织的"天才新秀"比赛中获奖，赢得了赴英国旅行的机会。在美国，奥利维亚与另一位澳大利亚人帕特·卡罗尔成一个双人演唱小组，主要在餐厅、酒吧里演唱，同时也开始了与"影子"乐队的合作。1971 年，奥利维亚凭着一首翻唱歌曲《如果不是为了你》，首次登上英国乡村歌曲排行榜和进入美国乡村歌曲排行榜前 30 名。1972 ~ 1973 年，奥利维亚翻唱的乔治·哈里森的《生活是什么》和约翰·丹佛的《乡村路带我回家》等歌曲又进入了英国排行榜前 20 名，同时还开始了电视节目生涯。1973 年，她因演唱由约翰·罗斯蒂尔创作的歌曲《让我去那儿》而引起人们的关注；同年，她演唱的《我真心爱你》和《和你可曾有过醉意》首次荣登美国乡村歌曲排行榜榜首并赢得 1974 年格莱美最佳唱片奖和最佳流行音乐表演奖。1976 年，当奥利维亚获得最佳乡村女歌手奖时，许多人愤然退出了乡村音乐协会。1978 年，奥利维亚与约翰·特拉沃尔塔合作的二重唱《你是我唯一中意的人》和《夏日夜晚》再次登上了英国排行榜榜首(前一首歌还登上了美国排行榜榜首)。1980 年，她又推出了专辑《身体》，主打歌《身体》又登上了 1982 年美国排行榜榜首；同年，她与克利夫·理查德合作录制的歌曲《突然》又进入了排行榜前 20 名。1984 年，她与特拉沃尔塔在电影《一种两个》中再度合作的二重唱《命运的曲折》又进入了排行榜前 10 名。1985 ~ 1988 年，奥利维亚出版、发行了专辑《谣言》，随后又推出一张儿歌专辑《温暖和温柔》。80 年代末和 90 年代初，奥利维亚把大部分时间花在家庭和生意上，1992 年，她被确诊患有乳腺癌，但第二年她就战胜病魔重返歌坛并出版、发行了一张自己制作的专辑《吉亚》。

最 流 行 专 辑

《身体》
Rhysical （1980 年）

最 流 行 歌 曲

《让我去那儿》
Let Me Be There （1973 年）
《我真心爱你》
I Honestly Love You （1973 年）
《你可曾有过醉意》
Have You Ever Been Mellow （1974 年）
《身体》
Rhysical （1980 年）

与约翰·特拉沃尔塔合作的二重唱：

《你是我唯一中意的人》
You're the One That I Want （1978 年）
《夏日夜晚》
Summer Nights （1978 年）

与克利夫·理查德合作的二重唱：

《突然》
Suddenly （1982 年）

1949 年生于美国得克萨斯州的福特沃斯。摩瑞斯少年时就参加了教堂合唱队，并学会了弹吉他，60年代末期组织了一个三人音乐小组在丹佛巡回演出，但是没有取得成功。失望之余，摩瑞斯在 70 年代中期回到福特沃斯，后与作曲家劳顿·威廉姆斯相识，在威廉姆斯的帮助下，开始了独唱生涯。在吉米·卡特竞选总统期间，摩瑞斯为他做了不少事。1978 年，摩瑞斯在白宫卡特总统就职仪式上的演唱引起了纳什维尔 MCA 唱片公司的关注，1980 年，当摩瑞斯走进华纳唱片公司制作人劳鲁·威尔逊的办公室时，威尔逊记起了摩瑞斯在白宫的演唱，当场与他签约录音。此后，摩瑞斯开始走红。他演唱的《心痛》、《绒锁链》、《她在我身上找到的爱》等一批歌曲多次进入排行榜前 10 名。80 年代后期，摩瑞斯又陆续有歌曲上榜。1984 年，他与莉恩·安得森合作的二重唱《今晚欢迎你》又进入了排行榜。1985 年，他演唱的歌曲《再见宝贝》首次荣登乡村歌曲排行榜榜首；同年，他与琳达·伦斯塔特同台演出的歌剧《波希米亚人》被列为纽约"莎士比亚艺术节"的节目。艺术节后，摩瑞斯又参加了电视剧《豪门恩怨》第二集《科尔比家族》的演出和又推出了一批进入排行榜的歌曲《套住月亮》、《我不会不爱你》等等。1987 年，摩瑞斯在与其他 50 名演员竞争后，争取到了在百老汇上演的一部歌剧中饰演主角。对此，他感慨地说："我难以用言语形容我当时激动的心情，这次机会使我在另一门艺术领域得到了发展，我喜欢这么做。"

加利·摩瑞斯
（Gary Morris）

1949 ~

最著名的乡村音乐家

190

为总统演唱

加利·摩瑞斯是一个善于创造机遇的人。当年卡特竞选总统,他为其竞选宣传有功;卡特进入白宫后,他便理所当然地成了白宫招待会上的名歌星。其实,那时的摩瑞斯还仅仅是一位刚出道的乡村乐坛新人,他深知自己还一事无成,于是便拿着在白宫演唱时的录音带到处推销自己。白宫到底是白宫,能在白宫演唱不管怎么讲也是一种荣誉,后来有几家唱片公司的制作人都是冲着白宫才与摩瑞斯签约录音。为此,摩瑞斯在成功后还有些厌恶攀龙附凤的某些乐坛评论家总是拒绝为他写文章,有些甚至还讽刺他是卡特脚前的小喇叭。对此,摩瑞斯颇耐人寻味地说:"到目前为止,我仍然认为卡特是一个杰出的领袖,当时我为他演唱就像今天为广大乐迷演唱一样没有区别,至于唱片公司为何与我签约,那是他们的问题,要知道我至今还不认识卡特。"

最 流 行 专 辑

《褪去的忧伤》
Faded Blue (1981 年)
《第二次爱情》
Second Hand Love (1984 年)

最 流 行 歌 曲

《我翼下的风》
The Wind Beneath My Wings (1983 年)
《怎么啦?女士》
Why Lady Why (1983 年)

《宝贝再见》
Baby Bye Bye (1984 年)
《我不会不爱你》
I'll Never Stop Loving You (1985 年)
《补上旧时光》
Makin'Up for Lost Time (1985 年)
《准会下雨》
100% Chance of Rain (1986 年)
《让我孤独》
Leave Me Lonely (1986 年)
《另一个世界》
Another World (1987 年)

另有 15 首歌曲进入排行榜前 40 名

小汉克·威廉姆斯
（Hank Williams, Jr.）

1949 ~

最著名的乡村音乐家

　　1949 年 5 月 26 日生于美国路易斯安那州的希瑞夫波特。小汉克·威廉姆斯 8 岁时就穿着父亲的演出服第一次当众唱了一首父亲演唱过的上榜歌曲，十几岁前一直在模仿父亲的演唱。1964 年，小汉克·威廉姆斯录制的第 1 张唱片就进入排行榜前 5 名，唱的是父亲曾经演唱过的歌曲《远去的孤独》。16 岁时，小汉克·威廉姆斯就不想再学父亲了，他录制了一首自己创作的歌曲《站在影子里》，不久这首歌就进入了排行榜第 5 名。1970 年，小汉克·威廉姆斯以一首《一切为了对阳光的爱》首次荣登乡村歌曲排行榜榜首。1972 年再次以一首《11 朵玫瑰花》登上榜首，1976 年又出版、发行了将乡村音乐和南方摇滚乐融为一体的专辑《小汉克·威廉姆斯和朋友们》。1979 年，他推出的专辑《家庭传统》，主打歌又进入了排行榜第 4 名。1981 年，小汉克·威廉姆斯在推出的专辑里又有两首歌曲《得克萨斯女人》和《我的哥儿们今晚都过来》再一次登上排行榜榜首。1979 ~ 1990 年，小汉克·威廉姆斯演唱的歌曲有 10 首登上排行榜榜首，29 首进入排行榜前 10 名。1989 年，小汉克·威廉姆斯与父亲合作录制的一张二重唱专辑问世后又进入了排行榜第 7 名。1987 ~ 1988 年，小汉克·威廉姆斯两次被乡村音乐协会评选为最佳男歌手奖，他演唱的歌曲《我的哥儿们今晚都过来》成为当时 ABC 电视节目"星期日足球之夜"的开始曲。他说："能为美国人如此喜欢的节目做点事真是太令人激动了。"

老 与 新

小汉克 · 威廉姆斯成名之后,乐坛的评论如潮,有些甚至明确说小汉克 · 威廉姆斯的成就已经超过了其父。对此,小汉克 · 威廉姆斯非常敏感,虽然他从 16 岁开始就一直努力摆脱父亲老汉克 · 威廉姆斯的影子,一度曾想自杀。但当他得知有人说他超过了自己的父亲时,觉得这种说法别有用心。一天,他找到了撰写那篇文章的评论家,对他说:"老伙计,你的儿子能开飞机,而你当年连汽车都不会开,这能说你儿子超过了你吗? 所有的成功都是时代的产物,你那样评论我们父子显然不妥。"评论家望着小汉克 · 威廉姆斯说:"你的意思是……""我的意思是他们谁也不能代替谁。"

最 流 行 专 辑

《小汉克 · 威廉姆斯和朋友们》
Hank Williams Jr. and Friends (1976 年)
《家庭传统》
Family Tradition (1979 年)
《上榜歌曲》
Greatest Hits (1982 年)
《重大的举动》
Major Moves (1984 年)

最 流 行 歌 曲

《一切为了对阳光的爱》
All for the Love of Sunshine (1970 年)
《11 朵玫瑰花》
Eleven Roses (1972 年)
《我的哥儿们今晚都过来》
All My Rowdy Friends Are Coming
Over Tonight (1981 年)
《玩去》
Honky Tonking (1985 年)
《生来会跳舞》
Born to Boogie (1987 年)

另有 70 首歌曲进入排行榜前 40 名

小汉克·威廉姆斯接受记者采访时说:"能为美国人如此喜欢的节目做点事真是太令人激动了。"

小汉克·威廉姆斯即使在平时练习也是非常投入和认真。

小汉克 · 威廉姆斯的音乐合作
伙伴与知音。

生活里的小汉克 · 威廉姆
斯十分幽默、诙谐,即使面对记
者的采访也谈笑风生。

唐纳·法戈
（Donna Fargo）

————————————

1949 ~

最著名的乡村音乐家

1949 年 11 月 10 日生于美国北卡罗来纳州的蒙特爱瑞，原名依凡妮·沃恩。法戈从小就在教堂唱歌，上中学时是啦啦队队长和校友返校晚会的皇后。师范学院毕业后，法戈从北卡罗来纳州搬到加利福尼亚州的南部，白天教书，晚上用艺名唐纳·法戈在夜总会唱歌。同时，她还随唱片制作人斯坦·斯尔伏学弹吉他和作曲。1969 年，法戈与斯尔伏结婚，同年与唱片公司签约录音并在加利福尼亚取得了一些成功。1972 年复活节期间，斯尔伏夫妇去纳什维尔自筹资金录制唱片，道特唱片公司的吉姆·福革森听了他们录制的一首歌曲后与法戈签了合约。随后这家公司为她出版、发行的歌曲《全美国最幸福的女孩》首次荣登乡村歌曲排行榜榜首，并获得乡村音乐协会颁发的最佳歌曲奖。此后，法戈放弃教学搬到了纳什维尔。3 年后她又推出了《可笑的面孔》、《超人》、《你总在那儿》、《小女孩不在了》和《你不是灯塔》等一连串的榜首歌曲；同时，法戈还是乡村音乐史上第一位连续两张唱片都销售出 100 万张的女歌星。与当时许多乡村女歌星不同的是，法戈演唱的歌曲大部分都是自己创作的。1976 年，法戈成为华纳唱片公司的签约歌手。1977 年，这家公司为她出版、发行的歌曲《那是在昨天》再一次荣登乡村歌曲排行榜榜首。1978 年，尽管法戈已身患疾病，但仍然继续录歌和旅行。1979 年，她又出版、发行了最后一张进入排行榜前 10 名的唱片《特别的一天》，为自己的歌唱生涯划上了一个圆满的句号。

最流行歌曲

《全美国最幸福的女孩》
The Happiest Girl in the Whole U. S. A.　（1972 年）
《可笑的面孔》
Funny Face　（1972 年）
《超人》
Superman　（1973 年）
《你总在那儿》
You Were Always There　（1973 年）
《小女孩不在了》
Little Girl Gone　（1973 年）
《你不是灯塔》
You Can't Be a Beacon (If Your Light Don't Shine)　（1974 年）
《那是在昨天》
That Was Yesterday　（1977 年）
《我爱你吗?》
Do I Love You(Yes in Every Way)　（1978 年）

另有 18 首歌曲进入排行榜前 40 名

童年记忆

　　唐纳·法戈出生于一个名叫蒙特爱瑞的小地方，她成名后家乡的人都在传诵她小时候的故事。一个铁匠师傅听说法戈出了名后，大言不惭地说："那个小丫头片子呀! 我当是谁呢? 她出名了? 成了歌唱家了? 真看不出来。小时候我们玩'过家家'的游戏，她和另外一个女孩儿争着给我做老婆，我都不要! 后来法戈哭了，我哄她说：'好好，就让你当我老婆'，她才不哭了!""你这个铁匠师傅，也敢吹这么大的牛皮?""不信你去问她，我叫约翰逊，提我的名字就行!"后来，据说那人真的去问了法戈，法戈说："小时候玩'过家家'，他们都争着娶我，叫得最厉害的就是他。"

197

1950 年 8 月 7 日生于美国得克萨斯州的休斯敦。克劳威尔 11 岁时就在父亲的乐队里打鼓。1965 年组建了一支自己的名为"仲裁人"的乐队。1972 年来到纳什维尔随自己的偶像汤纳斯·冯·赞特米凯·纽伯里以及加以·克拉克等人学习作曲。不久就在吉瑞·里德的音乐出版公司找到了一份工作。1975 年，克劳威尔作为艾米罗·哈瑞斯

罗得奈·克劳威尔
（Rodney Crowell）

1950 ~

最著名的乡村音乐家

爵士乐队的成员参加了全美的巡回演出。1978 年，克劳威尔离开乐队与华纳唱片公司签约录音，头 3 张专辑就获得了乐评界"写作精巧、歌声新颖"的好评。但不知何故，乡村音乐电台却停止播放他的唱片，认为他演唱的歌曲太神秘化，不够乡村音乐味儿。1980 年，韦龙·詹尼斯首唱了克劳威尔创作的歌曲《我这样活不久》荣登乡村歌曲排行榜榜首；同年，他创作的歌曲《把路易斯安娜留在大白天里》由"橡树岭男孩"乐队演唱后再次荣登乡村歌曲排行榜榜首。不久，他创作的歌曲《一个美国梦》由尼迪·格瑞迪·得特的乐队演唱后又进入了流行歌曲排行榜第 13 名，从此为克劳威尔打开了成功之门。1982 年，克劳威尔创作的歌曲《月亮羞耻》由鲍比·赛吉尔演唱进入了流行歌曲排行榜第 2 名。1983 ~ 1986 年，克劳威尔集中精力创作和担任妻子罗尚妮·卡希的专辑制作人，罗尚尼·卡希演唱的专辑《街头语言》出版、发行后又一次引起轰动，同时也受到不是乡村歌曲的指责。无论是成功还是责难都没有影响克劳威尔的创作热情。1988 年，他又推出了一张全新的乡村歌曲专辑《钻石和尘土》。此后，他与卡希感人的二重唱专辑《世界太小》又连续 5 次进入排行榜前 10 名。从 90 年代至今，克劳威尔的演唱和作曲才华仍然受到舆论界的好评和乐迷的青睐。

最 流 行 专 辑

《罗得奈 · 克劳威尔》
Rodney Crowell （1981 年）
《钻石与尘土》
Diamonds & Dirt （1988 年）
《通往公路》
Keys to the Highway （1989 年）

最 流 行 歌 曲

《世界太小》
It's Such a Small World （1988 年）
《如果我想，我就不会离开她》
I Couldn't Leave Her If I Tried （1988 年）
《他真想走》
He's Crazy for Leaving （1988 年）
《在这之后》
After All This Time （1989 年）
《在远方》
Above and Beyond （1989 年）
《长长的寂寞的公路》
Many a Long and Lonesome Highway （1989 年）
《如果容貌能迷人》
If Looks Could Kill （1990 年）

另有 7 首歌曲进入排行榜前 40 名

糟透了

"好，但不是乡村歌曲"。这些评论几乎伴随了克劳威尔的一生。但他并不泄气，也不后悔，总是为自己的探索而兴奋地走在陌生的路上。"又落榜了！"好朋友对他说："还是按乡村音乐的风格创作吧。"甚至他的妻子也劝他。然而，克劳威尔却仍然是那么执著和坚持己见："乡村歌曲本来并没有严格的界限，而现在却有了！糟透了！糟透了！"妻子问他为什么，他说："如果一个孩子生下来之后就不再成长了，乡村音乐诞生之后就不发展了，那不是糟透了吗？"

琼尼·罗得里格斯
(Johnny Rodrignez)

1950 ~

最著名的乡村音乐家

  1950 年 12 月 10 日生于美国得克萨斯州的萨贝纳尔，在传统的墨西哥音乐的氛围中长大。罗得里格斯 7 岁时开始学弹吉他，上中学时组织了一支自己的摇滚乐队在当地的俱乐部和舞会上演出，十几岁时由于偷了一只山羊而被捕入狱，在狱中他的歌声引起警官的好感，警官鼓励他到艺人哈比·沙汗那儿试唱，沙汗非常喜欢罗得里格斯，就将他保释出狱当一名特技骑手和歌手。1971 年，罗得里格斯来到纳什维尔，参加了豪尔的"说书人"乐队，同年与麦考瑞唱片公司签约录音。1972 年，这家公司为罗得里格斯出版、发行的首张唱片《从我身边走过》进入了乡村歌曲排行榜前 10 名。1973 年为他出版、发行的第 2 张专辑《你总是来伤害我》首次荣登乡村歌曲排行榜榜首。70 年代，罗得里格斯演唱的《爱就是这样》、《我就是忘不了她》和《起来关上门》等歌曲一次次进入乡村歌曲排行榜榜首；同时，他还发行了许多的上榜歌曲，从此确立了自己在乡村歌坛的地位。80 年代，罗得里格斯发行的专辑开始走下坡路。1983年，罗德里格斯邀请了制作人里奇·阿尔贝瑞特一起工作，他们推出的歌曲《耍弄》又再次进入了乡村歌曲排行榜前 10 名，这次复苏之后，罗德里格斯再也未能重现 70 年代的辉煌。

最 流 行 专 辑

《从我身边走过》
Pass Me By （1972 年）
《你总是来伤害我》
You Always Come Back to Hurting Me （1973 年）

最 流 行 歌 曲

《你总是来伤害我》
You Always Come Back to Hurting Me （1973 年）
《我就是忘不了她》
I Just Can't Get Her Out of My Mind （1975 年）
《起来关上门》
Just Get Up and Close the Door （1975 年）
《没有你我就会变样》
I Couldn't Be Me Without You （1976 年）

另有 24 首歌曲进入排行榜前 40 名

报告大哥

琼尼·罗得里格斯家有 9 个孩子,他排行老二。可以想象,有 9 个孩子的家庭该是一个非常热闹的大家庭! 琼尼常常在老大不在家的时候称王称霸,而一旦老大回来了,他又自觉地进入了老二的角色。一天,大哥安德里斯回来了,但没有马上进门,而是在窗外看琼尼在家干什么,只见琼尼将弟妹 7 个人排成一队,自己当队长,甚至还搬了个小凳子,站在上面指手划脚,只听琼尼喊道:"注意,听我的,咱们一起唱首歌"。正在这时,哥哥安德里斯推门进来了,琼尼非常镇静,他从小凳上下来,走到大哥面前举手敬礼,然后说:"报告大哥,队伍已经集合完毕,请您指挥!"大哥拍了一下琼尼的头说:"小鬼头!"

克里斯特尔·盖尔
（Crystal Gayle）

1951 ~

最著名的乡村音乐家

1951 年 1 月 9 日生于美国肯塔基州的潘斯维尔，原名伯伦达·盖尔·威伯。盖尔是家里 8 个孩子中最小的一个，大约在 5 岁左右就受妈妈的引导以及在串门的阿姨和叔叔们一个铜板的诱惑下开始唱歌。15 岁时在印第安那州参加了地方合唱团，从此开始接触到一系列的乡村、民间、流行以及宗教风格的歌曲。每年夏天，她都跟姐姐劳瑞达·莲去巡回演出。18 岁时，姐姐帮助她与迪卡唱片公司签约录音，为她取艺名为克里斯特尔（英语为"水晶"之意）和为她创作了歌曲《我哭了》，这首歌曲收录在盖尔的第 1 张专辑里并进入了排行榜前 20 名。1973 年，盖尔离开了姐姐和迪卡唱片公司而加入了艺术家联合会，开始与艾伦·瑞劳尔德合作。瑞劳尔德是唐·威廉姆斯、加斯·布鲁克斯等歌星的制作人，他使盖尔非常自信。1974 ~ 1976 年，瑞劳尔德为盖尔出版、发行的 11 首歌曲都进入了排行榜前 10 名。1977 年，盖尔演唱的歌曲《不要让我的棕色眼睛变蓝》首次荣登乡村歌曲排行榜榜首和流行歌曲排行榜第 2 名，从此为盖尔打开了成功之门。紧接着，法国人请盖尔在影片《心上的人》中唱主题歌，这是她唱得最好的歌曲之一。1981 ~ 1986 年，盖尔与哥伦比亚唱片公司和华纳唱片公司签约后又推出了《如果你改变主意》、《太多的情人》和《心对心》等一批上榜歌曲，盖尔用自己的辛勤耕耘证明了在迎合流行歌迷的同时也能在乡村音乐领域取得成功。

最 流 行 歌 曲

《不要让我的棕色眼睛变蓝》
Don't It Make My Brown Eyes Blue （1977 年）
《迎接好时光》
Ready for the Times to Get Better （1978 年）
《梦中的话》
Talkng in Your Sleep （1978 年）
《太多的情人》
Too Many Lovers （1981 年）
《你和我》
You and I （1982 年）
《等到我再占上风》
'Til I Gain Control Again （1982 年）
《补偿失去的时光》
Makin'up for Lost Time （1985 年）
《哭泣》
Cry （1986 年）
《心对心》
Straight to the Heart （1986 年）

另有 35 首歌曲进入排行榜前 40 名

机 遇

克里斯特尔·盖尔是一个很有主见的姑娘，当她意识到如果继续跟着姐姐，很可能一事无成时，就下决心自己去闯一闯。然而自己去闯必须有足够的实力和机遇，因此，在一段时期她睁大眼睛，希望能发现一切可以抓住的机遇。一次，她遇到了音乐制作人瑞劳尔德，盖尔知道瑞劳尔德是不可能轻易与她签约的，所以见面后反而表现得十分平淡，甚至连答话都非常简单。瑞劳尔德问："你是歌手？""是。""上过排行榜吗？""快了！""什么叫快了？""就是不久就要上了。""是哪首歌？""还没录制！""你这么自信呢？""是的。""你这姑娘挺怪？""是吗？""唱首歌给我听听好吗？""为什么要唱给你听？""因为我是制片人。""是吗？"盖尔为瑞劳尔德唱了一首歌，于是便开始了录歌的合作。后来瑞劳尔德问盖尔："那天你为什么对我那么冷淡呢？要知道多少有名的歌手都攥着我，希望与我合作！"盖尔笑着说："欲擒故纵嘛！这都没看出来？"

瑞基·冯·谢尔顿
（Ricky Van Shelton）

1952 ~

最著名的乡村音乐家

　　1952 年 1 月 12 日生于美国弗吉尼亚州的丹维尔。谢尔顿十几岁才开始学弹吉他,曲目主要是流行歌曲,随后在哥哥的指导下慢慢爱上了乡村音乐和南方摇滚乐。1985 年,谢尔顿来到纳什维尔,在俱乐部里演唱谋生,一年后渐渐有所成就。1986 年,谢尔顿与哥伦比亚唱片公司签约录音。1987 年,这家公司为他出版、发行的首张专辑《睁大眼睛的梦》就进入了乡村歌曲排行榜第 27 名;同年,他演唱的歌曲《激情的罪行》进入了排行榜第 7 名,歌曲《有人说谎》首次荣登乡村歌曲排行榜榜首,谢尔顿从此一举成名。1987 ~ 1992 年,谢尔顿录制的每一首歌都进入了排行榜前 10 名,同时,他还成为了白金唱片的名歌星。1989 年,谢尔顿获得乡村音乐协会颁发的最佳男歌手奖。1992 年,他推出的灵歌专辑《不要忽视救助》再一次赢得专业歌手的好评和乐迷的喜爱。

最 流 行 歌 曲

《我爱着你离开这世界》
I'll Leave This World Loving You （1988 年）
《从杰克到王》
From a Jack to a King （1989 年）
《爱的证据》
Loving Proof （1989 年）
《我为你流下最后一滴泪》
I've Cried My Last Tear for You （1990 年）
《摇滚年代》
Rockin' Years （1991 年）
《我是个简单的男人》
I Am a Simple Man （1991 年）

另有 14 首歌曲进入排行榜前 40 名

最 流 行 专 辑

《睁大眼睛的梦》
Wild Eyed Dream （1987 年）
《爱的证据》
Loving Proof （1989 年）

交 朋 友

　　瑞基·冯·谢尔顿一直很羡慕作家，在他的心中，能写出让孩子们着迷的故事，就是很了不起的人。当他成为走红歌星之后，仍然十分尊重作家和从事写作的记者，因此在谢尔顿的朋友中，作家和记者甚至超过了音乐界的人。一次，他举行聚会，应邀前来的大部分是作家和记者，只有几位要好的朋友是从事音乐的，这是为什么呢？因为谢尔顿心里一直有个梦，他也要写书，写献给孩子们的书。那天，他在聚会上将自己刚出版的《小鸭子的故事》拿了出来，这让作家们非常吃惊，问他："你是从什么时候开始写作的？我们怎么不知道？"谢尔顿说："在认识你们之前我就一直在努力，包括认识你们的过程，也是我努力向你们学习的一部分，今天算是我向诸位献丑了，不足之处请多指教！"作家们一听，都为谢尔顿的惊人毅力而惊叹！

朱丝·牛顿
（Juice Newton）

1952 ~

最著名的乡村音乐家

　　1952 年 2 月 18 日生于美国新泽西州的莱克赫斯特，在弗吉尼亚州的弗吉尼亚海滩城长大。牛顿小时就喜欢听一些南方爵士乐唱片，上中学时母亲给她买了一把吉他，从此开始了音乐生涯。进入洛杉矶道斯富特希尔学院后，牛顿经常与吉他手兼作曲家奥塔·杨在酒吧演唱。其间当过焊接工、服务员和洗车工。从学校毕业后，牛顿和杨组织了"银靴刺"乐队在洛杉矶演出，后与 RCA 唱片公司签了录音合约。1975 年，这家公司为牛顿出版、发行的首张专辑《朱丝·牛顿与银靴刺》中的歌曲《爱是一个世界》进入了乡村歌曲排行榜，但名次不高。后来发行的 4 张专辑又有一批歌曲上榜，名次已有所提高。1981 年，牛顿在国会大厦唱片公司出版、发行的专辑《朱丝》在全美引起轰动，歌曲《早晨天使》和《心中皇后》进入流行歌曲排行榜的前 5 名和乡村歌曲排行榜的前 40 名。歌曲《最最可爱的》首次荣登乡村歌曲排行榜榜首，牛顿从此一举成名。1982 年，她在新推出的专辑《小声的谎言》里又有两首歌曲上榜；同年，牛顿获得格莱美最佳乡村女歌手表演奖。80 年代中期，牛顿与杨一起巡回演出并录制歌曲，他们合作录制的专辑《旧火焰》出版、发行后售出了 100 多万张。此后，牛顿又与艾迪·瑞贝特合作录制了一张二重唱专辑，其中歌曲《相互》再次荣登乡村音乐排行榜榜首，另外 3 首歌《旧火焰》、《廉价的爱》和《我对我的心能做些什么》都进入了排行榜前 10 名。1989 年，牛顿与 RCA 公司中止了合同；同年，她演唱的歌曲《当爱情到达转弯处》又进入排行榜第 40 名，这是她最后一首上榜歌曲。然而，乐评人认为她的前景仍然看好。

最流行专辑

《朱丝》
Juice （1981 年）
《旧火焰》
Old Flame （1985 年）

最流行歌曲

《最最可爱的》
The Sweetest Thing(I've Ever Known) （1981 年）
《轻轻地给我折断它》
Break It to Me Gently （1982 年）
《你使我想把你变成我的》
You Make Me Want to Make You Mine （1985 年）
《伤害》
Hurt （1985 年）
《相互》
Both to Each Other(Friend & Lovers) （1986 年）
《廉价的爱》
Cheap Love （1986 年）
《告诉我真话》
Tell Me True （1987 年）

另有 9 首歌曲进入排行榜前 40 名

条 件

1982 年，朱丝·牛顿获得了格莱美最佳乡村女歌手表演奖，这当然是她梦寐以求的事，不难想象颁奖典礼该是多么的辉煌！据说歌迷们为了请她签名，早在半个月前就已经买好了纪念品。然而，颁奖那天由于她的缺席而使许多歌迷对她产生了怨言，尽管她后来做了许多解释，但终不能得到大家的理解，这怎么办？在一次电视访谈中，牛顿提出让她先向歌迷们道歉并讲明原委，然后再接受采访。主持人说时间有限，无法满足她的要求，牛顿一气之下扬长而去。弄得主持人下不来台，只好把实情告诉了电视观众："原定的这个时间是专访牛顿小姐的，可她要求就那天未能出席领奖典礼向歌迷们道歉，我们考虑时间太紧了，所以就没有同意，谁知牛顿小姐一气之下，竟然走了！现在只能向大家道歉！并请求谅解。"主持人的这段解释播出后，立即接到了数十个牛顿的歌迷打来的电话，他们说："牛顿小姐能为了他们而拒绝电视采访，真让她们感动！"此时，牛顿也在家中收看这个节目，不知不觉中，她竟然流出了眼泪……

乔治·斯特雷特
（George Strait）

———————————

1952 ~

最著名的乡村音乐家

　　1952 年 5 月 18 日生于美国得克萨斯州的普迪特，在派萨尔长大。斯特雷特十几岁时才开始音乐生涯，1971 年应征入伍，1973 年在夏威夷建立了一支名为"漫步乡村"的乐队经常在营地外不穿制服演出。1979 年，MCA 唱片公司与斯特雷特签约并为他出版、发行了第 1 张专辑，这张专辑中的第 1 首歌曲《解开》进入了排行榜第 6 名，第 2 首歌曲《狼狈不堪》进入了排行榜第 16 名。第 3 首歌曲《如果你想要一个陌生人》进入了排行榜第 3 名。这些歌曲上榜后为斯特雷特打开了成功之门。1982 年，斯特雷特演唱的歌曲《受愚弄的回忆》首次荣登乡村歌曲排行榜榜首。1983 ~ 1994 年，斯特雷特推出的《电椅》、《海边房产》、《没有尽头的爱，阿门》和《如果我认识你》等 20 首歌曲一次次荣登排行榜榜首，从此确立了自己作为乡村歌坛明星的地位。目前，斯特雷特仍然活跃在乡村音乐舞台上，相信他一定会有更好的作品奉献给广大歌迷。

乡 情

　　乔治·斯特雷特在乡村乐坛是一位神秘的人物，因长期住在老家得克萨斯州的山村，村里的男女老少都很喜欢这个爱唱歌的小伙子。每次只要听说他要到纳什维尔或别的大都市去演出，总有不少乡亲来送他。斯特雷特牵着高头大马，身边围了一群大姑娘小媳妇儿："喂! 斯特雷特，别被山外的女人勾走了魂!""小心她们不让你回来呀!"斯特雷特说："我不会动心的。""真的吗?"一位朴实的乡村姑娘拉着他的衣服问。"真的，她们哪有你漂亮呀!"说着，便亲了亲那女孩儿的头。这时又走上来一位老婆婆，对斯特雷特说："早点回来，别弄花了心。"斯特雷特严肃地说："阿婆，我的心本来就是花的，不信你看，还是一朵鲜花呢!"老婆婆一闪身，说："我怎么看不见呢?!"斯特雷特哈哈大笑。

最 流 行 专 辑

《斯特雷特乡村音乐》
Strait Country （1981 年）
《斯特雷特心中的歌》
Strait from the Heart （1983 年）
《海边房产》
Ocean Front Property （1987 年）
《蓝色霓虹灯那边》
Beyond the Blue Neon （1989 年）
《纯乡村》
Pure Country （1992 年）

最 流 行 歌 曲

《受愚弄的回忆》
Fool Hearted Memory （1982 年）
《电椅》
The Chair （1985 年）
《没有尽头的爱，阿门》
Love without End, Amen （1990 年）
《来得容易去得快》
Easy Come Easy Go （1993 年）
《大的那个》
The Big One （1994 年）

另有 41 首歌曲进入排行榜前 40 名

生活里的斯特雷特总是
面带微笑,和蔼可亲。

纯朴的乡音乡情造就了斯特雷特的自信。

斯蒂夫·瓦瑞纳
（Steve Wariner）

1954 ~

最著名的乡村音乐家

  1954 年生于美国印第安那州的努伯尔维尔。父亲是一名职业歌手，瓦瑞纳从小开始学吹单簧管和弹吉他，少年时已成为印第安那州最走红的乐手和歌手。1971 ~ 1974 年，瓦瑞纳随着乡村歌星道蒂·韦斯特一起巡回演出。1975 年参加了名歌星鲍比·罗曼在大剧院的演出，1976 年和罗曼录制唱片时与 RCA 唱片公司经理恰特·阿特金斯相识，同年与阿特金斯签约录音。1978 ~ 1989 年，这家公司为瓦瑞纳出版、发行了 9 首进入乡村歌曲排行榜的歌曲，其中 3 首进入前 10 名，6 首进入前 40 名。1990 年，瓦瑞纳离开 RCA 唱片公司转到 MCA 唱片公司，这家公司为他出版、发行的歌曲《我没有做的事》又进入了排行榜第 3 名。1991 年，

瓦瑞纳与阿瑞斯塔唱片公司签约后，又连续 8 次进入了排行前 10 名，其中包括榜首歌曲《傻瓜永远学不了》、《周末》和《你能梦到我》。此外，瓦瑞纳还与人合作创作了《坚持》、《好东西》和《我该和你在一起》等许多热门歌曲。1994 年，瓦瑞纳新出版、发行的专辑《我已准备好》获得阿瑞斯塔唱片公司授与的金唱片证书。

忘性比记性大的歌手

斯蒂夫·瓦瑞纳是一名非常爱学习的歌星，这不仅表现在他青少年时期通过自学获得了函授毕业文凭，还表现在他成名后的日日夜夜。瓦瑞纳酷爱一切知识，只要有空儿，他总是抱着一本书在读。乐队里的个别同行为此常常责备他，有时甚至会趁其不注意将书藏起来捉弄他。一次，他刚借了一本非常喜爱的书就不见了，急得把所有的东西都翻遍了，仍然没有找到。这可怎么办？朋友们见他急得泪流满面，把大家给吓坏了，谁也不敢把书还给他，还是一位年长的大哥解了围，从藏书的地方拿起书喊道："瓦瑞纳、瓦瑞纳！你这个忘性比记性大的家伙，刚才不是你把书放到我这儿，让我替你保管的吗？还找什么？"瓦瑞纳接过书后破涕为笑，连声说"谢谢！谢谢！"

最 流 行 专 辑

《生活之路》
Life's Highway （1985 年）
《上榜歌曲》(第二集)
Greatest Hits Vol. 2 （1991 年）
《我已准备好》
I Am Ready （1994 年）

最 流 行 歌 曲

《琳达》
Lynda （1987 年）
《我哪儿不对》
Where Did I Go Wrong （1989 年）
《我得到梦》
I Got Dreams （1989 年）
《傻瓜永远学不了》
Some Fools Never Learn （1991 年）
《你能梦到我》
You Can Dream on Me （1991 年）
《小城女孩》
Small Town Girl （1991 年）
《周末》
The Weekend （1991 年）

另有 30 首歌曲进入排行榜前 40 名

213

瑞芭·麦肯泰尔
(Reba McIntire)

1954 ~

最著名的乡村音乐家

1954 年 3 月 28 日生于美国俄克拉荷马州的乔吉。麦肯泰尔从小随母亲接受最初的音乐教育，5 岁时就在一家饭店的大厅里演唱《上帝爱我》，十几岁时与妹妹苏丝为哥哥派克伴唱。1974 年，麦肯泰尔在俄克拉荷马城的全国赛牛决赛上唱国歌，歌手兼作曲家瑞德·斯蒂盖尔听过她演唱后，帮助她与纳什维尔的麦考瑞唱片公司签约录音。1975 ~ 1983 年，这家公司为麦肯泰尔出版、发行了首张专辑，其中有 4 首歌进入了排行榜前 10 名，5 首歌进入了排行榜前 40 名。1984 年，麦肯泰尔转到 MCA 唱片公司。1985 ~ 1992 年，麦肯泰尔演唱的歌曲共有 24 首进入排行榜前 10 名，其中包括《多忧伤》《那边有生活吗?》等 14 首榜首歌曲，专辑总销售量为 2000 万张。在此期间，麦肯泰尔曾 4 次获得乡村音乐协会颁发的最佳女歌手奖，1986 年还获得美国乡村音乐学

院颁发的最佳演员奖。进入 90 年代，麦肯泰尔又在演唱方法上不断创新，在《往前走》和《为我破碎的心》等歌曲里揉进了许多流行音乐的演唱风格，并以其舞台演出场面宏大、服装新颖、大屏幕激光投射外加伴舞而令人目眩。评论界批评她放弃了乡村音乐，麦肯泰尔坚持认为她只是投歌迷所好。她说:"我希望我能使歌唱技巧有所提高。"的确，她鼓励一些初学者去唱歌并与歌迷保持良好的关系而成为乡村乐坛最成功最受欢迎的女歌星之一。

最 流 行 歌 曲

《甚至不会闷闷不乐》
Can't Even get the Blues （1982 年）

《多忧伤》
How Blue （1985 年）

《有人应该离开》
Somebody Should Leave （1985 年）

《不管谁在新英格兰》
Whoever's in New England （1986 年）

《太晚的承诺》
One Promise Too Late （1987 年）

《凯西是小丑》
Cathy's Clown （1988 年）

《你说谎》
You Lie （1990 年）

《为我破碎的心》
For My Broken Heart （1991 年）

《那边有生活吗?》
Is There Life Out There （1992 年）

《他爱你吗?》
Does He Love You （1993 年）

另有 44 首歌曲进入排行榜前 40 名

风 流

　　瑞芭·麦肯泰尔成名后仍然为人谦虚并与很多歌迷建立了深厚的友谊。一天,一个老歌迷给她打来电话说:"麦肯泰尔,你为什么在演唱时也那么正经? 莫非是想树立一个道德典范?"麦肯泰尔说:"那您认为应当怎样?""我以为一个大艺术家不应当谨小慎微,世界上没有完人,试问一个让人看不到缺点的人与腊像有什么区别呢?"这一席话对麦肯泰尔触动很大,同时她也发现这位乐迷的确了不起,于是发自内心地说:"您能说得具体点吗?""好的。比如风流的问题,如果您在生活中很风流,那肯定会令人作呕,但您若在演唱中去表现风流? 那就变成了一种青春的艺术。"麦肯泰尔又一下愣住了,在此后的演出中,麦肯泰尔果然青春亮丽。

麦肯泰尔在家里更显出特有的朝气和魅力。

青春亮丽的麦肯泰尔平时的生活十分随意，与朋友外出郊游时在石墙旁留个影，困了、乏了就躺在沙发上小憩一会儿。

凯斯·惠特莱

（Keith Whitley）

1954 ~ 1989

最著名的乡村音乐家

1954 年 7 月 1 日生于美国肯塔基州桑迪霍克的一个音乐家庭。惠特莱 3 岁就受到音乐的熏陶，8 岁已在西弗吉尼亚的查尔斯顿电台节目中自弹自唱，13 岁时组织了一支"南方音乐"乐队。1970 ~ 1972 年，惠特莱录制了 7 张专辑，其中《十字架上的哭泣》获 1971 年南方音乐的最佳专辑奖。此期间还曾经为几支乐队效过力，其中包括瑞夫·斯坦莱的乐队。1978 ~ 1982 年，惠特莱又录制了 3 张专辑。其中地道的乡村音乐专辑《中间某处》引起 RCA 唱片公司的注意。1984 年 RCA 唱片公司与惠特莱签约录音，这家公司为他出版、发行的首张专辑《艰难的事》有 3 首歌曲进入了乡村歌曲排行榜前 40 名，1987 年，惠特莱推出的第 2 张专辑《从洛杉矶到迈阿密》又进入了排行榜第 14 名。1989 年，惠特莱选择加斯·汾蒂斯作为自己的制作人，在随后出版、发行的专辑《不要闭上你的眼》里，《不要闭上你的眼》、《当你什么都不说》和《雨对我并不陌生》等 3 首歌曲同时荣登乡村歌曲排行榜榜首，从此确立了惠特莱在乡村歌坛的地位；同年，惠特莱又在 RCA 公司录制了第 4 张专辑《我想知道你是否想我》，5 月 9 日，惠特莱因饮酒过度离开了人世，年仅 35 岁。他去世后，这张专辑里的《我想知道你是否想我》和《那没什么》再次登上了乡村歌曲排行榜榜首。

死 因

　　"酗酒身亡",这个消息对于整个乡村歌坛来说,凯斯·惠特莱的去世无疑是令人震惊的。一时间,谣言四起,众说纷纭。惠特莱去世的第二天,乐坛人士聚到一起吊唁他,好事者说:"他为什么要喝那么多酒呢?莫非失恋不成?""去你的吧,人家夫妻非常恩爱,失什么恋?"另一位乐坛人士说:"她妻子告诉我,惠特莱从不酗酒,只在节日里偶尔喝一杯。""那天他为什么会喝这么多酒呢?"这时,一位德高望众的老作曲家终于忍不住说:"这还用问吗?亏你们还是艺术家,惠特莱饮酒过渡,肯定与音乐有关。你们还想知道什么?"

最 流 行 专 辑

《从洛杉矶到迈阿密》
L. A. to Miami（1987 年）
《不要闭上你的眼》
Don't Close Your Eyes（1989 年）
《我想知道你是否想我》
I Wonder Do You Think of Me（1989 年）

最 流 行 歌 曲

《不要闭上你的眼》
Don't Close Your Eyes（1989 年）
《当你什么都不说》
When You Say Nothing at All（1989 年）
《雨对我并不陌生》
I'm No Stranger to the Rain（1989 年）
《我想知道你是否想我》
I Wonder Do You Think of Me（1989 年）
《那没什么》
It Ain't Nothing（1989 年）
《我在你之上》
I'm Over You（1989 年）

另有 9 首歌曲进入排行榜前 40 名

瑞基·斯卡格斯
(Ricky Skaggs)

1954 ~

最著名的乡村音乐家

　　1954 年 7 月 18 日生于美国肯塔基州的考戴尔。斯卡格斯 3 岁就能识别曼陀林弹出的曲调，5 岁就能弹奏 6 种乐器，10 岁时已经能演奏乡村音乐中的任何一种弦乐器。15 岁时斯卡格斯跟随瑞夫·斯坦莱正式开始了一名职业音乐家的生涯。后来，斯卡格斯离开斯坦莱，曾先后参加过华盛顿特区的"乡村绅士"乐队、"J·D·克罗威"乐队和"新南方"乐队。后来，斯卡格斯组织了一支自己的名为"波尼小溪"的乐队。1977 年，斯卡格斯解散了乐队，加盟艾米罗·哈瑞斯的乐队，他与这支乐队合作录制的首张专辑《不要拿你非分所得》由莫唐唱片公司出版、发行后进入了乡村歌曲排行榜第 16 名，第 2 张专辑《你可以看我走路》又进入了排行榜前 10 名，随后推出的歌曲《我心归你》首次荣登排行榜榜首。1982 ~ 1986 年，斯卡格斯又推出了《心碎》、《亲爱的 (开开门)》和《潘叔》等 10 首歌曲再次荣登排行榜榜首，从此确立了自己在乡村歌坛的地位。80 年代，斯卡格斯常与"怀特家庭"乐队一起巡回演出。1985 年，是斯卡格斯音乐生涯的鼎盛时期，由于他又再次推出了进入排行榜榜首的歌曲而被乡村音乐协会评选为当年的最佳乡村歌手。

最 流 行 专 辑

《大路和心痛》
Highways and Heartaches （1982 年）
《不要在我们家乡行骗》
Don't Cheat in Our Hometown （1982 年）
《乡村男孩》
Country Boy （1985 年）

神 童

　　瑞基·斯卡格斯是一个神童，3 岁识谱，5 岁就能演奏，这在乡村乐坛也是极为罕见的。为此，斯卡格斯的父亲充满了忧虑——怎样才能让他健康成长呢？小神童爱读书，特别是对音乐方面的书更是爱不释手，常常看到深夜，有时候父亲强迫他关灯睡觉，然而等父亲走后，他又将灯打开一直看到天明，疯狂的阅读使斯卡格斯少年早慧。一天，父亲的朋友卡希逗他说："小家伙，长大后要娶个什么样的妻子呢？"斯卡格斯眨了眨眼回答说："这个问题我考虑了很久，不过我考虑清楚了，可以告诉你——我的妻子不一定很漂亮，但肯定很善良。"卡希望着小小年纪的斯卡格斯吃惊不小。

最 流 行 歌 曲

《我不在意》
I Don't Care （1982 年）
《心碎》
Heartbroke （1982 年）
《如果我能，我不愿改变你》
I Wouldn't Change You If I Could （1982 年）
《40 号公路布鲁斯》
Highway 40 Blues （1983 年）
《乡村男孩》
Country Boy （1985 年）
《凯金月亮》
Cajun Moon （1986 年）
《只爱我》
Lovin' Only Me （1989 年）

另有 24 首歌曲进入排行榜前 40 名

221

约翰·安得森

(John Anderson)

1954 ~

最著名的乡村音乐家

1954 年 12 月 13 日生于美国佛罗里达州的奥兰多。约翰·安得森受姐姐的影响，7 岁时就拿起吉他自己学着弹奏。上小学 8 年级时，他组织了一支名为"野草种"的乐队(后来又更名为"生之尽头")，直到 15 岁还一直在玩摇滚乐。1972 年，约翰·安得森高中毕业后，跟随姐姐来到纳什维尔，开始了自己的音乐生涯。起初，默默无名的约翰·安得森只能依靠在建筑工地干活来养活自己。后来，他也曾到北卡罗来纳州和得克萨斯州闯荡过。并联络了一些有希望的歌曲作家和演唱家又回到了纳什维尔，与阿尔顿·德尔默的儿子利昂纳尔·德尔默合作演出。1977 年，他与华纳唱片公司签约录音并出版了第 1 张专辑，其中两首歌曲《栅栏尽头的小女孩》和《小犬布鲁斯》进入了排行榜前 40 名。1981 年，约翰·安得森创作并演唱的歌曲《1959》又进入了排行榜第 7 名，到 1984 年已跃居排行榜的第 1 名。1982 年，歌曲《既狂热又忧郁》再次荣登乡村歌曲排行榜榜首。1983 年问世的金曲《摇摆着》和《黑绵羊》，标致着约翰·安得森已进入音乐生涯的鼎盛时期。此后，他在榜上的名次逐渐滑落直到最后消失，到 1990 年，已经没有唱片公司与他签约。1991 年，贝图斯曼国际音乐集团需要一名男歌手，约翰·安得森不负重望，他主唱的歌曲《纯净的得魁拉之夜》再一次荣登排行榜榜首，专辑《赛米诺尔的风》则成为他的第一张白金唱片，销售量超过 100 万张，这是一次令人震惊的东山再起。

最 流 行 歌 曲

《1959》
1959 （1981 年）
《摇摆着》
Swingin I （1983 年）
《黑绵羊》
Black Sheep （1983 年）
《纯净的得魁拉之夜》
Straight Teguila Night （1991 年）
《银行里的钱》
Money in the Bank （1993 年）

另有 27 首歌曲进入排行榜前 40 名

愧对理想

1983～1991 年，时间跨度达 8 年之久，这是一段难熬的日日夜夜，许多优秀的歌手因为经不住这长久的默默无闻而像潮水一样退去了。而约翰·安得森却像礁石一样，仍然屹立在乐坛的边缘，自信和执著地未改初衷。那是一个寒冷的冬天，孤独加上一次次的失败情绪缠绕在约翰·安得森心头，心情坏极了，他不无感慨地说："我有时想跳楼！"然而他还是没有跳，有人问他："为什么没有跳楼？看来你还是怕死吧！"约翰·安得森说："是的，我害怕到死的时候也一事无成，愧对了我的理想。"

福瑞斯特姐妹
(The Forester Sisters)

1955 ~

最著名的乡村音乐家

　　福瑞斯特姐妹分别是凯瑟（1955年1月4日生于美国佐治亚州的劳克奥特）、简妮（生于1956年9月22日）、吉姆(生于1960年11月4日)、克里斯蒂(生于1962年12月21日)。70年代，凯瑟、简妮和吉姆开始在自己的家乡——美国佐治亚州的劳克奥特巡回演出三重唱，1982年，由于克里斯蒂的加盟而变为四重唱。同时，她们还在默瑟尔·肖尔斯的录音棚录制唱片，因此而引起华纳唱片公司制作人齐姆·艾特·诺尔曼的注意。1984年，诺尔曼与福瑞斯特姐妹签约并为她们出版、发行了第1张专辑，这张专辑因吉姆和凯瑟的领唱与简妮和克里斯蒂的伴唱配合得完美无缺而大受歌迷的青睐。1985年，她们推出的第2张专辑《当你恋爱时》进入了乡村歌曲排行榜第10名；同年，福瑞斯特姐妹演唱的3首歌曲《昨晚我又堕入爱河》、《万一》、《妈妈从来没有见过那样的眼睛》相继登上了乡村歌曲排行榜榜首。1986年，福瑞斯特姐妹与拜拉米兄弟小组合作录制的《太多也不够》以及约翰·赫特合作录制的《开往南方》、《你又一次》等歌曲使她们进入了音乐事业的鼎盛时期。80年代后期，福瑞斯特姐妹演唱的《又躺在他的怀中》、《家信》、《你最诚挚的》、《爱的遗言》、《难道你不》和《随它去吧》等歌曲又进入了乡村歌曲排行榜前10名。90年代，福瑞斯特姐妹的上榜名次开始滑落，除1991年的专辑《男人们》外，其他的专辑虽然上榜但名次都很低。尽管如此，福瑞斯特姐妹的音乐仍然深受听众的欢迎和占有重要的地位。因为，是她们填补了摇滚音乐与乡村音乐之间的空白，并推动了乡村音乐以一种新的面貌出现和发展。

鲜泠泠的歌声

福瑞斯特四姐妹的歌声以清纯、朴实夺人，加上四姐妹的长像又有点清素，所以只要她们一上台，便引来阵阵掌声。在音乐之都纳什维尔，人们见惯了浓妆艳抹、热烈火爆的歌手，像这种朴素的四重唱的确是不多见。一位从乡村来的观众很不以为然地说："她们有什么好？"身边的人告诉她："难得的干净，从人到声音，让人心爽！"这位观众又接着说："有什么好！像4只刚洗净的白萝卜！"谁知她身后的人却激动万分地对她说："你的感觉太对了！是鲜泠泠的歌声。"

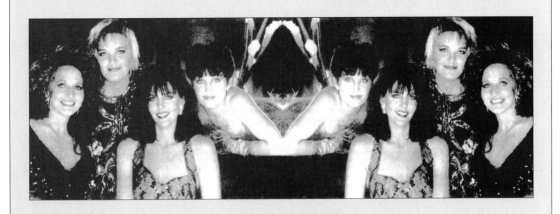

最 流 行 歌 曲

《昨晚我又堕入爱河》
I Fell in Love Again Last Night （1985 年）
《万一》
Just in Case （1985 年）
《妈妈从来没有见过那样的眼睛》
Mama's Never Seen Those Eyes （1985 年）
《孤独一个人》
Lonely Alone （1986 年）
《太多也不够》
Too Much Is Not Enough （1986 年）
《太多的河流》
Too Many Rivers （1987 年）
《你又一次》
You Again （1987 年）

《又躺在他的怀中》
Lyin' in His Arms Again （1987 年）
《爱的遗言》
Love Will （1989 年）
《随它去吧》
Leave It Alone （1989 年）

最 流 行 专 辑

《当你恋爱时》
When You're in Love （1985 年）

另有 5 首歌曲进入排行榜前 40 名

布鲁克斯与顿
（Brooks & Dunn）

1955 ~

最著名的乡村音乐家

　　布鲁克斯 1955 年 5 月 12 日生于美国路易斯安那州的希瑞夫波特，原名里昂·艾瑞克·布鲁克斯；顿 1955 年 6 月 1 日生于得克萨斯州的科尔曼，原名隆尼·吉恩·顿。两人有相似的家庭文化背景，因此从一开始似乎就有某种亲情。布鲁克斯 6 岁时，祖母给他邮购了一把夏威夷吉他，由此而开始了音乐生涯，到 12 岁他就有了自己的第一支乐队。顿的音乐天赋主要来源于父亲的影响，父亲是一支乐队的领导人，这支乐队经常在顿的家里练习，顿从小就受到音乐的熏陶，长大后也参加了这支乐队。1981 年，布鲁克斯来到纳什维尔为查理·丹尼尔出版公司写歌。在以后的几年里，"橡树岭男孩"乐队的克里斯特尔·盖尔以及索伊·布朗等人都录过他创作的歌曲。后来，他又创作了荣登乡村歌曲排行榜的榜首歌曲，并在两次不成功的合作后退出了这家公司。顿曾经短暂中断过音乐，在上高中时因爱好音乐而离开学校去图尔沙谋求发展，并在希尔特唱片公司结织了摇滚乐的里昂·乔·考克以及艾瑞克·克莱普顿的乐队成员。1989 年，布鲁克斯开玩笑地为顿报名参加了"万宝路天才乡村歌手比赛"，这次比赛使顿一举成名并与阿瑞斯塔唱片公司签约录音。公司制作人杜波依斯非常喜欢布鲁克斯与顿，希望他们俩一起创作和唱歌。1991 年，他们合作录制的第 1 张专辑《完全新人》问世并在 6 月上榜，主打歌《完全新人》连续 4 次荣登乡村歌曲排行榜榜首，合作不到 6 个月就吸引了众多的歌迷，并成为最受欢迎的乡村歌手。布鲁克斯与顿演唱的歌曲，既能反映年轻人的热情，如《踢靴子的黑人演员》，又能反映中老年人成熟的经历，如《拼命干活的人》、《她曾经是我的》。直到 90 年代末期，布鲁克斯与顿仍然活跃在乡村歌坛。

兄　弟

　　布鲁克斯与顿虽然出生地不在一起，但自他们认识后，便如影相随，顿的家里常常是一个排练场，而布鲁克斯每次来顿家中观看乐队的排练都会碰到顿。顿是一个爱挑剔的人，但从看见布鲁克斯的那一刻起，顿就对自己说："他就是我的好兄弟。"果然，无论家中来了多少人，顿总要给布鲁克斯预备一个位子，谁也不能侵占，否则他就一言不发。一次，顿的家中又挤满了人，而顿仍然不肯放弃为布鲁克斯预留的位子，这使父亲很生气。"您真的生气了吗？"顿昂起头望着父亲，父亲说："是的，我真的要生气了。"顿又说："那您就去生气吧！"父亲说："难道生气是可以欣赏的吗？"顿说："爸爸，生气绝对是可以欣赏的。"说完瞅着向他们挤过来的布鲁克斯说："您说对吗？"布鲁克斯说："对，生气时有一种个性的美。"父亲还能说什么呢？布鲁克斯已经坐在了预留的位子上。

最 流 行 专 辑

《完全新人》
Brand New Man （1991 年）
《拼命干活的人》
Hard Workin' Man （1993 年）
《在日落时等待》
Waitin' n Sundown （1994 年）

最 流 行 歌 曲

《完全新人》
Brand New Man （1991 年）
《霓虹月亮》
Neon Moon （1992 年）
《踢靴子的黑人演员》
Boot Scootin' Boogie （1992 年）
《她曾经是我的》
She Used to Be Mine （1993 年）
《无路可走》
That Ain't No Way to Go （1994 年）
《她不是骗人的那种人》
She's Not the Cheatin' Kind （1994 年）

另有 4 首歌曲进入排行榜前 40 名

227

布鲁克斯与顿不仅是艺术上的搭档,而且还是非常要好的朋友,所以无论走到哪儿总是形影不离。

清新的空气、富饶而辽阔的大地使布鲁克斯
与顿这两片艺术新蕾茁壮成长。

1955 年 9 月 26 日生于美国田纳西州的迈迪森,原名吕贝卡·卡莲·史密斯。父亲卡尔·史密斯在 50～60 年代是一位受欢迎的乡村歌星,母亲琼·卡特是名扬四海的卡特家族的成员。卡莲·卡特两岁时父母离婚,姥姥梅贝里教她弹吉他,妈妈、姑姑们教她唱歌和弹钢琴。60 年代后期和 70 年代初期,卡莲·卡特参加过卡特家族和琼尼·卡希的演出,并被摇滚乐所吸引。卡莲·卡特独立生活能力很强,15 岁离家谋生,16 岁就结了婚。22 岁录制第 1 张专辑时,已是一位有两个孩子的母亲。她的早期唱片《卡莲·卡特》和《每个女人的两方面》虽然带有很强的摇滚乐风格,但却在 1979 年和 1980 年两次进入了乡村歌曲排行榜。尽管如此,她还是没有被乡村歌坛接受。为此,卡莲·卡特去了英国,在那里录制了融布鲁斯、摇滚与乡村音乐于一体的 5 张专辑。1986 年,当卡特三姐妹去英国巡回演出时,她们说服卡莲·卡特回到了美国乡村歌坛。卡莲·卡特回美国后,开始与朋友豪威·伊斯坦一起创作歌曲,以求在乡村音乐领域进一步发展。1990 年,普拉斯唱片公司为她出版、发行了第 1 张专辑《我堕入爱河》,这张专辑和她 1993 年在巨人唱片公司旗下录制的专辑《小情书》产生了 5 首进入排行榜前 40 名的歌曲,其中有 3 首歌曲进入排行榜前 10 名。从此,卡莲·卡特在乡村歌坛开始出名。卡莲·卡特演唱的歌曲大部分来自卡特家族的老曲调,但这是一种崭新的卡特家族的歌曲。

卡莲·卡特
(Carlene Carter)

1955 ~

最著名的乡村音乐家

舍 弃

　　卡特22岁时已有了两个孩子和第三任丈夫,可以设想,卡特的情感世界十分丰富多彩。当然,这肯定不是她自己个人的问题,而且感情这东西又实在是太善变了,无论是男人还是女人,都有善变的因子。这可怎么办呢?卡特说;"我一急,就想简单了事。"女友埋怨她说:"那你也不能只会用离婚来解决问题呀!"卡特一听,严肃了起来,她说:"感情太折磨人啦,简直弄得人要死要活,但我一想到音乐,便觉得没有任何东西不能舍弃!"女友说:"包括爱情?"卡莲·卡特说:"不,我说的仅仅是婚姻。"

最 流 行 专 辑

《我堕入爱河》
I Fell in Love （1990 年）
《小情书》
Little Love Letters （1993年）

最 流 行 歌 曲

《我堕入爱河》
I Fell in Love （1990 年）
《转回来》
Come On Back （1990 年）
《小情书》
Little Love Letters （1993 年）

另有 3 首歌曲进入排行榜前 40 名

1956 年 3 月 26 日生于美国田纳西州的杰克逊，在孟菲斯长大，原名夏洛蒂·丹尼斯·麦克琳。麦克琳 9 岁参加哥哥的乐队，十几岁时为帮助家庭解决生计而开始演出，17 岁时已定期在孟菲斯的电台演出并获得成功，20 岁时在纳什维尔与世纪唱片公司签约录音，

查利·麦克琳
（Charly McClain）

1956 ~

最著名的乡村音乐家

这家公司为她发行的首张专辑《放下》虽进入了排行榜，但名次较靠后。1978 年，麦克琳演唱的歌曲《让我做你的宝贝》进入了排行榜第 13 名，另一张专辑中的歌曲《这就是你对我做的事》进入了排行榜第 8 名。1980 年推出的歌曲《男人》上升到第 7 名。这首歌展现了麦克琳有教养的女性风采并受到男性歌迷的青睐。1981 年，麦克琳演唱的歌曲《谁骗谁》首次荣登乡村歌曲排行榜榜首。1982 ~ 1984 年，麦克琳又推出了 9 首歌曲进入排行榜前 10 名，包括两首与米凯·基利合作的二重唱《天堂在今夜》(第 1 名) 和《糖人》(第 5 名)，这些成功使麦克琳在电视上频频露面。1984 年，麦克琳与演员威尼·马赛结婚，婚后丈夫也改行唱歌并在 80 年代初期数次上榜。1985 年，夫妻俩合作的二重唱《就看一下你的眼睛》进入排行榜第 5 名，《你是我的音乐，你是我的歌》进入排行榜第 10 名；同年年初，麦克琳再次以歌曲《心系电台》荣登排行榜榜首。此后，麦克琳开始走下坡路。1988 年，夫妻俩转到麦考瑞唱片公司，但未能重现昔日的风采。麦克琳对此似乎非常平静，她说："如果你内心平静，那么不管发生什么事情，无论是生活里的还是事业上的，你都有能力去掌握它、接受它，继续往前走。"

最 流 行 专 辑

《十周年纪念：过去与现在》
Ten Year Anniversary：Then and Now （1987 年）
《火红唱片——查利·麦克琳》
Greatest Hits Charly McClain （1992 年）

最 流 行 歌 曲

《谁骗谁》
Who's Cheatin Who （1981 年）
《用爱呵护我》
Surround Me with Love （1981 年）
《开着收音机睡》
Sleepin' with the Radio On （1981 年）
《你就是最好的》
The Very Best Is You （1981 年）
《把你的回忆带走》
Dancing Your Memory Away （1982 年）
《天堂在今夜》
Paradise Tonight （1983 年）
《心系电台》
Radio Heart （1985 年）

另有 20 首歌曲进入排行榜前 40 名

教 养

查利·麦克琳的演唱风格与她特殊的文化教养有关，这是许多乐迷苦苦思索而又费解的问题，答案何在，这究竟是为什么？从表面上看，麦克琳与众多的歌星没什么两样，只是略微显得很喜气，为人谦让有加，彬彬有礼。即使在舞台上，她也总是等掌声过后才鞠躬谢幕，既不慌不忙，又落落大方。一次，一名崇拜者来找她求教并提出了一个很独特的问题："为什么您的演唱总是有一种很有教养的风度和气质？"当时麦克琳正在排练《莎士比亚全集》中的一段，便放下书对她说："您读过这本书吗？""没有。"麦克琳又说："那您快回家读读吧，书上有。"

233

杜怀特·约克姆

（Dwight Yoakam）

1956 ~

最著名的乡村音乐家

1956 年 10 月 23 日生于美国肯塔基州的派克维尔，在俄亥俄州的哥伦布长大。约克姆还没有学会走路就喜欢摆弄吉他，6 岁时开始学习弹奏，上中学已经在不同的摇滚乐队和乡村乐队中施展音乐才能了。70 年代，约克姆来到洛杉矶，在当地一家俱乐部里演唱。1986 年，约克姆用 5000 美金录制了第 1 张唱片《吉他、凯迪拉克等等，等等》，在这张唱片里，他翻唱了一首琼尼·豪顿的歌曲《娱乐场艺人》进入了排行榜第 4 名。1987 ~ 1993 年，约克姆又演唱了《小妹妹》和《可疑的想法》、《我唱南方爵士）和《不知离那儿一千英里远》等一批进入排行榜前 10 名的歌曲，其中他与布克·欧文斯合作录制的一首二重唱《贝克斯费尔德的街道》终于荣登 1988 年乡村歌曲排行榜榜首，从此确立了自己在乡村歌坛的地位并圆了榜首梦。

最 流 行 专 辑

《吉他、凯迪拉克等等,等等》
Guitarts,Cadillacs,Etc.,Etc.　（1986 年）
《华丽的山歌》
Hillbilly Deluxe　（1987 年）
《从孤独的房间里传出的"晚安"》
Buenas Noches from a Lonely Room　（1988 年）
《如果有办法》
If There Was a Way　（1990 年）
《这一回》
This Time　（1993 年）

最 流 行 歌 曲

《娱乐场艺人》
Honky Tonk Man　（1986 年）
《贝克斯费尔德的街道》
Streets of Bakersfield　（1988 年）
《我唱南方爵士》
I Sang Dixie　（1988 年）
《难道还那么孤独》
Ain't That Lonely Yet　（1993 年）
《不知离那儿一千英里远》
A Thousand Miles from Nowhere　（1993 年）

另有 17 首歌曲进入排行榜前 40 名

臭美什么呢？

　　杜怀特·约克姆与安得森来到了洛杉矶,最初的兴奋是短暂的,因为他俩已经连续被三家俱乐部解雇了,原因是他们演唱的歌曲根本不合时宜,而且还不会随机应变。不久,为了解决温饱问题他们只得去洗盘子、刷厕所。在做清洁工的日子里安得森总是抱怨命运,而约克姆却每天都很快乐,有时还喜气洋洋。"你还臭美什么呢?"安得森挖苦约克姆说。约克姆回答:"工作时,我感到音乐正从我的脚根升起,旋律美得如旭日东升一般。""真的吗?""真的,只要你心里想着打扫完这条巷子,从这里过的人都很高兴,这种感觉就来了。"安得森望着约克姆,半晌没说话。

苏滋·鲍格丝
（Suzy Bogguss）

1956 ~

最著名的乡村音乐家

    1956 年 12 月 30 日生于美国伊利诺伊州的阿利多。母亲会弹钢琴,从小就教她识谱,父亲使她接触了乡村音乐。鲍格丝性格活泼,从中学到大学都是啦啦队的队长,并在各种音乐会、合唱团里唱歌。在学校里,鲍格丝的专业是冶金学和珠宝设计,大学毕业时她还获得了艺术学士学位。但她不想做一名金属匠或成为一名设计家,她要去巡回演出,以唱歌谋生。1978 ~ 1982 年,从五大湖区域到太平洋沿岸都留下了鲍格丝的足迹。1983 年,鲍格丝与丽莎·史密斯一起合作二重唱,1984 年,因史密斯要去上大学,鲍格丝便在感恩节来到纳什维尔一家饭店以唱歌为生,同时为音乐出版商制作唱片。1986 年,她在田纳西州东部的道莱·帕顿的道莱坞游乐场领衔演出,国会大厦唱片公司的经理们看了这一次演出后主动与她签约录音。1987 年,这家公司为鲍格丝出版、发行的首张专辑《我不想让世界吃惊》进入了乡村歌曲排行榜第 68 名。1989 年,她与制作人温帝·瓦得曼合作出版了专辑《在中间一个地方》,其中歌曲《摸摸我破碎的心》又进入了排行榜第 14 名。1990 年,鲍格丝与吉米·波恩合作录制了第 3 张专辑《真理的时候》,从此奠定了他们的合作关系。1991 年,他们合作的另一首二重唱《你的无救的》由李·格林伍德唱片公司出版、发行后进入了排行榜第 12 名并成为这家公司十大 CD 热门金曲。她的下一张专辑《王牌》中的歌曲《某一天很快到来》又进入了排行榜第 12 名。随后,《远航的飞机》和《王牌》这两首歌都进入了前 10 名。1992 年,他们推出的专辑《风之声》又推出了两首上榜歌曲《开往南方》(第 2 名)、《放开》(第 6 名)。1994 年,鲍格丝与玛特里卡·伯格、加利·哈瑞森合作的《嘿,灰姑娘》再次进入排行榜第 5 名。鲍格丝并没有就此止步,她正在继续努力,不断前进。

最 流 行 专 辑

《王牌》
The Trump （1991）年
《风之声》
Voices in the Wind （1992 年）
《什么东西在我袖口上》
Something Up My Sleeve （1993 年）
《甜心》
Simpatico （1994 年）

最 流 行 歌 曲

《远航的飞机》
Outbound Plane （1992 年）
《王牌》
The Trump （1992 年）
《放开》
Letting Go （1992 年）
《开往南方》
Drive South （1992 年）
《跟天气一样》
Just like the Weather （1993 年）
《嘿，灰姑娘》
Hey Cinderella （1994 年）

另有 5 首歌曲进入排行榜前 40 名

这才是艺术

　　苏滋·鲍格丝性格狂野，这从她早年不断巡回演出的录相中可以看出，而且她还是一位不达目的决不罢休的女人，只要想干的事情，一定要办到。一次，她忽发奇想，非要在演唱中把自己打扮成老太婆，然而她演唱的歌曲每首都是初恋的爱情歌曲。朋友们知道她的想法后都来劝她，说这样会不伦不类，效果肯定很糟，但谁也劝不住。她就这样义无反顾地上台了，学着老婆婆的样子，慢慢走着，上气不接下气地唱着初恋约会的情歌，既幽默又真诚，生动地塑造了一位老太婆回忆少女时代的二重艺术形象，收到了意想不到的轰动效应。事后鲍格丝对人说："这才是艺术，上台就唱，唱完拉倒，那能叫艺术吗? 那是喝白开水。"

237

1957年1月4日生于美国肯塔基州的派克维尔,原名帕特里西亚·瑞米。拉芙丽丝小时候很内向,虽然喜欢唱歌,但只是关着门给家里人和客人唱。12岁时由哥哥罗吉·瑞米带上台演出,13岁时和哥哥一起来到纳什维尔,不久就与鲍特·瓦格纳和道莱·帕顿相识,在帕顿的鼓励下拉芙丽丝开始写歌。14~16岁期间她一共写了30首歌曲,瓦格纳和帕顿一直是她的朋友和老师。此后,拉芙丽丝加盟"威尔本兄弟"乐队,顶替乐队另一位女歌手劳瑞达·莲演出。此期间,她与鼓手塔瑞·勒夫莱斯堕入爱河并组建了一支自己的乐队,在这支乐队里唱了7年的摇滚歌曲。80年

帕蒂·拉芙丽丝
(Patty Loveless)

1957 ~

最著名的乡村音乐家

代中期,拉芙丽丝的婚姻发生波折,哥哥又一次帮助她回到乡村音乐和开始录制唱片。1985年,拉芙丽丝与MCA公司签约录音并出版、发行了第1张专辑《帕蒂·拉芙丽丝》,这张专辑里的两首歌曲《毕竟》和《你救了我》进入了排行榜前40名。1988年,拉芙丽丝的第2张专辑《如果我心上有窗户》出版、发行后又进入排行榜第2名,主打歌《一点点爱》进入了排行榜前10名。在第3张专辑中,拉芙丽丝演唱的两首歌曲《田拜尔,我堕入爱河》和《锁链》首次荣登乡村歌曲排行榜榜首,从此一举成名。1989年,文斯·吉尔主唱拉芙丽丝伴唱的歌曲《当我叫你的名字》获得乡村音乐协会颁发的1990年最佳歌曲奖。1992年,拉芙丽丝转到世纪唱片公司,她又推出了《在你心上责怪那件事》和《我怎样才能阻止你说再见》等影响很大的歌曲。此后,拉芙丽丝以特有的艺术表现力和传统的乡村嗓音而享有盛名。

最 流 行 专 辑

《如果我心上有窗户》
If My Heart Had Windows （1988 年）
《娱乐天使》
Honky Tonk Angel （1989 年）
《完全彻底》
On Down the Line （1990 年）
《只是我所感到的》
Only What I Feel （1993 年）

最 流 行 歌 曲

《一点点爱》
A Little Bit in Love （1988 年）
《田拜尔,我堕入爱河》
Timber, I'm Falling in Love （1989 年）
《锁链》
Chains （1990 年）
《在你心上责怪那件事》
Blame It on Your Heart （1992 年）
《我怎样才能阻止你说再见》
How Can I Help You Say Goodbye （1992 年）

另有 12 首歌曲进入排行榜前 40 名

私 奔

　　帕蒂·拉芙丽丝与鼓手勒夫莱斯私奔了！这对于乐队及乡村乐坛来说都是一个不大不小的新闻,要知道拉芙丽丝是一位害羞而内向的少女,因此他们的私奔便有了一个古老的说法——越是不爱说笑的女人,越是能做出一些大胆而奔放的举动。这对情侣爱得死去活来、没日没夜,拉芙丽丝后来对人们说:"那才是音乐,才是刻骨铭心的音乐,这场爱情使我懂得了什么是真正动人的音乐"。而勒夫莱斯也这样说过:"真正的好鼓手,是能叩动人心的,像少女幽会的脚步,每一步都踩在节拍上,让人心跳!"当然,假道德家们仍然会指责他们,然而他们共同的回答是:"我们是真诚相爱的,我们愿意!"

从拉芙丽丝不同的生活写真照里，隐约散发出她内在的艺术气质与魅力。

无论是微笑或是沉思都是
一种真实而纯净的美。

文斯·吉尔
(Vince Gill)

1957 ~

最著名的乡村音乐家

　　1957 年 4 月 12 日生于美国俄克拉荷马州的诺曼，父亲会弹班卓琴。吉尔 8 岁时就组织了一支乡村乐队，在小城镇中巡回演出。10 岁时父母送给他一把吉他，上中学时他参加了当地一支名为"山雾"的乡村摇滚乐队，这支乐队曾因演奏约翰·斯蒂瓦特的《七月时你是一个女人》而小有名气。中学毕业后，吉尔来到肯塔基州的路易斯维尔上大学，上学期间他很快参加了一支名为"南方联盟"的乐队。1979 年，吉尔听说"牧场"乐队正在招聘一名领唱，经过面试，他被录取为领唱和首席吉他手。此后，他领唱的《让我今夜爱你》进入了乡村歌曲排行榜前 10 名。3 年后，吉尔离开这支乐队来到纳什维尔，很快成为音乐节上顶尖的乐器演奏员和伴唱歌手，曾先与罗得奈·克劳威尔的乐队和艾米罗·哈瑞斯的乐队合作过一段时间，后与 RCA 唱片公司签约录音。1984 年，吉尔演唱的歌曲《生存环境的牺牲品》进入了乡村歌曲排行榜前 40 名。1985 年，吉尔与罗尚妮·卡希合作的二重唱《要不是为了他》又进入了排行榜前 10 名。 但是，他在 RCA 唱片公司录制的歌曲从来没有受到乡村音乐电台与歌迷的青睐和承认。此后，吉尔转到 MCA 唱片公司，1989 年，这家公司为他出版、发行的歌曲《当我叫你的名字》进入了乡村歌曲排行榜第 2 名；同年，这首歌曲被乡村音乐协会评为最佳歌曲。90 年代，吉尔除了录制唱片外，还是音乐会上的十大明星之一并两次获得乡村音乐协会颁发的最佳艺人奖。

伴奏的艺术

文斯·吉尔多才多艺，这在乐坛上并不多见，但生性谦虚的吉尔从来不张扬。一次，他的乐队邀请一位吉他高手为吉尔伴奏，吉尔上台前告诉他："我们是第一次合作，希望多关照。"但这位高手在伴奏中时常弄出点小花样来哗众取宠，这使吉尔感到了不安。下来后，作为乐队负责人的吉尔并没有责备他，而是要过吉他坐在他的身边，投入地为另一名歌手伴奏。吉尔的伴奏准确而热情，决无半点自我表现。演奏完，当歌手下台向吉尔感谢时，吉尔对那位高手说："你的伴奏，固然是为了观众，但第一是为演唱者。"那位高手惊讶地问："你的吉他也弹得这么好呀！"吉尔笑了一下说："我10岁就能上台弹奏了。"

最 流 行 专 辑

《当我叫你的名字》
When I Call Your Name （1989 年）
《装满金子的口袋》
Pocket Full of Gold （1991 年）
《我仍崇拜你》
I Still Believe in You （1992 年）

最 流 行 歌 曲

《当我叫你的名字》
When I Call Your Name （1989 年）
《我仍崇拜你》
I Still Believe in You （1992 年）
《不要让你的爱溜走》
Don't Let Your Love Start Slippin' Away （1992 年）
《心不会说谎》
The Heart Won't Lie （1993 年）
《还有最后一次机会》
One More Last Chance （1993 年）
《不管什么时候你来》
Whenever Yon Come Around （1994 年）

另有 27 首歌曲进入排行榜前 40 名

吉尔的沉思和凝视
也是一种美。

谦虚而自信。

随意而自然。

帕姆·梯利斯
（Pam Tillis）

1957 ~

最著名的乡村音乐家

　　1957 年 7 月 24 日生于美国佛罗里达州的帕拉特，原名帕米娜·梯利斯。帕姆·梯利斯对父亲的音乐生涯又爱又恨，爱他的事业，恨他没有时间多陪自己一会儿。 帕姆·梯利斯上初中时开始写歌和参加演出， 19 岁时就和父亲一起去巡回演出。1984 ~ 1986 年，帕姆·梯利斯与华纳唱片公司签约录音并出版、发行了 5 张上榜名次较靠后的专辑。1987 年离开华纳唱片公司后专心作曲，她创作的歌曲被许多著名歌星演唱过。后来，帕姆·梯利斯与未来的丈夫鲍勃·迪·皮埃罗相识，两人一起与阿瑞斯塔唱片公司签约录音。1990 年，这家公司为她出版、发行的第 1 张专辑《不要告诉我该做什么》进入了排行榜第 5 名；同年，她演唱的两首歌曲《其中的一个》和《也许那是孟菲斯》又进入了排行榜前 10 名，从此确立了自己在乡村乐坛的地位。1992 年，这家公司为她出版、发行的专辑《往家乡方向看的安琪儿》又推出两首歌曲进入排行榜前 10 名。1994 年，帕姆·梯利斯又推出了专辑《心上人的舞蹈》，歌曲《洒出来的香水》首次荣登乡村歌曲排行榜榜首，从此确立了在乡村歌坛的地位。作为迈尔·梯利斯的女儿，父亲为她的成功铺平了道路，也为她所取得的成绩感到骄傲。对此，帕姆·梯利斯曾动情地说："我是听着早期的乡村歌曲长大的，晚上躺在床上我能听到父亲带回家的唱片里的歌声。随着父亲我见过许多乡村歌坛的前辈，从他们身上我学到了不少的东西……同时我也是一个接受新事物的人，我喜欢爵士乐、摇滚乐和南方的布鲁斯音乐。我常常把自己看做是新老之间的桥梁。"

最流行专辑

《把你放在我的位置上》
Put Yourself in My Place （1990 年）
《往家乡方向看的安琪儿》
Homeward Looking Angel （1992 年）
《心上人的舞蹈》
Sweetheart's Dance （1994 年）

最流行歌曲

《不要告诉我该做什么》
Don't Tell Me What to Do （1990 年）
《也许那是孟菲斯》
Maybe It Was Memphis （1990 年）
《摇摇那棵甘蔗》
Shake the Sugar Tree （1992 年）
《让那只矮种马跑起来》
Let That Pony Run （1993 年）
《洒出来的香水》
Spilled Perfume （1994 年）
《当你走进房间时》
When You Walk into the Room （1994 年）

另有 2 首歌曲进入排行榜前 40 名

意中人

　　帕姆·梯利斯深爱着自己的父亲，尽管从小父亲和她在一起的时间很少，然而她就是喜欢父亲那顶天立地的感觉。在帕姆·梯利斯的心里，父亲无所不知无所不能，即使在她长大成人后，仍然能够感受到父亲的福荫与呵护。帕姆·梯利斯到了恋爱的年龄，但仍然没有意中人，这当然使父亲着急了。"你要找个什么样的人才中意呢？"父亲问她，她说："必须像父亲您这样的。""可世界上没有完全同样的人呀！""那我不管！"帕姆·梯利斯有点不讲理了。直到这时父亲才感到了痛苦，为此，他曾一度三天陪着女儿。一天，女儿对父亲说："爸爸，您可以不必跟着我了。"父亲不解地问："为什么呢？"女儿答："我已经有了意中人。"父亲笑了。

荷莉·顿
（Holly Dunn）

1957 ~

最著名的乡村音乐家

　　1957 年 8 月 22 日生于美国得克萨斯州的圣安东尼奥，原名荷莉·苏兹特·顿。荷莉·顿在 6 岁得到第一件乐器（爵士鼓）时就表现出了超凡的音乐才能，8 岁时就已经会写歌曲，16 岁时创作了第 1 首小曲《月亮风》。荷莉·顿的哥哥克里斯·瓦特斯是家里第一个去纳什维尔因作曲而出名的。荷莉·顿上大学时就与哥哥一起创作了歌曲《日久情不疏》，后由乡村歌星和宗教音乐艺术家克里斯蒂·莱恩将这首歌录成唱片，荷莉·顿受到鼓舞而搬到田纳西州永久居住。1979 年，荷莉·顿与 CBS 音乐公司合作，由露易斯·曼德瑞尔、斯尔维亚·玛丽·奥斯蒙德和凯斯·惠特莱等 3 位歌星将自己创作的歌曲录成唱片。同时还与刚刚建立的 MTM 唱片公司签约录音。1985 年，荷莉·顿创作的歌曲第 1 次进入了排行榜，但名次较靠后。1986 年，她创作的歌曲《父亲的手》获得排行榜第 7 名。此后，荷莉·顿又有一连串进入排行榜前 10 名的歌曲，其中包括由华纳唱片公司出版、发行的她与麦克尔·马丁·摩菲合作的一首二重唱《人群中的一张脸》1987 年进入了排行榜第 4 名。1990 年，荷莉·顿首次以一首歌曲《你真的让我走》荣登排行榜榜首，从此成为乡村歌坛的名流。1991 ~ 1993 年间，荷莉·顿偶获成功；这期间，她离开了华纳公司。

直 觉 美 丽

  荷莉·顿的母亲是一位非常优秀的风景画家，每次外出作画，总要带上荷莉·顿。荷莉·顿生性活泼，长得又漂亮，所到之处总是受人宠爱。一天，母亲正在一风景优美又安静之处作画，荷莉·顿引来一群小朋友，闹得母亲无法静下心来作画，于是就批评她："荷莉·顿，以后我再也不带你出来了，要知道静不下来的孩子，以后是不会有什么作为的!"母亲的批评是严厉的，然而也是有效的。后来，荷莉·顿在母亲外出作画时总是坐在母亲身边一声不响。一次，母亲画完画自言自语："这里的风景多美呀，真想听首歌。"荷莉·顿接过话说："妈妈，我为您唱好吗?"母亲抬头看着女儿，忽然觉得很对不起孩子，放下画笔便将荷莉·顿抱了起来，说："唱吧，唱吧!"荷莉·顿说："我也觉得这儿很美，所以才想唱歌。""是吗?"母亲突然发现荷莉·顿对美有敏锐的直觉，便对她说："孩子，以后只要你觉得哪儿美，想唱歌，就大胆地唱吧，妈妈喜欢听你唱。"从此后，荷莉·顿只要一唱歌，母亲便耐心地指点她，并发现荷莉·顿的直觉是非常准确的。

最 流 行 专 辑

《荷莉·顿》
Holly Dunn （1986 年）
《基石》
Corner Stone （1987 年）
《横跨格兰得河》
Across the Rio Grande （1988 年）
《得克萨斯的蓝玫瑰》
Blue Rose of Texas （1989 年）
《充满爱的心》
Heart Full of Love （1990 年）

最 流 行 歌 曲

《父亲的手》
Daddy's Hands （1986 年）
《爱一个像我的人》
Love Someone Like Me （1987 年）
《你会爱我吗》?
Are You Ever Gonna Love （1989 年）
《我的心又飞了》
Me There Goes My Heart Again （1989 年）
《你真的让我走》
You Really Had Me Going （1990 年）

另有 8 首歌曲进入排行榜前 40 名

玛丽·恰宾·卡宾特
(Mary Chapin Carpenter)

1958 ~

最著名的乡村音乐家

1958 年 2 月 21 日生于美国新泽西州的普林斯顿。卡宾特从小就听伍迪·哥斯瑞和朱迪·考伦斯演唱的歌曲长大，后随父母旅居日本并开始音乐生涯。回美国后，卡宾特在华盛顿特区上中学和大学期间，一直未作正式演出。19 ~ 20 岁左右开始在酒吧唱歌，一年后，卡宾特已成为华盛顿特区酒吧里最受欢迎的女歌手之一。唱片制作人约翰·詹尼斯被她新颖独特的歌声打动，约她一起制作了专辑《家乡的女孩》，这张唱片引起伦德尔唱片公司的关注。这家公司主动提出要与卡宾特签约，在卡宾特就要与伦德尔公司签约的前两天，哥伦比亚唱片公司提前与她签了录音合约。当卡宾特的第 2 张专辑《心态》问世时，有 4 首歌曲又进入了乡村歌曲排行榜，这些歌曲确立了卡宾特的演唱风格和创作才能。歌曲《从没有这么好》和《丢掉时间》用自传体写成，以发泄内心的情感。1990 年，哥伦比亚唱片公司又为卡宾特出版、发行了专辑《在黑暗中穿行》，因为一首带有法国移民后裔曲调的歌曲进入排行榜第 2 名而使这张专辑成为白金唱片。1992 年 6 月，卡宾特又推出了具有转折意义的专辑《跟我来》。这张专辑里有 7 首歌曲进入了排行榜，3 首歌曲获得格莱美奖，唱片售出 200 多万张。1993 年，卡宾特被乡村音乐协会评为最佳女歌手。此后，她又在新出版、发行的第 5 张专辑《路上的石头》中推出了第一次荣登排行榜榜首的歌曲《住嘴来吻我》。此后，在乡村歌坛，卡宾特因富有磁性的嗓音和独特的演唱风格而成为长盛不衰的明星。

爱的行动

　　玛丽·恰宾·卡宾特演唱的歌曲奔放而洒脱,歌曲《住嘴来吻我》和《又扭又叫》颇能代表她的这种风格,一些保守势力对此极为不满,撰文攻击她,说她开放得像娼妓。对这种带有人身攻击的言论,卡宾特不屑一顾,依然不改初衷,在台上又扭又叫,而且在演唱中还不断飞吻台下的观众。一次,一位地方官员看了她的演出后诚恳地对她说:"卡宾特,你的歌真的已经唱得很好了,要是不扭不叫,不乱吻,效果可能会更好。"卡宾特说:"平时人们总是将爱隐藏起来,歌声是纯洁的,用爱的行动刺激一下,不是比隐藏的爱更好吗?"那位官员笑了,说:"我真服你了!"

最 流 行 专 辑

《心态》
State of the Heart （1989 年）
《在黑暗中穿行》
Shooting Straight in the Dark （1990 年）
《跟我来》
Come On Come On （1992 年）
《路上的石头》
Stones in the Road （1994 年）

最 流 行 歌 曲

《从没有这么好》
Never Had It So Good （1989 年）
《丢掉时间》
Quittin' Time （1990 年）
《又扭又叫》
Down at the Twist and Shout （1991 年）
《我感到幸运》
I Feel Lucky （1992 年）
《激情的吻》
Passionate Kisses （1993 年）
《住嘴来吻我》
Shut Up and Kiss Me （1994 年）

另有 7 首歌曲进入排行榜前 40 名

253

阿伦·迪平
（Aaron Tippin）

1958 ~

最著名的乡村音乐家

　　1958 年 7 月 3 日生于美国佛罗里达州的潘萨柯拉,在南加利福尼亚的蓝岭城长大。迪平 13 岁时就爱上了传统的乡村音乐,中学时经常听劳瑞达·莲和康威·特威蒂的录音带。然而,音乐不是他的第一爱好,他最喜欢的还是开飞机。迪平 4 岁时父亲就带他上天翱翔,16 岁已能单独飞行,19 岁就拿到了商业飞行驾驶执照。80 年代后期,迪平意识到只有写歌才能有机会去纳什维尔工作。1988 年,他在肯塔基州的鲁萨尔维尔找到了一份夜班的工作,同时开始业余作曲。一年后,迪平创作的一首灵歌引起阿瑞斯塔音乐公司的注意并雇用了他,到 1990 年 RCA 唱片公司与他签约时,迪平已是一位令人着迷的歌手。但唯一的问题是,他讲话和唱歌时嗓音较为生硬,因为当时走红的是嗓音圆润的歌手,公司在拿不准迪平是否会被歌迷接受的情况下,还是冒险为他出版、发行了第 1 张专辑《你不得不忍受一些事》,唱片面世不久正值海湾战争爆发,主打歌内容与在波斯湾的美国部队有联系,这种爱国热情促使这首歌曲进入了乡村歌曲排行榜第 6 名。随后,迪平又推出了另一首娱乐性歌曲《电台没有错》,这首歌曲终于在 1992 年初登上了乡村歌曲排行榜榜首并保持了 3 周之久,迪平从此一举成名。有趣的是,与迪平签约的唱片公司老板却说:“迪平成功也好、唱片售出量大也好,他的唱片还得靠我去说服电台才能播放。”迪平对此也有不同的看法,他说:“我不能用别的方式演唱,我知道人们希望从我这儿听到什么。”1993年,迪平又录制了《工人的博士学位》、《我的蓝色小天使》等一批上榜歌曲,这些歌曲都收录在专辑《字里行间》里,这张专辑出版、发行后深受歌迷的青睐,从金唱片卖到了白金唱片。

最 流 行 专 辑

《你不得不忍受一些事》
You're Got to Stand for Something （1990 年）
《字里行间》
Read Between the Lines （1993 年）
《风的呼唤》
Call of the Wind （1993 年）

最 流 行 歌 曲

《你不得不忍受一些事》
You're Got to Stand for Something （1990 年）
《电台没有错》
There Ain't Nothing Wrong with the Radio （1991 年）
《我不想另个样》
I Wouldn't Have It Any Other Way （1992 年）
《我的蓝色小天使》
My Blue Angel （1993 年）
《工人的博士学位》
Working Man's Ph. D （1993 年）
《我诚实地得到》
I Got It Honest （1994 年）

另有 2 首歌曲进入排行榜前 40 名

乡 村 口 味 儿

　　偏见比无知更可怕。起初，阿伦·迪平那浓重而粗犷的乡村嗓音受到了电台和音乐商人们的拒绝，而在公演中观众对他的反映又恰好与此相反，不仅欢迎热烈，而且还大有疯狂的趋势。这使迪平陷入了深深的矛盾之中——改变自己，还是坚持自己？最后，他在一次去乡村旅游的路上找到了圆满的答案。那天，司机一边开车一边哼着他演唱的歌，而且还故意将他歌中的乡村味道唱得更加浓重，司机忘情的歌唱使迪平心动了。他问司机："你为什么用乡村口音唱呢？""为什么不呢？要知道这种歌与其他歌不一样的地方，就是它的乡村口味儿，否则我怎么唱！其他的歌儿再高级，我也不喜欢。"迪平听后，顿时明白了自己是为谁唱歌，唱给谁听。此后，他一直保持并发展了自己的这种风格，赢得了听众。

尼尔·麦考
（Neal McCoy）

1958 ~

最著名的乡村音乐家

1958 年 7 月 30 日生于美国得克萨斯州杰克逊维尔的一个音乐家庭，原名赫伯特·尼尔·麦高。麦高从小就受到家里各种形式的音乐熏陶，上大学时参加过乐队和灵歌四重唱，毕业后在得克萨斯州朗韦尤的一家鞋店工作，上下货时总唱着歌，因此大家都知道有一个卖鞋的会唱歌。一天，麦考参加了达拉斯一个俱乐部组织的比赛，虽然没有得奖，但评委查理·普瑞德对麦高的演唱印象很深，帮助他与第 16 大道唱片公司签约录音。1990 年，他把名字改成麦考后又与大西洋唱片公司签约录音；同年，这家公司为他出版、发行的专辑《从此开始到永远》进入了排行榜前 40 名。大西洋唱片公司对麦考很有信心，让他坚持演出来扩大知名度。据说麦考经常在开场节目的演出中喧宾夺主，观众为此给他喝彩的时间最长。麦考回忆说："确实，有些歌星为此不再雇用我去为他们作开场节目的演出了。"1993 年，麦考又推出了新歌曲《我为雨祈祷》进入了排行榜第 26 名，另一张专辑中的歌曲《毫无疑问》则首次荣登乡村歌曲排行榜榜首。1994 年，麦考再次以一首新歌《瞬间》荣登排行榜榜首，从此确立了作为 90 年代著名乡村歌星的地位。目前，麦考仍然活跃在世界音乐舞台上，相信他会有更多更好的歌曲奉献给歌迷。

出风头

尼尔·麦考与人合作时总爱出风头，他的这种毛病也确在无意间伤害了与他打交道的许多人，许多人都是抱着与他合作一次就拉倒的念头。这使麦考陷入了孤独之中，他不得不认真地反省自己，渐渐地总算有所醒悟——每个人都有自己的长处，只有像海绵吸水一样将别人的长处学到手才能让自己的知识更广博。此后，他躲开许多不必要的应酬，积极主动地与那些比自己有实力的歌手们交往，同时一改过去总爱出风头的毛病。不久，麦考的演唱又进入了一个更高的层次并出尽了新的风头。这次没有人再小看他了，他也不再沾沾自喜了，他说："风头抢来不长久，长久风头不靠抢。"

　　麦考的写真照虽然貌不惊人，
但他在成名前为知名人士的开场演
出却常常喧宾夺主。

最 流 行 专 辑

《毫无疑问》
No Doubt About It （1993 年）
《你要去爱》
You Gotta Love That （1995 年）

最 流 行 歌 曲

《从此开始到永远》
Where Forever Begins （1990 年）
《我为雨祈祷》
Now I Pray for Rain （1993 年）
《毫无疑问》
No Doubt About It （1993 年）
《瞬间》
Wink （1994 年）
《换换口味》
For a Change （1994 年）

　　1958 年 10 月 10 日生于美国得克萨斯州的萨米努尔。塔克尔 6 岁开始学萨克斯管，8 岁就梦想成为一名歌手，12 岁时父亲带她去拉斯维加斯录唱片，因父亲身上只有 20 美元，父女俩只好沿路唱歌挣钱。到目的地后，塔克尔为出租活动汽车住宅的女老板唱歌打动了她才住了下来。塔克尔的父亲把剩下的几美元拿去赌博赢得了一千一百美元，刚好够为塔克尔录制唱片。塔克尔的首张专辑引起了纳什维尔唱片制作人贝利·雪瑞尔的注意，他介绍塔克尔与哥伦比亚唱片公司签了录音合约。1972 年，哥伦比亚唱片公司出版、发行了塔克尔的首张专辑《三角洲的黎明》，主打歌进入了乡村歌曲排行榜第 6 名。塔克尔 13 岁就获得了成功，原因之一是她具有成熟的嗓音，这种天赋使她能演唱一般十几岁的女孩不敢演唱的歌曲，比如像她 1973 年演唱的两首进入排行榜榜首的歌曲《你妈妈叫什么名字？》和《红红的血往下滴》。1975 年，塔克尔又推出了《丽兹和雨人》和《圣安东尼奥游荡》两首荣登排行榜榜首的歌曲。1978 年，塔克尔短时间离开了纳什维尔。1983 年，塔克尔主要从事巡回演出。1986 年，她又恢复了录制唱片，歌曲《一次一个爱》进入排行榜第 3 名。此后，她演唱的每张唱片几乎都能进入排行榜前 10 名。从 90 年代初开始，塔克尔又重新点燃起要在乡村歌坛上大放光彩的愿望。1990 ~ 1993 年，塔克尔又再次走红，她录制的唱片有 9 张进入排行榜前 5 名，其中 5 首歌曲进入第 2 名。塔克尔把自己的成功归功于她的父亲。

唐雅·塔克尔
（Tanya Tucker）
————————
1958 ~

🎸

最著名的乡村音乐家

坏女孩儿

　　没有谁能料定自己的一生将有一个怎样的名声。即使是那些纯粹的道德家，甚至修道院的修女，报纸上也常常披露她们的"花边新闻"。好名声的背后，都有一个曲折而有趣的故事。唐雅·塔克尔22岁时已是一名婷婷少女，身边总有俊男的陪伴，尤其是与坎培尔的友情更是让报社的记者们感兴趣，小报上的大标题总是非常有趣：塔克尔欲爱谁家? 塔克尔身许何男? 塔克尔坦陈与坎培尔秘情……等等。塔克尔似乎并不在乎人们怎么看她。一天，她终于看上了一位小伙子，这位多情女非常有耐心，人家不爱她，她也不恼，硬是用自己的歌声赢得了意中人的拥抱和热吻。那天塔克尔热泪盈眶，可她仍然没有忘记小报记者，面对围观的记者与记者手中的照相机，她说："谢谢你们! 你们将是我一生中幸福时刻的见证人。"

最 流 行 歌 曲

《三角洲的黎明》
Delta Dawn （1972 年）
《你妈妈叫什么名字?》
What's Your Mama's Name （1973 年）
《红红的血往下滴》
Blood Red and Going Down （1973 年）
《你愿靠着我吗?》
Would You Lay with Me
(In a Field of Stone) （1974 年）
《丽兹和雨人》
Lizzie and The Rain Man （1975 年）
《如果来得不容易》
If It Don't Come Easy （1988 年）
《刚直不阿》
Strong Enough to Bend （1988 年）
《到我最后一滴泪》
Down to My Last Teardrop （1991 年）
《飓风中的两只麻雀》
Two Sparrows in a Hurricane （1992 年）
《马上》
Soon （1993 年）

另有 43 首歌曲进入排行榜前 40 名

阿兰·杰克逊
（Alan Jackson）

1958 ~

最著名的乡村音乐家

1958 年 10 月 17 日生于美国佐治亚州的纽南。阿兰·杰克逊是家里 5 个孩子中最小的一个，幼年时就从姐姐们购买的许多唱片里听过摇滚乐和爵士乐，上小学时琼斯·乔治是他崇拜的音乐偶像，上中学时参加过合唱团并与一位女同学合作过二重唱，工作后又与一位银行职员经常在婚礼上、晚会上或在俱乐部里唱二重唱。阿兰·杰克逊组织的第一支乐队叫做"南方铜管"乐队，这支乐队定期在亚特兰大周围的俱乐部里演出。

1985 年，阿兰·杰克逊由于与妻子的一次巧遇而来到了音乐之都纳什维尔。刚到纳什维尔时，他做过各种各样的工作，同时还不断向一些著名作曲家学习、请教，提高自己的作曲水平。1986 年，阿兰·杰克逊在为格南·坎培尔唱片公司工作期间，制作人凯斯·斯达盖尔说："当阿兰·杰克逊开始为我们作曲时，我发觉他写的歌很真诚，不事雕琢。最初我想让他适合纳什维尔的口味，最后我意识到他写的不一样，很实在，没有必要打扰他。"1988 年，阿兰·杰克逊创作的歌曲和真诚、朴实的乡村嗓音引起了阿瑞斯塔唱片公司的注意，这家公司与杰克逊签约并出版、发行了他的第 1 张专辑《在这真正的世界上》，这张专辑产生了 1 首荣登排行榜榜首的歌曲和 3 首进入排行榜前 5 名的歌曲。1990 ~ 1995 年间，阿兰·杰克逊又推出了一批上榜歌曲《生命之歌》、《不要摇晃留声机》、《恰特荷契河》和《夏日布鲁斯》等。目前，阿兰·杰克逊仍然活跃在世界音乐舞台上，歌迷们期待着他有更多更好的佳作问世。

最 流 行 专 辑

《在这真正的世界上》
Here in the Real World （1988 年）
《不要摇晃留声机》
Don't Rock the Jukebox （1992 年）
《生活太多》
A Lot About Livin'
(And a Little 'Bout Love) （1992 年）
《我是谁》
Who I Am （1994 年）

最 流 行 歌 曲

《我想再次爱你个够》
I'd Love You All Over Again （1991 年）
《不要摇晃留声机》
Don't Rock the Jukebox （1992 年）
《恰特荷契河》
Chattahoochee （1993 年）
《有爱就能活》
Livin' n Love （1994 年）

另有 8 首歌曲进入排行榜前 40 名

真 诚

　　阿兰·杰克逊因歌声别具一格而赢得歌迷们的信任和喜爱。一次，一位歌迷在他演出后请他签名，尽管阿兰·杰克逊身边围着许多采访记者，但他还是非常愉快地为这位歌迷签了名。歌迷说："可惜我今晚就要回南方了，否则我一定要去买下您全部的唱片。"阿兰·杰克逊问："您真的很喜欢我的歌吗？""是的，您的歌声中有令人信服的诚实，没关系，半年后我还会来的。"阿兰·杰克逊听后说："先生，请将您的地址告诉我，我明天就把我的唱片寄给您。""这怎么可以呢？""没关系，我的歌是属于热爱它的人的。"第二天，阿兰·杰克逊果然给这位歌迷寄去了唱片，并在给这位先生的短信中写道："谢谢您! 有您的关注，我会更加努力。"后来这位先生在报纸上发表文章，题目是《阿兰·杰克逊给我寄来真诚》。

乔·迪费
（Joe Diffie）

1958 ~

最著名的乡村音乐家

1958 年 12 月 28 日生于美国俄克拉荷马州塔尔沙的一个音乐家庭。迪费从小伴随着母亲的歌唱声成长，中学毕业后，在一家铸造厂干活，晚上和周末参加音乐节目的演出。此后，迪费又在当地的"特别版本"乐队里演唱了 4 年的乡村歌曲。由于他拥有一套小型的八声道录音设备，所以迪费平时还为自己和当地的一些乐队录音并制作广告节目。1987 年，迪费来到纳什维尔找到一份做质量检查员的工作并开始作曲和演唱。1989 年，他与世纪唱片公司签约录音。1990 年，这家公司为他出版、发行的第 1 张专辑首次进入了乡村歌曲排行榜榜首，迪费从此成为 90 年代著名的乡村歌星；同年，他还推出了第 2 张专辑《一千条曲曲弯弯的道路》。1991 ~ 1994 年，在迪费出版、发行的专辑里，有 6 首歌曲进入了排行榜的前 5 名，其中包括第 2 次荣登乡村歌曲排行榜榜首的歌曲《如果魔鬼跳舞》，从而进一步巩固了自己在乡村歌坛的地位。此外，迪费还作为著名的作曲家受到人们的尊敬，创作了《我的心又飞了》、《重新点起旧的火焰》和《娱乐场心态》等一批走红的热门歌曲。

一样不一样？

乔·迪费在吉伯森吉他厂当质量检验员期间，眼界一下子开阔了——那么多的吉他啊！他爱不释手，每天都废寝忘食。他一把吉他一把吉他地反复检验，反复调试，慢慢地，他发现尽管一把把吉他形状都是一样的，如果不仔细听，它们发出的声音也都差不多，然而随着这段时间的磨炼，他竟发现了声音的奇妙——没有一把吉他发出的声音是完全相同的。这使迪费深受启发，同时也使他联想到既然没有一样的吉他，也就没有一样的人，问题的关键是：怎样能够让人们都认识你是一个有音乐天赋的人呢？若干年后，有人问已功成名就的迪费："你演唱的乡村歌曲为什么与其他人不一样？"他回答说："一万把吉他有一万种声音，更何况人了！"

最 流 行 专 辑

《一千条曲曲弯弯的道路》
A Thousand Winding Roads （1990 年）
《普通的乔》
A Regular Joe （1992 年）
《娱乐场心态》
Honky Tonk Attitude （1993 年）
《太阳上的第三块宝石》
Third Rock from the Sun （1994 年）

最 流 行 歌 曲

《家》
Home （1990 年）
《如果魔鬼跳舞》
If the Devil Danced(In Empty Pockets) （1991 年）
《重新点起旧的火焰》
New Way(to Light Up an Old Flame) （1991 年）
《在留声机旁撑起我》
Prop Me Up Beside the Jukebox(If I Die) （1993 年）
《偶然结识的男人》
Pickup Man （1994 年）

另有 5 首歌曲进入排行榜前 40 名

朗地·特拉维斯
（Randy Travis）

1959 ~

最著名的乡村音乐家

　　1959 年 5 月 4 日生于美国北卡罗来纳州的马丁斯维尔，在夏罗特的一个小镇长大，原名朗地·布鲁斯·特雷威克。特拉维斯 10 岁时就和哥哥瑞基·斯卡格斯开始演出，16 岁时在夏罗特俱乐部演唱。1979 年，特拉维斯与派拉蒙唱片公司签约并录制了首张专辑，主打歌曲《她是我的女人》进入排行榜第 91 名。1982 年，特拉维斯在一家名为"纳什维尔皇宫"饭店当厨师和歌手，直到第 2 张专辑问世后才离开这家饭店。1985 年，特拉维斯与华纳唱片公司签约录音，同年夏天这家公司为他出版、发行的专辑《另一方面》又进入了乡村歌曲排行榜第 67 名。1986 年，这家公司为他出版、发行了第 2 张专辑《1982》，主打歌曲《永远走了》又进入了排行榜第 6 名；同年，特拉维斯在推出的第 3 张专辑里，歌曲《另一方面》首次荣登乡村歌曲排行榜榜首，从此一举成名。1986 ~ 1990 年期间，特拉维斯演唱的《我这样告诉过你》、《比呼叫声更深沉》等歌曲 11 次上榜，其中歌曲《直到永远，阿门》还获得乡村音乐协会颁发的最佳歌曲奖。

最 流 行 专 辑

《生活的风景》
Storms of Life （1986 年）
《永远走了》
Away and Forever （1986 年）
《老的 8 × 10》
Old 8 × 10 （1988 年）
《英雄和朋友》
Heroes and Friends （1990 年）
《这就是我》
This Is Me （1994 年）

最 流 行 歌 曲

《另一方面》
On the Other Hand （1985 年）
《直到永远，阿门》
Forever and Ever, Amen （1987 年）
《我这样告诉过你》
I Told You So （1988 年）
《在你铁石心肠的深处》
Hard Rock Bottom of Your Hear （1990 年）

《小声叫我的名字》
Whisper My Name （1994 年）

另有 19 首歌曲进入排行榜前 40 名

好孩子

　　律师赫其尔将朗地·特拉维斯从法官手里领回之后，并不知道自己做了一件多么伟大的事情，要知道特拉维斯完全有可能成为一名犯罪分子，永远得不到人们的原谅。赫其尔没有看错，特拉维斯是好样的，这位顽劣的青年将全部的心思用在了音乐上。在"纳什维尔皇宫"饭店，特拉维斯每天要干 16 小时的工作还能乐呵呵地唱歌，长期的努力和付出使他不仅成了名，而且还以其全新的面貌出现在人们的面前：有礼貌、讲信誉、肯吃苦，成名之后特别谦虚。记者问他："您的为人为什么这么谦虚，是您父母教育的吗？"特拉维斯说："不，我原来是一个顽劣的孩子，是社会向我伸出了救援之手，大家没有将我推到深渊，而是将我拉进了天堂，我的内心充满了感激！"赫其尔从电视上听完特拉维斯的回答后，竟然流下了热泪，他对家人说："特拉维斯本来就是个好孩子！"

从特拉维斯这些潇洒的写真照里,谁能相信他曾经当过"纳什维尔皇宫"饭店的厨师?!

凯茜·马蒂
（Kathy Mattea）

1959 ~

最著名的乡村音乐家

1959年6月21日生于美国西弗吉尼亚的克劳斯兰斯。马蒂上中学时就喜欢唱歌和弹吉他。上西弗吉尼亚大学后参加了一个音乐小组,常在门廊里练声。19岁马蒂离开西弗吉尼亚去纳什维尔,与她同去的朋友住了一段时间就回家了,马蒂当时也想走,但在放弃之前想再试一下。为此,马蒂做过各种各样的工作,包括当乡村音乐名人堂的导游,直到1983年初,马蒂才与麦考瑞唱片公司签约录音。这家公司为她出版、发行的第1张专辑就进入了排行榜第25名。1984年,马蒂推出的第2张专辑《凯茜·马蒂》和第3张专辑《从我心中》共有4首歌曲进入了排行榜的前40名。1986年,在她新发行的专辑《似风而行》里,主打歌《喜欢到五角商店》上榜名列第3。此后,马蒂又连续15次进入排行榜前10名,其中包括榜首歌曲《卖啊,卖了》、《十八条腿和十二朵玫瑰》,后一首歌

曲还被乡村音乐协会评选为1988年度的最佳歌曲。1989年,马蒂与作曲家琼·瓦茨纳结婚后生活得非常幸福。马蒂说:"丈夫使我比过去更愉快,他让我听他最好的歌。"其中,歌曲《你到那儿》是他与唐·亨利合作的,马蒂后来演唱这首歌进入了排行榜前10名,并获得了乡村音乐协会和乡村音乐学院的嘉奖并被评选为当年的最佳歌手。90年代,马蒂推出的专辑《时光流逝》里又有两首歌进入排行榜前10名。此后,她在电台的影响削弱了,发行的唱片在5年内第1次未能进入排行榜前10名。而1993年录制的两首歌也未能进入前40名。1994年,马蒂上榜的名次又发生了戏剧性的变化,她在专辑《像胜利者一样走开》里,以主打歌和第1首歌曲进入了排行榜第3名。目前,马蒂仍然活跃在乡村歌坛,歌迷们期待她有更多的佳作问世。

最 流 行 专 辑

《似风而行》
Walk the Way the Wind Blows （1986 年）
《未尝过的蜜》
Untasted Honey （1987 年）
《像胜利者一样走开》
Walking Away a Winner （1994 年）

最 流 行 歌 曲

《喜欢到五角商店》
Love at the Five & Dime （1986 年）
《卖啊,卖了》
Goin' Gone （1987 年）
《十八条腿和十二朵玫瑰》
Eighteen Wheels and a Dozen Roses （1988 年）
《发自内心》
Come from the Heart （1989 年）
《抹去旧的记忆》
Burnin' Old Memories （1989 年）
《她来自沃斯堡》
She Came from Fort Worth （1990 年）
《像胜利者一样走开》
Walking Away a Winner （1994 年）

另有 20 首歌曲进入排行榜前 40 名

捷 径

　　在进入纳什维尔之前,凯茜·马蒂充满了幻想:作为一名漂亮的女歌手,我还能没有出头之日? 然而她很快就失去了这种自信,在纳什维尔比自己更漂亮的女歌手有的是,而这里崇尚的是艺术实力。此时的凯茜·马蒂并非没有实力,只是把问题想得简单了一些。在此后的若干年里,她克服了一个又一个的困难,最终获得了成功。一次,马蒂演出后正准备开车回家,一位漂亮的少女问她:"马蒂小姐,在纳什维尔有捷径可走吗? 您是否走了捷径?"马蒂回答说:"捷径倒是有,但决不在漂亮的脸蛋上!""那在什么地方呢?"少女不甘心地又问。马蒂很神秘地对着她的耳朵轻声说:"在你的脚下。"

瑞德莱·福斯特
（Radney Foster）

1959 ~

最著名的乡村音乐家

　　1959 年 7 月 20 日生于美国得克萨斯州德尔里奥的一个律师家庭。福斯特 12 岁时随父亲学习吉他，从此迷恋上了音乐，15 岁时创作了第 1 首歌曲，上南方大学时周末经常在当地的俱乐部里演唱自己创作的歌曲。一位与纳什维尔有联系的人鼓励他去音乐之都发展自己，80 年代中期，福斯特离开学校来到纳什维尔。1985 年，他在 MTM 出版社从事歌曲创作。两个月后比尔·劳埃德也进入这家出版社与他一起工作。1986 年，"牛市场的情人"乐队演唱了福斯特创作的歌曲《自从我发现你》进入了排行榜前 10 名；同年，RCA 唱片公司听了福斯特和劳埃德的唱片后与他们签约录音。在随后的两年里，他们创作的《为你疯狂》、《肯定没错》、《这次你要我干什么》、《公平交易》等 4 首歌曲相继登上了排行榜榜首。他们走红了，但不知何故，电台却忽然对他们冷淡了。1991 年，他们创作的歌曲又一次进入了排行榜的前 40 名。1992 年，纳什维尔阿瑞斯塔唱片公司的经理迪姆·杜波依斯得知福斯特在蓝鸟咖啡店演唱时，他赶去观看了演出并当场与他签了合约。1995 年，这家公司为他出版、发行的第 1 张专辑《得克萨斯的德瑞奥》有 4 首歌曲进入了排行榜前 40 名，其中有两首歌曲《就叫我孤独的人》和《谁也没有赢》后来上升到排行榜前 10 名。1995 年初，福斯特的第 2 张唱片《爱的劳作》问世后，也同样得到评论界的好评，这两张专辑证实了福斯特的作曲才能以及他为乡村音乐带来的新风格。

律师的儿子

　　一个很有教养的孩子当然离不开有教养的家庭，瑞德莱·福斯特生于一个律师的家庭，父母都酷爱音乐，父亲在福斯特很小的时候就教他弹吉他。父亲常对他说："有教养的孩子怎么能不懂音乐，不会一样乐器呢？"福斯特是一个听话的孩子，然而他的听话也是有限的。后来，他没有按父母的心愿上法律学校而是迷上了音乐，父母怎么劝也没用，他一心想当一名乡村歌手。于是，便将自己全部的精力放在了音乐的学习上。或许是做律师的父亲的遗传吧，福斯特的歌唱才能很快就超过了父亲的能言善辩。尽管父子俩都是靠声音吃饭，所不同的是父亲的能言以犀利为主，而福斯特则以优美的歌声温暖人心。福斯特成名之后回家乡时，乡亲们夸他为家乡争了光，这使他很高兴，他说："其实，我的父亲要是不当律师，或许比我唱得更好！""何以见得呢？"一位邻居问。他说："我父亲在替人辩护时说话比我唱歌还快！"

最 流 行 专 辑

《福斯特和劳埃德》
Foster & Lloyd （1987 年）
《得克萨斯的德瑞奥》
Del Rio, Texas （1992 年）

最 流 行 歌 曲

福斯特和劳埃德：

《为你疯狂》
Crazy Over You （1987 年）
《肯定没错》
Sure Thing （1987 年）
《这次你要我干什么》
What Do You Want from Me This Time （1986 年）
《公平交易》
Fair Shake （1989 年）

瑞德莱·福斯特：

《就叫我孤独的人》
Just Call Me Lonesome （1995 年）
《谁也没有赢》
Nobody Wins （1995 年）

另有 4 首歌曲进入排行榜前 40 名

273

　　1959 年 8 月 22 日生于美国阿肯色州的德昆。母亲是一位地区级乡村歌手,曾与琼尼·卡希、吉瑞·李·里维斯、卡尔·帕金斯等歌星同台演出过。瑞伊从小就受到音乐的熏陶,与哥哥司各特很早就开始演出,主要演唱乡村歌曲,到十几岁时兄弟俩一起唱摇滚歌曲,后来瑞伊组织了一支自己的乐队,哥哥在乐队里弹吉他。1980 年,瑞伊与自己的乐队在俄勒冈巡回演出。1986 年,瑞伊与纳什维尔的麦考瑞唱片公司签约录音。1987 年,瑞伊演唱的歌曲《你爱我很深》进入乡村歌曲排行榜第 48 名。后来兄弟俩分道扬镳,瑞伊在内华达州的雷诺安顿下来,以演出为主。1990 年,瑞伊与世纪唱片公司签约录音。1991 年夏天,这家公司为他出版、发行的首张唱片就进入了排行榜第 29 名。1992 年,在瑞伊推出的第 2 张专辑《在这样的生活中》里的歌曲《爱我》首次荣登乡村歌曲排行榜榜首。此后,瑞伊演唱的《别人的月亮》、《那是一条河》、《小小摇滚》等歌曲又进入了排行榜前 10 名。瑞伊的多才多艺和丰富的经历比起只能演唱的年轻歌手具有很大的优势,为了让每一个人都喜欢自己的唱片,他说:"用我的音乐扔出一个大绳圈,套住更多的人。"

考林·瑞伊
(Collin Rave)

————————

1959 ~

最著名的乡村音乐家

全家歌唱

考林·瑞伊小时候常常站在舞台下看妈妈在台上演唱乡村歌曲，在瑞伊的心中母亲是最伟大的歌唱家，谁也比不了。一天，母亲的演唱又赢得了观众的热烈喝彩，她加唱了好几首歌仍下不了台，瑞伊特别自豪，竟然跑到了台上叫着"妈妈再唱一首，再唱一首。"母亲将小瑞伊抱了起来，这时瑞伊的哥哥也跑上了台，妈妈望着台下的观众，观众更加热烈的掌声使她格外为难。怎么办呢?正在这时，瑞伊抢过了母亲手中的麦克风，在妈妈的怀里就唱了起来，随后哥哥也跟着她唱，母亲也和他们一起演唱，台下观众几乎疯狂了，为这个家庭对音乐的执迷而感动……。

最 流 行 专 辑

《我什么都行》
All I Can Be （1991 年）
《在这样的生活中》
In This Life （1992 年）
《极端》
Extremes （1993 年）

最 流 行 歌 曲

《爱我》
Love Me （1992 年）
《每一秒》
Every Second （1992 年）
《在这样的生活中》
In This Life （1992 年）
《别人的月亮》
Somebody Else's Moon （1993 年）
《那是一条河》
That Was a River （1993 年）
《小小摇滚》
Little Rock （1994 年）

另有 1 首歌曲进入排行榜前 40 名

斯塔特勒兄弟四重唱
(The Statler Brothers)

1960 ~

最著名的乡村音乐四重唱

　　这个四重唱小组成立于 1960 年,成员都是童年伙伴。男低音哈罗德·瑞得(生于 1939 年 8 月 21 日)、领唱唐·瑞得(生于 1945 年 6 月 5 日)、男中音菲利普·鲍尔斯莱(生于 1939 年 8 月 8 日)、男高音鲁·底维特(生于 1938 年 3 月 8 日)四人都在美国弗吉尼亚州的斯汤顿长大。1964 年,这个四重唱小组在琼尼·卡希的帮助下与哥伦比亚唱片公司签约录音;同年,他们演唱了由底维特创作的四重唱《墙上的花》进入了乡村歌曲排行榜第 2 名,这张专辑因其独特的艺术魅力而成为金唱片,并获得两项格莱美奖。此后,四重唱小组继续与卡希合作进行巡回演出。1970 年,他们转到麦考瑞唱片公司,由这家公司出版、发行的歌曲《玫瑰花园》进入排行榜第 9 名,歌曲《你记得这些吗?》和《57 级》也进入了排行榜。1971 ~ 1978 年,这个四重唱小组又推出了许多上榜歌曲并 8 次获得乡村音乐协会颁发的最佳声乐小组奖, 25 次获得《音乐之都报》颁发的奖项以及数次美国音乐奖。1978 年,他们终于以一首四重唱《你知道你是我的阳光吗?》首次荣登乡村歌曲排行榜榜首而圆了多年共同追求的梦。80 年代初期和中期是这个小组的鼎盛时期,他们推出的许多歌曲又连续不断进入排行榜前 10 名。80 年代后期,他们在排行榜的名次开始滑落。仅在 1989 年推出了一首进入排行榜第 6 名的歌曲《不仅是墙上的一个名字》。但是,斯塔特勒兄弟四重唱小组并没有停止不前。目前,他们已走出录音棚,在世界的大舞台上充分展示自己的歌声和艺术魅力。

最 流 行 歌 曲

《墙上的花》
Flowers on the Wall （1964 年）
《你记得这些吗?》
Do You Remember These （1970 年）
《我直到死也爱你》
I'll Go to My Grave Loving You （1975 年）
《你知道你是我的阳光吗?》
Do You Know You Are My Sunshine （1978 年）
《哦,我的宝贝》
Oh Baby Mine(I Get So Lonely) （1983 年）
《伊丽莎白》
Elizabeth （1983 年）
《我唯一的爱》
My Only Love （1984 年）
《我心上承受太多》
Too Much on My Heart （1985 年）

另有 51 首歌曲进入排行榜前 40 名

最 流 行 专 辑

《斯塔特勒兄弟歌曲精选》
The Best of the Statler Brothers （1975 年）
《斯塔特勒兄弟歌曲精选》(第 2 集)
The Best of the Statler Brothers,
Vol. 2 （1980 年）

狗 熊 哥 哥

　　斯塔特勒兄弟赖的四重唱非常独特,这在纳什维尔几乎家喻户晓。一天,四兄弟来到了公园,准备好好散散心,晒晒太阳,呼吸呼吸新鲜空气。谁知当他们走进公园后,就成了公众追逐的对象,加上四兄弟又都长得很帅,所以公园里的姑娘们都围着他们转,又是让他们签名,又是让他们参加舞会,弄得四兄弟首尾难顾,几乎被人拉散。幸好,四兄弟没有头脑发热,还能自我控制,当姑娘们邀请他们跳舞时,都婉言谢绝了。只有其中一个姑娘缠住了老四哈罗德·瑞得,说她终于找到了梦中的情人,非要跟老四一起跳不可,瑞得很高兴,说:"欢迎! 欢迎! "并用男低音对姑娘说:"你不怕我变成大狗熊吗?"姑娘甜甜地一笑说:"我就喜欢你这样的又蠢又笨的大狗熊。"说得大家哈哈大笑了起来。

道格·苏波诺
（Doug Supernaw）

1960 ~

最著名的乡村音乐家

1960 年 9 月 26 日生于美国得克萨斯州的布赖恩，在休斯敦长大。苏波诺从小接触音乐的唯一途径是听广播，8 岁时就写了两首歌曲，此后音乐一直伴随着他成长。1987 年，苏波诺来到纳什维尔为一家音乐公司作曲，一年后，这家公司为他创作的歌曲举办了一次演唱会，效果令人失望。苏波诺失败了，只能卷起铺盖回到得克萨斯。事后他对记者说："在时机尚未成熟时，我听了别人的话行事，穿上我不想穿的衣服，唱不适合我唱的歌，当时我的确不该签约。"回得克萨斯不久，苏波诺就组织了一支自己的乐队，为来这个地区演唱的许多歌星伴奏而渐渐出了名。1992 年，当苏波诺再次来到纳什维尔时，已是今非昔比，他顺利地与 NBA 唱片公司签约录音，同年，这家公司为他出版、发行的首张专辑还是未能进入排行榜前 40 名。1993 年，这家公司又推出了苏波诺的第 2 张专辑《雷诺》，主打歌《雷诺》进入了乡村歌曲排行榜前 5 名。这首歌曲是苏波诺为自己的乐队创

作的。同年,苏波诺演唱的歌曲《我不叫他老爸》首次荣登乡村歌曲排行榜榜首,从此为他打开了成功之门。1994年,与他签约的公司进行改组,苏波诺只好在第2年年初转到巨人唱片公司,此后6年,这家公司又为他出版、发行了一大批进入排行榜的歌曲。目前,正是苏波诺音乐事业的顶峰时期,他又有什么佳作问世,这是乐迷们关心的话题。

最 流 行 专 辑

《红河和里奥格兰河》

Red and Rio Grande （1994 年）

最 流 行 歌 曲

《我不叫他老爸》

I Don't Call Him Daddy （1993 年）

《雷诺》

Reno （1993 年）

《红河和里奥格兰河》

Red and Rio Grande （1994 年）

另有 1 首歌曲进入排行榜前 40 名

上 榜 首

　　1987 年,道格·苏波诺第一次来到纳什维尔,结果无功而返。他自己承认自己准备不够,时机尚未成熟。返回得克萨斯之后并没有泄气,他把自己关在家里整整 3 个月,重新体悟、归纳和总结了所有他熟悉的乡村音乐,努力从中找出规律性的东西来。之后,他出门遍访同行,将志同道合的朋友召集起来并成立了一支自己的乐队。乐队在家乡的首场演出虽然获得巨大成功,然而苏波诺却仍然闷闷不乐,他想的是纳什维尔。在随后的演出中他总是不断地挑毛病,这使大家很不开心。乐队成员都说:"大家都很努力! 不错了!"苏波诺却说:"弟兄们,我知道我们成功了,但还得进攻纳什维尔,那儿的成功才是真正的成功。"功夫不负有心人,当乐队在纳什维尔演出获得成功时,一名乐手对苏波诺说:"这回行了吧?"答:"我们还没有登上排行榜榜首!?"后来,他们果然上了榜首。

贝利·瑞·塞莱斯
(Billy Ray Cyrus)

―――――――――――

1961 ~

最著名的乡村音乐家

1961 年 8 月 25 日生于美国肯塔基州的弗莱特伍德，在俄亥俄河上长大。塞莱斯十几岁时就听过许多歌星的录音带。直到 20 岁买了一把吉他后才组织了一支自己的名为"狡猾的家伙"的乐队，这支乐队在 3 个州的俱乐部作巡回演出。1984 年，塞莱斯只身来到洛杉矶打算录制唱片，经过两年的努力还是没有取得成功。1986 年，他又回到肯塔基州，重新开始在音乐之都谋求发展。1989 年，周一至周五，塞莱斯在纳什维尔的亨定顿俱乐部里演唱，周末开车去田纳西州演唱，这些演出使他得益匪浅。此后，他与大剧院的明星瑞德莱·瑞福斯取得了联系。瑞福斯为他安排录音，并把他介绍给艺术家经纪人杰克·麦克法丹。麦考瑞唱片公司派人看了他的现场演出，塞莱斯健壮的外表，演唱时的摇滚风格以及他对当地歌迷的影响，让这家唱片公司相信他一定会大红大紫起来。于是，他们与塞莱斯和他的乐队签约并录制了听起来傻乎乎的小调《疼痛的破碎的心》，这首歌曲竟然成了进入排行榜和能伴舞的热门歌曲。公司还请来舞蹈编导梅妮·格林伍德为塞莱斯的《疼痛的破碎的心》设计了一套舞步，让塞莱斯在家乡的赛马场演出并录了像。录像带很快走俏，许多舞厅都邀请塞莱斯去演出。当这首歌曲的录音在电台与广大听众见面时，早已是家喻户晓的事了。1992 年，这首歌曲首次进入乡村歌曲排行榜榜首并保持了 5 周之久，唱片在全球售出1100 百万张，打破了有史以来乡村音乐的销售记录。此后，塞莱斯虽然没有重现《疼痛的破碎的心》的成功以及首张专辑的令人难以置信的销售量，但他的第 2 张专辑《这不会是最后的》又售出 200 万张，第 3 张专辑《心中的暴风雨》也售出 100 多万张。至此，塞莱斯已为自己建立起了一支庞大的歌迷队伍并成为巡回演唱会上最受欢迎的著名歌星。

偏见与谬误

贝利·瑞·塞莱斯对人们说:"我不喜欢评论家! 我的唱片已发行了上千万张,有那么多人喜欢,为什么他们还吹毛求疵?"一次,音乐家们聚会时,听说也来了几十名评论家,本来内向的塞莱斯那天一下子变得话多了起来,似乎成心与评论家过不去。他说:"我一生中最不喜欢的职业——大家猜猜看是什么?"沉默。塞莱斯自答:"当评论家。"说完他看了大家一眼,又接着说:"这是个没出息的职业!"仍然没人接他的话,他又说:"以找茬儿混饭吃算什么本事? 好像浑身上下都是舌头,多让人不舒服!"这时走过来一位评论家对塞莱斯说:"你是不是对评论家有偏见! 为什么老攻击他们呢?"塞莱斯望了他一眼,然后从容地说:"是的,是有偏见,仅仅是偏见,而不是谬误,请你们记住,与谬误相比,偏见离真理还近些!"

最 流 行 专 辑

《一些人奉献给所有的人》
Some Gave All (1992 年)
《这不会是最后的》
It Won't Be the Last (1993 年)
《心中的暴风雨》
Storm in the Heartland (1994 年)

最 流 行 歌 曲

《疼痛的破碎的心》
Achy Breaky Heart (1991 年)
《可能是我》
Could're Been Me (1992 年)
《她不再哭了》
She's Not Crying Anymore (1992 年)
《在一个女人的心中》
In the Heart of a Woman (1993 年)
《某位新人》
Somebody New (1993 年)

另有 1 首歌曲进入排行榜前 40 名

克林特·布莱克
（Clint Black）

1962 ~

最著名的乡村音乐家

　　1962 年 2 月 4 日生于美国新泽西州的朗布兰奇，在得克萨斯州的休斯敦郊区长大，原名克林特·帕特里克·布莱克。布莱克从小受父亲收藏的乡村音乐唱片和哥哥出版、发行的摇滚乐专辑的影响，13 岁时就学会用口琴吹奏《老乔·克拉克》、《妈妈小宝贝喜欢啃面包》等歌曲。14 ~ 18 岁，一直不间断地在哥哥凯文的乐队里弹低音吉他并对音乐着了迷。1987 年，与顶尖的吉他高手和严肃的歌曲作家海登·尼古拉斯合作创作抒情歌曲，与尼古拉斯的合作提高了布莱克的创作能力。1989 年，他带着《更好的男人》、《打发时间》以及《谁的家也不是》等歌曲来找音乐经纪人比尔·汉姆，汉姆帮助他与纳什维尔 RCA 唱片公司

签了录音合约。不久，布莱克的首张二重唱专辑中有 5 首歌曲上榜，《走开》荣登榜首、《消息全无》名列第 3、《更好的男人》、《打发时间》、《谁的家也不是》进入前 40 名。1990 年，布莱克的第 2 张专辑《穿上我的鞋》问世，这张专辑也产生了 4 首上榜歌曲：(包括两首名列第 1 的歌曲《盲目的爱》和《你现在何方》)。1992 年，布莱克与经纪人比尔·汉姆发生争吵并引发了一场法律大战，差一点毁了自己的事业；6 月，布莱克又出版、发行了第 3 张专辑《艰难的道路》，创造了一种新的音乐风格。1993 年，他与威龙娜·朱兹合作演唱的二重唱《一次糟糕的分手》引起轰动并成为当年最走红的乡村歌坛明星。1994 年秋天，布莱克又发行了专辑《一种感情》，这张专辑中的《解开我思想上的结》又进入了排行榜前 40 名。

最 流 行 专 辑

《打发时间》
Killin' Time （1989 年）
《穿上我的鞋》
Put Yourself in My Shoes （1990 年）
《艰难的道路）
The Hard Way （1992 年）
《不能浪费时间》
No Time to Kill （1993 年）
《一种感情》
One Emotion （1994 年）

最 流 行 的 歌 曲

《更好的男人》
Better Man （1989 年）
《谁的家也不是》
Nobody's Home （1989 年）
《盲目的爱》
Loving Blind （1991 年）
《你现在何方》
Where Are You Now （1991 年）
《当我的船进港时》
When My Ship Comes In （1993 年）

另有 10 首歌曲进入排行榜前 40 名

音乐最能安慰失恋的人了

　　克林特·布莱克在从事音乐生涯的前 8 年里,仿佛就像一个流浪艺人。那时他年龄不大,什么地方都敢去,有时他到公园为人们演唱,而到公园的多数都是恋人,亲热还顾不过来呢,哪有心思听他唱歌?但他并不灰心,而是用心去演唱各种爱情歌曲。一次,一位失恋的少女听了他演唱的歌曲后说:"你唱得真好,要是爱情都像你歌中唱的那样该多好呀!""难道不像我唱的吗?"布莱克反问那位少女。少女告诉他,她叫朱丽亚,男朋友离她而去,跟别的女孩儿好了。布莱克听后对她说:"你现在很难过吧?我告诉你,好男孩儿到处都是,别为他伤心,不值得。来,我再为你唱首歌吧,因为音乐最能安慰失恋的人了,您应该热爱音乐。""是吗?""不信你试试。"几天后,这位女孩儿也抱着一把吉他到公园来和他一起唱歌,从此像换了个人似的。

"希望我的歌声能给每一个人带去快乐和幸福"。

从小在休斯敦郊区长大的布莱克，具有美国西部牛仔纯朴而粗犷的气质和对艺术锲而不舍的精神。

加斯·布鲁克斯
(Garth Brooks)

1962 ~

最著名的乡村音乐家

1962 年 2 月 7 日生于美国俄克拉荷马州的鲁巴。父亲是一名录音师,受父亲的影响,加斯·布鲁克斯从小就在家庭周末聚会上唱主角。上州立大学前,他非常喜欢体育,却事与愿违地当上了一名首席吉他手,从此开始了自己的音乐生涯。1985 年,他来到纳什维尔,仅在那儿呆了 23 个小时就转身回了老家。1987 年,他再次来到纳什维尔,国会大厦唱片公司对他进行了 6 周的测试后,公司经理对他演唱的《如果明天不会来》非常满意并与他签约录音。1989 年,加斯·布鲁克斯以一首名为《太年轻了,不觉得老》的歌曲进入了排行榜第 8 名,在随后推出的第 2 张专辑里,歌曲《如果明天不会来》首次荣登乡村歌曲排行榜榜首。获得成功的加斯·布鲁克斯仍然保持清醒的头脑,不骄不躁,虚心好学,尽可能地为自己打下一个坚实的基础。最终,他又演唱了两首影响极大的榜首歌曲《跳舞》和《下等地方的朋友们》而风靡全美。这两首歌曲体现了布鲁克斯的青春活力,吸引了成千上万的歌迷。他随后推出的第 3 张专辑《抓住风》则成为有史以来同时荣获乡村歌曲排行榜和流行歌曲排行榜第 1 名的专辑。这一时期,加斯·布鲁克斯的摇滚风格和高科技的舞台演出更好地推动了唱片的销售,这种演出往往在几分钟里,体育场 6 万个座位的门票就会售完。加斯·布鲁克斯说:"现在的乡村音乐很注重商业价值,但正直与真诚却受到了阉割,这使我很伤心,不仅为了纳什维尔,更重要的是为了乡村音乐。"

最 流 行 专 辑

《没有篱笆》
No Fences （1990 年）
《抓住风》
Ropin' the Wind （1991 年）
《追逐》
The Chase （1992 年）
《粉碎》
In Pieces （1993 年）

最 流 行 歌 曲

《如果明天不会来》
If Tomorrow Never Comes （1987 年）
《跳舞》
The Dance （1990 年）
《下等地方的朋友》
Friends in Low Places （1990 年）

另有 15 首歌曲进入排行榜前 40 名

准 备 准 备

　　1985 年，加斯·布鲁克斯来到音乐之都纳什维尔后没用多长时间就发现，这里比自己强得多的人都没有被重用，即使自己被人看中，要想冲出重围，恐怕也是很难很难的，更何况自己的准备并不充分。于是，他在大街上一边进行调查采访一边想，怎么办？是留下来流浪、打工，还是返回家乡做好准备然后再来？突然，他想起了自己小时候与强尼赛跑时跑不过强尼，就一个人每天坚持在操场跑步，等练得完全能够跑过强尼时，再与他比赛的经历。想到此，布鲁克斯第二天便返回了家乡。事实证明他当时的决定是对的，当布鲁克斯第二次再来纳什维尔时，好像突然从天上掉下来一个明星，一下子就成名了。这就是人们常说的：基础准备太重要了！

布鲁克斯的演唱让成千
上万的歌迷发狂。

288

布鲁克斯走到哪儿火到哪儿,原因何在?

唱到尽兴处，即使砸碎了心爱的吉他仍觉得意犹未尽。

布鲁克斯面对歌迷总是有求必应，即使在演唱中也不例外。

今天已出人头地，又有谁了解
昨日的艰辛与努力？

　　成名后的布鲁克斯无论与谁合作
都显得非常随和,从不摆明星架子。

闲暇之余，布鲁克斯喜欢独自一人坐在某个僻静的角落里，享受着宁静带来的乐趣。

经历过辉煌与豪华的生活, 身着粗布牛仔装, 布鲁克斯更觉得轻松和惬意。

功成名就的布鲁克斯总是保持着清醒的
头脑和执著的追求。

布鲁克斯无论走到哪儿,总忘不了乡音、乡情。

特拉维斯·特里特
（Travis Tritt）

1963 ~

最著名的乡村音乐家

1963 年 2 月 9 日生于美国佐治亚州的玛丽埃塔。父亲不想让儿子搞音乐，母亲则希望他能成为一名灵歌歌星。特里特上小学时就喜欢音乐，经常用吉他弹奏一些听过的曲调。起初，音乐只是特里特的业余爱好。1982 年，他自费去一家私人录音棚录歌，后来与录音棚老板丹尼·达温鲍特相识并随达温鲍特学艺。在达温鲍特的指导下，南方摇滚音乐、乡村摇滚音乐和地地道道的乡村音乐成为特里特的主攻方向。1990 年，特里特经达温鲍特介绍与纳什维尔的华纳唱片公司签约录音，这家公司为他出版、发行的首张专辑《乡村俱乐部》进入了乡村歌曲排行榜第 9 名；同年，特里特又推出了第 2 张专辑，歌曲《帮我坚持住》首次荣登乡村歌曲排行榜榜首，《我将成为一个人物》进入排行榜第 2 名。在 90 年代的新歌手中，特里特是少数几个不戴牛仔帽的人，另一个是马迪·斯图亚特。1991 年，他们俩成为好朋友并成功地进行了一次巡回演出，人们亲切地送给他们"无帽巡回"的爱称；同年，他们合作的一首二重唱《威士忌不管用》又进入了排行榜第 2 名。1992 年，他们再次以一首二重唱《这家伙会伤害你》进入排行榜第 7 名。1994 年，特里特创作并演唱的歌曲《愚蠢的骄傲》第 2 次登上了排行榜榜首，这位多才多艺的歌星又为自己添了新彩。

最 流 行 专 辑

《乡村俱乐部》
Country Club （1990 年）
《一切即将变化》
It's All About to Change （1991 年）
《麻烦》
T – R – O – U – B – L – E （1992 年）
《十英尺高一点不错》
Ten Feet Tall and Bullet Proof （1994 年）

最 流 行 歌 曲

《帮我坚持住》
Help Me Hold On （1990 年）
《我将成为一个人物》
I'm Gonna Be Somebody （1990 年）
《这里有 25 美分》
Here's a Quarter(Call Someone Who Cares) （1991 年）
《已经》
Anymore （1991 年）
《我的心能信任你吗?》
Can I Trust You with My Heart （1992 年）
《愚蠢的骄傲》
Foolish Pride （1994 年）

另有 10 首歌曲进入排行榜前 40 名

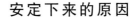

安定下来的原因

　　特拉维斯·特里特 22 岁时已经结了两次婚也离了两次婚。对于与他结婚的这两名少女来说,特里特的离去无疑是她们的不幸! 然而, 对特里特来说又何尝不是两次灾难呢? 他的心中充满了伤感, 最重要的是他的内心有了一种说不出来的不安定的因素,这因素是什么呢?这因素就是乡村音乐。虽然他屡次更换工作,也试图按父亲的要求去寻找新的工作,但无论他干什么,都不能使自己安定下来,就像那两位漂亮的妻子也不能留住他一样。终于,他发现只有乡村音乐才是自己的镇定剂。一天,他在录音棚里听着自己新录制的歌曲睡着了,醒来后说:"我好像是头枕着乡间的田埂睡了一大觉。"从此,特里特每晚睡觉仿佛都变得甜蜜了。

马克·恰斯纳特
（Mark Chesnutt）

1963 ~

最著名的乡村音乐家

　　1963 年 9 月 6 日生于美国得克萨斯州的博蒙特。恰斯纳特自幼就非常喜欢听琼斯·乔治、瑞·普莱斯和大、小汉克·威廉姆斯等歌星演唱的歌曲。1980 年，恰斯纳特未上完中学就在当地的娱乐场所以唱歌谋生。当他需要新设备时，父亲支持了他，当他决定录制唱片时，父亲又资助了他。1981 ~ 1989 年，恰斯纳特每年在当地录制一张唱片，他把这些唱片送到电台播放，每次从电台听到自己的声音，恰斯纳特更增强了干下去的决心。与此同时，他还在当地俱乐部里演出或与琼斯·乔治的乐队作定期演出。后来，恰斯纳特逐渐在博蒙特的"小帆船"俱乐部成为名歌星，但他仍然不满足地说："有时我可能要放弃，父亲意识到这一点，问我还想不想干下去，我会嚷嚷着说'干下去'，他就会说'好，想干下去的话，该出一张唱片了'。"就这样，恰斯纳特的父亲一点点地把钱积攒起来去为他录制唱片。1989 年，恰斯纳特录制的专辑《家里太冷》终于进入乡村歌曲排行榜并引起轰动。此后，恰斯纳特回到纳什维尔，他演唱的歌曲《留声机小兄弟》首次荣登乡村歌曲排行榜榜首。接着又有《我想些什么》、《肯定是在星期一》和《她有个梦》等歌曲问世。1994 年，MCA 恢复了迪卡唱片公司，恰斯纳特成为新公司的签约歌手和顶梁柱。

接着干下去

马克·恰斯纳特是在父亲的培养下成名的,好在父亲离开人世之前,总算看到了儿子成功的花环。父亲谢世若干年后,恰斯纳特仍然念念不忘父亲的养育之恩。他回忆说:"我很小的时候父亲就是个音乐迷,一直想成为一名优秀的歌手,然而他未能做到这一点,因此把希望寄托在了我身上,把全部的心血都花在了我身上,目的是为了我能成就一番事业,可以说没有父亲就没有我的今天。"直到现在,恰斯纳特用的文件夹还是他父亲留给他的。一次,他到外地演出,将文件夹忘在了宾馆,为了取回这个夹子,他推迟了班机。同事问他:"文件夹有这么重要吗?"恰斯纳特说:"它对于演出并不重要,但对于我至关重要,因为这个文件夹上有父亲写给我的话,每次看到这句话我都信心倍增。""您父亲给您留了句什么话呢?"恰斯纳特说:"很普通的一句话,是写在文件夹扉页的——只要没忘记我,就接着干下去。"

最 流 行 专 辑

《家里太冷》
Too Cold at Home (1990 年)
《长颈瓶与短故事》
Longnecks and Short Stories (1992 年)
《快说再见了》
Almost Goodbye (1993 年)
《怎么个活法》
What a Way to Live (1994 年)

最 流 行 歌 曲

《家里太冷》
Too Cold at Home (1990 年)
《留声机小兄弟》
Brother Jukebox (1990 年)
《我想些什么》
I'll Think of Something (1992 年)
《肯定是在星期一》
It Sure is Monday (1993 年)
《我就是要你知道》
I Just Wanted You to Know (1993 年)
《她有个梦》
She Dreams (1994 年)

另有 6 首歌曲进入排行榜前 40 名

青年时期的恰斯纳特。

恰斯纳特深知父爱的温暖,无论在家里或在外地演出,只要能挤出时间总忘不了为孩子献上一份爱心。

1964 年 5 月30 日生于美国肯塔基州的阿什兰，原名克里斯蒂娜·斯米奈拉。朱兹由母亲带大，少年时就非常喜欢音乐，母亲没有钱给她买新唱片，只好在旧唱片商店买了许多旧唱片，其中有布鲁斯和乡村音乐。受肯塔基州贝瑞亚一带乡村歌手的影响，母女二人从朱兹少女时期开始就一起唱歌。1984年，她们来到纳什维尔录歌并取名为"朱兹"二重唱小组。1984~1991年，"朱兹"二重唱小组录制、发行了大量的上榜歌曲，成为乡村音乐历史上最成功的一个二重唱小组。1991 年，母亲威龙娜·朱蒂由于健康情况而停止演唱，朱兹也想放弃，然而母亲和许多歌迷希望她转为独唱。朱兹说："没有妈妈我真不想唱，然而唱歌已成为我生活的一部

威龙娜·朱兹
(Wynonna Judds)

1964 ~

最著名的乡村音乐家

分，歌迷们给了我许多爱，我决定还是唱下去。"于是，朱兹首次单独与 MCA 唱片公司签约录音并出版了第 1 张独唱专辑，这是朱兹有生以来第一次完全凭着自己的本能去演唱；同年，朱兹巡回演出时，观众的掌声当然没有像欢迎当年母女俩唱二重唱时的那样热烈。1992 年，朱兹又推出了第 3 张专辑，当这张专辑中的《她是他的唯一需要》、《我看见了灯光》和《没有别人》等 3 首歌曲连续 3 次荣登排行榜榜首时，朱兹消除了疑虑，增强了信心，从此一举成名，唱片也售出了 300 多万张。1993 年，朱兹推出的专辑《告诉我为什么》因为有 4 首歌曲进入了排行榜前 10 名而成为白金唱片并深受歌迷的喜爱。朱兹的音乐制作人托尼·布朗说："她是一位了不起的歌手，不仅受到乡村音乐歌迷的喜爱，也受流行音乐歌迷的欢迎。"

最 流 行 专 辑

《威龙娜》
Wynonna（1992 年）
《告诉我为什么》
Tell Me Why（1993 年）

最 流 行 歌 曲

《她是他的唯一需要》
She Is His Only Need（1992 年）
《我看见了灯光》
I Saw the Light（1992 年）
《没有别人》
No One Else on Earth（1992 年）
《告诉我为什么》
Tell Me Why（1993 年）
《不好的分手》
A Bad Goodbye（1993 年）
《弹吉他的女孩》
Girls With Guitars（1994 年）
《石谷》
Rock Botton（1994 年）

另有 2 首歌曲进入排行榜前 40 名

母 亲

威龙娜·朱兹成名之后，无论走到哪里，都忘不了给母亲买一份礼物。她深知因为有了母亲她才能取得今天的成就。朱兹在很小的时候父母就已离异，幼小的她与母亲一起尝够了人间的冷苦，即使在最艰难的时候，母亲也没有中止教女儿唱歌。钟爱乡村歌曲的母亲总是告诉朱兹："乡村好，乡村不仅有吃有穿，而且那儿的人也朴实、忠厚，不会看人说话。"朱兹对乡村歌曲情有独钟，更重要的是朱兹从乡村歌曲中悟到了泥土与人的亲密关系，如果没有泥土，万物不能生长，人也无法生存。她把土地比作母亲，用自己的感受来理解音乐并获得了从未有过的新鲜感。当她成名后有人问她"最辉煌的是什么"，朱兹毫不犹豫地说"土地"。"那么土地又是音乐的什么呢？"面对这样刁钻的提问，朱兹非常干脆利落地回答说："母亲！"

特里莎·伊尔伍德

（Trisha Yearwood）

1964 ~

最著名的乡村音乐家

1964 年 11 月 19 日生于美国佐治亚州的蒙特塞罗，原名帕特里西亚·莲·伊尔伍德。伊尔伍德上小学时开始唱歌，上中学时仅局限在一些比赛中，上大学后在一支著名的乐队中唱歌。1985 年，伊尔伍德在 MTM 唱片公司实习时第一次接触到唱片的制作并认识了这个部门的负责人。制作人加斯·方迪斯帮助伊尔伍德举办了一个演唱会，MCA 唱片公司的负责人托尼·布朗听了这次演唱会后当场与伊尔伍德签了录音合约。1991 年夏天，这家公司为伊尔伍德出版、发行了首张专辑《特里莎·伊尔伍德》，歌曲《她爱上了那个男孩》荣登乡村歌曲排行榜榜首，另外两首歌曲《我们似乎从未伤心过》和《这就是我喜欢你的地方》也进入了排行榜前 10 名，伊尔伍德从此一举成名。1992 年，在伊尔伍德出版、发行的第 2 张专辑《武士的心》里，又有歌曲《走开的乔》进入了排行榜第 2 名，唱片也售出了 100 万张。1993 年，伊尔伍德的第 3 张专辑《歌记得在什么时候》问世后也取得同样的佳绩。1994 年，伊尔伍德演唱的一部微型电视系列片的主题歌《一个美国女孩》，又一次荣登乡村歌曲排行榜榜首，从此确立了自己在乡村歌坛的地位。1995 ~ 2000 年，是伊尔伍德音乐事业的鼎盛时期，她又推出了一批深受歌迷青睐和喜爱的歌曲。

最 流 行 专 辑

《特里莎·伊尔伍德》
Trisha Yearwood （1991 年）
《武士的心》
Hearts in Armor （1992 年）
《歌记得在什么时候》
The Song Remembers When （1993 年）

最 流 行 歌 曲

《她爱上了那个男孩》
She's in Love with the Boy （1991 年）
《我们似乎从未伤心过》
Like We Never Had a Broken Heart （1991 年）
《我面前的女人》
The Woman Before Me （1992 年）
《孟菲斯的阴暗面》
Wrong Side of Memphis （1992 年）
《歌记得在什么时候》（1993 年）
The Song Remembers When （1993 年）
《×××和○○○》(一个美国女孩)
××× and ○○○ (An American Girl) （1994 年）

另有 3 首歌曲进入排行榜前 40 名

生一群孩子

　　特里莎·伊尔伍德从小在农场上长大，从记事开始就爱上了乡村歌曲。加上她不仅有教养，而且还很多情，所以身边总是有一群崇拜她的男孩子。伊尔伍德对他们非常好，常常唱歌给他们听，慢慢地，伊尔伍德的这种善解人意和温柔关怀，使那些男孩子们在感动之余竟变成了她最初的听众，而且百听不厌。伊尔伍德成名后对歌迷说："若不是农场上那些真诚的朋友对我的鼓励，就不会有我的今天。"直到现在，伊尔伍德仍然非常怀念那些朋友。有一次，她对人说："那些男孩子真的很好，很好，我若能返回少女时的童真，一定给他们生一群孩子，那该多棒!"

1965 年 1 月 20 日生于美国肯塔基州的丹维尔，在尼考拉斯维尔市郊勒克斯顿长大。父亲是一名乡村歌手，70 年代录了不少唱片，1975～1976 年曾唱一首歌出了名。蒙特高梅瑞 5 岁时就与爸爸、妈妈和其他一些歌手同台演出，17 岁以前一直为

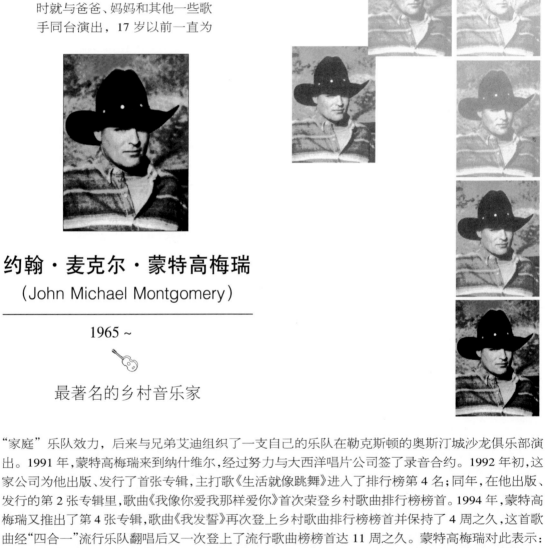

约翰·麦克尔·蒙特高梅瑞
（John Michael Montgomery）

1965 ～

最著名的乡村音乐家

"家庭"乐队效力，后来与兄弟艾迪组织了一支自己的乐队在勒克斯顿的奥斯汀城沙龙俱乐部演出。1991 年，蒙特高梅瑞来到纳什维尔，经过努力与大西洋唱片公司签了录音合约。1992 年初，这家公司为他出版、发行了首张专辑，主打歌《生活就像跳舞》进入了排行榜第 4 名；同年，在他出版、发行的第 2 张专辑里，歌曲《我像你爱我那样爱你》首次荣登乡村歌曲排行榜榜首。1994 年，蒙特高梅瑞又推出了第 4 张专辑，歌曲《我发誓》再次登上乡村歌曲排行榜榜首并保持了 4 周之久，这首歌曲经"四合一"流行乐队翻唱后又一次登上了流行歌曲榜榜首达 11 周之久。蒙特高梅瑞对此表示："我喜欢发生这样的事，这说明乡村音乐如此受欢迎，才会有流行音乐歌手来唱我们的歌。"此后，蒙特高梅瑞演唱的《今晚做我的爱人》、《如果你得到了爱》、《我能那样爱你》、《卖了》等一批歌曲又不断进入了排行榜。"四合一"流行乐队再次翻唱了后两首歌和另外一首歌。1992～1995 年，蒙特高梅瑞专辑的销售量超过了 600 万张，已拥有一大批喜爱他的歌迷。

最 流 行 专 辑

《生活就像跳舞》
Life's a Dance （1992 年）
《踢起来》
Kickin'It Up （1993 年）
《约翰·麦克尔·蒙特高梅瑞》
John Michael Montgomery （1994 年）

最 流 行 歌 曲

《生活就象跳舞》
Life's a Dance （1992 年）
《我像你爱我那样爱你》
I Love the Way You Love Me （1992 年）
《我发誓》
I Swear （1994 年）
《今晚做我的爱人》
Be My Baby Tonight （1994 年）
《如果你得到了爱》
If You're Got Love （1994 年）
《我能那样爱你》
I Can Love You Like That （1995 年）
《卖了》
Sold(The Grundy Country Auction Incident) （1995 年）

寻找自我

乐评人说：约翰·麦克尔·蒙特高梅瑞的演唱是步布鲁克斯的后尘……。这使蒙特高梅瑞十分烦恼："为什么会这样呢？"蒙特高梅瑞不止一次这样反问自己，难道自己真的在不知不觉中模仿了布鲁克斯？他一狠心，将所有布鲁克斯的唱片全部砸碎了，从此决不再听他的任何音乐。从那时起，蒙特高梅瑞在自己的内心世界里寻找音乐的感觉，经历了一个相当长的时间后，竟蜕变出一个全新的自我，并赢得了真正的荣誉。当他演唱的歌曲一首接一首地荣登乡村歌曲排行榜榜首时，才渐渐地感悟道："像自己。"是的，蒙特高梅瑞演唱的歌曲越来越接近他的内心世界了，难道越是人内心真实的情感，就越是能引起人们的共鸣吗？蒙特高梅瑞又在心中这样反复地问自己。

特拉斯·比尔德
(Tracy Byrd)

1966 ~

最著名的乡村音乐家

　　1966 年 12 月 17 日生于美国得克萨斯州的博蒙特，在维多尔附近长大。父亲是一名化工厂的工人，特拉斯·比尔德十几岁时的演唱就吸引了许多歌迷。据说他不管听谁的录音带，都学得很像，因此很多人都跑来听他演唱。由此而引发了他也想听听自己究竟唱得怎么样，于是花了 7.95 美元去当地一家录音棚录音。录音棚女老板介绍比尔德到一家剧院参加业余歌手演唱，当他唱完两首歌曲后，台下听众全体起立鼓掌，这给了他很大鼓励。上大学时，比尔德怀抱吉他到处弹琴唱歌，三年级时就离开了学校成为一名专业演员。开始时独唱，后不久就加盟了当地的一支乐队，在本地区俱乐部巡回演出。1990 年，比尔德与恰斯纳特共同演出了 6 个月，他的演唱吸引了当地的几位老板，他们自愿资助比尔德去纳什维尔作一次宣传演出。1991 年 3 月，比尔德与乐队同时赢得了华纳唱片公司和 MCA 唱片公司的青睐。最后，比尔德还是选择与 MCA 唱片公司签了录音合约，因为他所崇拜的偶象乔治·斯特雷特也属于这家公司。1992 年，MCA 公司为比尔德录制了第 1 张专辑《特拉斯·比尔德》，因他与这家公司签约的规定日期是 1993 年，而没有马上发行，时间上的延迟对比尔德很不利，为了保证这张专辑发行后不过时和赢得歌迷的青睐，公司决定在专辑里增加一首新歌《捧住天》，这首歌曲荣登排行榜榜首后，其专辑也跟着走红并引起轰动。1994 年夏天，比尔德又推出了第 2 张专辑《不平凡的人》，在这张专辑里比尔德第一次被说服放弃了自己喜欢的歌曲，更多地是凭着自己的直觉唱歌而受到歌迷的青睐。

永远爱你!

　　特拉斯·比尔德的成名,完全是凭借自己的实力、聪明和悟性。起初他只是盲目地唱歌,不分地点和时间,觉得能唱就唱,于是就吸引了一部分人听。最初的听众多是一些女性,女人对音乐有着天生的直觉,只要比尔德那富有青春魅力的歌声一响,女孩们就会从四面八方涌来,痴迷迷地望着他唱歌。在异性面前的歌唱,对比尔德来说犹如注入了一种兴奋剂,女孩越是入迷,比尔德越是唱得好。比尔德说:"我不知道什么是魅力,只是将听我唱歌的人都当作我的亲人,用歌声倾诉着我的真情和全部的爱!"

最 流 行 专 辑

《特拉斯·比尔德》
Tracy Byrd (1992 年)
《不平凡的人》
No Ordinary Man (1994 年)

最 流 行 歌 曲

《捧住天》
Holdin' Heaven (1993 年)
《不那么有钱有名的人的生活方式》
Life Styles of
the Not So Rich And Famous (1994 年)
《西瓜藤》
Watermelon Crawl (1994 年)

另有 1 首歌曲进入排行榜前 40 名

比尔德的凝视和微笑都透出一种质朴与真实。

目视前方,路在脚下,这是比尔德从一名化工厂工人成长为乡村歌坛巨星的秘诀。

迪姆·麦克格朗
（Tim McGraw）

1967 ~

最著名的乡村音乐家

　　1967 年 5 月 1 日生于美国路易斯安那州的德尔亥。迪姆·麦克格朗 12 岁前一直不知道亲生父亲是谁，18 岁前与父亲塔格·麦克格朗没有来往，在学校他用继父的姓，叫迪姆·史密斯。麦克格朗十几岁时主要喜欢足球和棒球，进入路易斯安那东北大学后，兴趣逐渐转向音乐。开始时，他用一把吉他在当地演出独唱，唱墨尔·哈加特、查理·普瑞德、迈尔·斯特里特和凯斯·惠特莱等歌星演唱的歌曲。不久，他离开学校来到纳什维尔，白天打工，晚上在酒吧演唱，随后还录了一盒磁带在纳什维尔销售，同时还送了一盒给继父。克伯唱片公司的经理是他继父的朋友，这位经理听了这盒带子后就与年轻的麦克格朗签了录音合约并为他出版、发行了首张专辑，但没有取得成功。随后又为他出版、发行了第 2 张专辑《这时刻不要太快》，这张专辑中的第 1 首歌曲《印第安叛逆者》引起了争论并遭到一些印第安人的抗议，这些争论和抗议使这首歌曲进入了排行榜前 10 名，第 2 首歌曲《不要带走那女孩》首次荣登乡村歌曲排行榜榜首，麦克格朗从此一举成名。1994 年，在麦克格朗推出的专辑里又有歌曲《在农庄上》进入排行榜第 2 名。1995 年，他再次以一首《这时刻不要太快》荣登排行榜榜首，从此确立了自己作为 90 年代著名乡村歌星的地位。

私生子

迪姆·麦克格朗是一个私生子,在西方人们并不因他没有父亲而歧视他。但麦克格朗却老觉得自己看不见太阳,因为母亲的关爱是温柔的,他需要父亲那强有力的支持,特别是对于一个男人来说,从小就没有见过父亲,这无疑是令他深感遗憾的。于是,麦克格朗从小就特别崇拜那种极有个性、有力量的男孩子,无论干什么,他都试图要证明自己是个男子汉。这种执拗的性格成就了他。当他的第1张专辑惹出麻烦时,并未因此而灰心,相反却更加努力了。不久,他的第2张专辑问世并很快上了排行榜,事后麦克格朗对人说:"我就是要用歌声证明私生子也可以有所作为,我属于大家,无私的歌唱是我的最大愿望和快乐。"

最 流 行 专 辑

《迪姆·麦克格朗》
Tim McGraw （1992 年）
《这时刻不要太快》
Not a Moment Too Soon （1993 年）

最 流 行 歌 曲

《印第安叛逆者》
Indian Outlaw （1993 年）
《不要带走那女孩》
Don't Take the Girl （1993 年）
《在农庄上》
Down on the Farm （1994 年）
《这时刻不要太快》
Not a Moment Too Soon （1995 年）

菲斯·希尔

（Faith Hill）

1967 ~

最著名的乡村音乐家

　　1967 年 9 月 21 日生于美国密西西比州的杰克逊, 原名奥瑞·菲斯·帕里。希尔 5 岁时为得到 50 美分就给家人唱歌，8 岁时听了一张艾尔维斯·普莱斯利的专辑《传奇演员》后开始对音乐着迷。17 岁时，她参加了密西西比州梅瑞迪恩的吉米·罗杰斯音乐节演出。一支乐队看过她的出色表演后雇用她当了领唱，希尔从此下决心进入音乐界。1985 年，希尔来到纳什维尔，因无人雇用只好谎称聋子才找到一份工作。5 年里，她在工作中从不说话，不谈音乐。一个星期天，希尔以为只有自己一个人在办公楼里便放开嗓子唱起歌来，工友把此事告诉了老板，老板来到希尔身边，说："小姐，我想告诉你的是你应该从桌子后面走出来，开始真正的工作，你用不着再做这些了。"从此，希尔开始在俱乐部里唱歌。1992 年，她在蓝鸟咖啡厅演出，华纳唱片公司的一位经理听了她为一个朋友的伴唱后主动与她签约录音并出版、发行了她的首张专辑《就把我带走》没有取得成功。希尔明白了要唱好歌就得先找到好歌，于是，她和制作人斯考特·汉得瑞克斯费了不少心血找到了一首名为《野小子》的歌曲并收录在自己的第 2 张专辑里，这首歌于 1994 年初荣登乡村歌曲排行榜榜首并保持了 4 周之久，唱片售出 100 万张。后来，希尔又翻唱了简尼斯·卓别林的歌曲《我的一颗心》，虽然这首歌不是地道的乡村歌曲，但也再次荣登排行榜榜首。希尔说："我没有听到简尼斯·卓别林唱过，我想试试用乡村歌曲的风格演唱会怎么样？"的确，希尔声情并茂的演唱又一次证明了 90 年代中期的乡村音乐歌迷更渴望听到年轻的、精力充沛的乡村歌手的歌声。

与冷漠抗争

　　菲斯·希尔演唱的歌曲《野小子》录成唱片之后，很快售出了 100 万张，许多人说希尔演唱的这首歌与希尔的形象极为相似，是性格唱片和希尔生命的一部分。然而，美丽活泼的希尔却不这样认为，她觉得一个人的成功固然有其性格的原因，但更多的还是要靠自己的勤奋。当然，勤奋的内容不仅仅是刻苦学习，同时还要有生活的种种磨难与面对艰难的非凡意志。回首往事，希尔说："我刷盘子，甚至当女招待时看惯了冷漠的眼睛，我的歌就是对冷漠的抗争，挣钱并不重要。"缺钱，但不为钱而歌唱，这正是希尔可贵的地方。

最 流 行 歌 曲

《野小子》
Wild One （1993 年）
《我的一颗心》
Piece of My Heart （1994 年）

美丽、活泼的希尔从不炫耀漂亮的外貌，
而是用动情的歌声让歌迷们发狂。

特拉斯·劳伦斯
（Tracy Lawrence）

1968 ~

最著名的乡村音乐家

1968 年 1 月 27 日生于美国得克萨斯州的亚特兰大。劳伦斯 4 岁时随家人移居阿肯色州的福曼，第一次正规的音乐经历是在中学的乐队里吹小号。劳伦斯 17 岁时已在当地不同的乐队里演奏乡村音乐，大学二年级后又在一个乐队里呆了两年，曾翻唱过琼斯·乔治的《他今天不再爱她》、《拼命走》等歌曲。1990 年秋天，劳伦斯来到纳什维尔，他参加了当地俱乐部举办的歌唱比赛获得了优胜奖后，便开始光顾所有著名的唱片公司并有幸与作曲家朗地·波得鲁、金姆·威廉姆斯和汉克·柯启伦一起工作。很快，劳伦斯就与大西洋唱片公司签约录音。1991 ~ 1992 年，这家公司为他出版、发行的首张专辑《棍子和石块》没有取得成功，但第 2 张专辑《辩解》问世后，竟有 4 首歌曲荣登乡村歌曲排行榜榜首而使劳伦斯一举成名。1993 年，劳伦斯终止了与大西洋唱片公司的签约并开始独立工作。从那时起，歌星克林特·布莱克、劳瑞·摩根和道格·斯通也开始效仿他。1994 年，劳伦斯演唱的电影插曲《叛逆者、造反者和恶棍》不但进入了乡村歌曲排行榜前 10 名，还获得了一笔奖金；同年，劳伦斯又出版、发行了自己的第 3 张专辑《现在我看到了》，这张专辑的主打歌又进入了乡村歌曲排行榜第 2 名。鉴于劳伦斯已创作和演唱了不少影响深远的榜首歌曲，故而赢得了 90 年代最杰出的乡村歌星的誉称。可以说，劳伦斯是一位在美国乡村歌坛迅速取得成功的年轻歌手的典型，他在 21 世纪将会有什么新作问世，这还是个迷。

最 流 行 专 辑

《辩解》
Alibis （1992 年）
《现在我看到了》
I See It Now （1994 年）

最 流 行 歌 曲

《棍子和石块》
Sticks and Stones （1991 年）
《今天孤独的傻瓜》
Today's Lonely Fool （1992 年）
《辩解》
Alibis （1992 年）
《我的心不能破碎》
Can't Break It to My Heart （1993 年）
《我第二个家》
My Second Home （1993 年）
《如果好人死得早》
If the Good Die Young （1994 年）
《现在我看到了》
I See It Now （1994 年）

另有 3 首歌曲进入排行榜前 40 名

感 动 魔 鬼

　　特拉斯·劳伦斯被枪击中后，被迫中止演出，整整在医院的病床上躺了半年。幸好，那几枪都没有击中他的要害，否则后果不堪设想。一段时间，他除了吃饭，睡觉，就是不着边际地胡思乱想，有一天，他竟想象着自己进入了地狱，地狱里各种各样的鬼怪逼迫他唱歌，他一首接一首地唱呀唱，几乎将自己演唱过的和没有演唱过的歌都唱完了，直唱得筋疲力尽，但鬼怪们仍然不肯放过他。最后，他只好即兴为妖魔鬼怪们演唱，唱得如泣如诉，妖魔鬼怪们被感动了，也都鼓起掌来，最后竟然将他举了起来……正在这时，他从梦中醒来，浑身全被汗湿透了。回想起这个梦，他说："我明白了，真正的天才歌唱家，必须是能够撼天动地的，否则就不可能获得真正的理解与支持。"此后，他更加努力了。

克莱·瓦克尔
（Clay Walker）

1969 ~

最著名的乡村音乐家

1969 年 8 月 19 日生于美国得克萨斯州的博蒙特。父亲是一名乡村歌手,瓦克尔 9 岁随父亲学弹吉他, 15 岁创作了第一首歌曲, 17 岁离开家在博蒙特找到了稳定的工作。当地一名与纳什维尔音乐界有联系的人把他介绍给巨人录音公司的老板詹姆斯·史特罗德, 史特罗德觉得瓦克尔是一位有发展潜力的人,当时就与他签了录音合约并做了他的制作人。1993 年,瓦克尔在巨人录音公司出版的首张专辑《克莱·瓦克尔》首次荣登乡村歌曲排行榜榜首,从此为他打开了成功之门。1994年,他的第 2 张专辑《如果我能谋生》再次荣登排行榜榜首;同年,瓦克尔在经纪人艾夫·伍尔塞的帮助下进行了 5 场演出,他圆润的声音、充满自信的魅力吸引了越来越多的歌迷。1995 年,由于瓦克尔成功的巡回演出和榜首歌星的声誉,他的首张专辑《克莱·瓦克尔》和第 2 张专辑《如果我能谋生》都成了白金唱片。瓦克尔的经历是美国 90 年代乡村歌手发展的典型,两年之内他从一名 23岁的无名小卒成为全美的头条新闻人物,拥有 3 辆大轿车和卡车,巡回演出时拉着全部声、光设备。瓦克尔说:"伴随着成功而来的就是责任感。当初我在博蒙特的娱乐场所演唱时最大的责任就是准时到场,而现在有 50 个人靠我养活……看看我的周围,我明白我拥有的一切,汽车、钱都是暂时的,人民才是永恒的,我以此来衡量我的成功和为人处世。"

打篮球

　　克莱·瓦克尔出名后，许多报纸都在宣传他，使他觉得很开心。熟知瓦克尔童年曾是篮球爱好者的好朋友约翰来找他，瓦克尔非常高兴地说："见到你又仿佛见到了篮球！"约翰说："那为什么不再去打一场篮球呢？我去找人，咱们好好玩玩！？"瓦克尔说："其实我每天都在打篮球和投球，每演唱一首歌，创作一首歌曲，都在投民众心里的篮板，投中了，成功了，就非常高兴，这跟打赢篮球一样，有一种快感。""真的吗？""当然，我永远是篮球运动员嘛，走，打篮球去！"瓦克尔说着便和约翰一起出了门。

最 流 行 专 辑

《克莱·瓦克尔》
Clay Walker （1993 年）
《如果我能谋生》
If I Could Make a Living （1994 年）

最 流 行 歌 曲

《这对你是什么》
What's It to You （1993 年）
《活到我死》
Live Until I Die （1994 年）
《睁着眼睛做梦》
Dreaming with My Eyes Open （1994 年）
《如果我能谋生》
If I Can life （1994 年）
《这个女人和这个男人》
This Woman and This Man （1995 年）

另有 2 首歌曲进入排行榜前 40 名

索伊尔·布朗乐队
（Sawyer Brown）

1981 ~

最著名的乡村乐队

　　乐队成立于 1981 年，成员包括：领唱歌手马克·米勒（1952 年 10 月 25 日生于美国俄亥俄州的代顿）、键盘手格瑞克·赫巴德（1960 年 10 月 2 日生于佛罗里达州的阿勃普卡）、首席吉他手鲍比·伦德（生于密歇根州的米德兰）、低音琴手吉姆·斯考尔顿（1952 年 4 月 18 日生于密歇根州的海湾城）、鼓手乔·史密斯（1957 年 11 月 6 日生于缅因州的波特兰）。乐队的名字根据纳什维尔的一条街道命名。1984 年初，乐队参加"明星探索大奖赛"赢得头奖，从而引起了克伯唱片公司的注意，他们先与克伯唱片公司签约、后与国会大厦唱片公司签约录音；同年，乐队在国会大厦唱片公司发行的首张专辑《列昂娜》进入了乡村歌曲排行榜第 16 名。1985 年，乐队又推出两首进入排行榜前 10 名的歌曲；同年，他们自己创作并演唱的歌曲《跨上那级台阶》首次荣登乡村歌曲排行榜榜首。1991 年，乐队推出的歌曲《漫步》进入了排行榜第 2 名，1992 ~ 1995 年，他们又推出了一批进入排行榜前 10 名的歌曲。1992 年，伦德尔离开乐队，他的位置由吉他手顿肯·凯麦隆接替。90 年代中期，索伊尔·布朗乐队仍然将舞台上的活力体现在录制的唱片里。《肮脏的路》、《为你感谢上帝》等专辑问世后又有一批歌曲上榜和受到歌迷的青睐。他们用事实证明了乐队整体的艺术水平和演唱实力。

最 流 行 歌 曲

《跨上那级台阶》
Step That Step （1985 年）
《贝蒂真坏》
Betty's Bein' Bad （1985 年）
《漫步》
The Walk （1991 年）
《肮脏的路》
The Dirt Road （1992 年）
《有些女孩这样》
Some Girls Do （1992 年）
《为你感谢上帝》
Thank God for You （1993 年）

另有 21 首歌曲进入排行榜前 40 名

最 流 行 专 辑

《孩子们回来了》
The Boys Are Back （1989 年）
《肮脏的路》
The Dirt Road （1992 年）
《街角上的咖啡馆》
Cafe On the Corner （1992 年）
《城市边缘》
Outskirts of Town （1993 年）

当 然 会 更 棒

　　尽管索伊尔·布朗乐队的成员都很年轻，但是他们都特别信守诺言，厌恶小肚鸡肠。这支乐队平均一年要演出 300 多场，收入十分丰厚，而收入的分配从来都很公平，所以大家干什么都齐心协力并逐步扩大了影响。一次，键盘手赫巴德因病连续几天都没有来演出，大家都非常焦急，而赫巴德自己更是心急如焚，若是按劳分配，他的收入会减少很多。大家来到赫巴德身边，安慰他说："别着急，要静心养病，养好病才更有精神。"临走时还给了他急需的钱。赫巴德病好之后，比过去更努力了，有人问他："你病好之后，似乎演奏技巧更棒了！"赫巴德说："我躺在病床上从没间断过指法练习，现在出院了，当然就更棒了！"

驿动的心乐队

(Restless Heart)

1984 ~ 1994

最著名的乡村乐队

1984 年，有 5 位美国音乐家走出录音棚，组成了一支名为"驿动的心"的乐队，实际上，这支乐队在 80 年代初就已经有了雏形。他们是吉他手格瑞格·詹尼斯（1954 年 10 月 2 日生于俄克拉荷马州的俄克拉荷马城）、作曲家迪姆·杜波依斯、电子琴手戴夫·尹尼斯（1959 年 4 月 9 日生于俄克拉荷马州的巴特尔斯维尔）、歌手拉瑞·斯蒂亚特（1959 年 3 月 2 日生于肯塔基州的帕迪尤卡）、鼓手约翰·底特里奇（1951 年 4 月 7 日生于新泽西州的西奥伦基）、低音琴手保尔·格里格（1954 年 12 月 3 日生于俄克拉荷马州的阿尔特斯）。1985 年，乐队发行了首张专辑，其中 5 首歌曲《驿动的心》、《让心痛折磨》、《我

要每个人哭》、《再次心碎》和《直到我爱你》都进入了排行榜前 40 名，随后，乐队开始巡回演出。随着乐队现场音乐会的实况和首张专辑在电台播放后，声誉便迅速鹊起，第 2 张专辑《车轮》发行后乐队便开始走红。1986 ~ 1988 年，《只摇不滚》、《温存的谎言》等 6 首歌曲又一次次登上了乡村歌曲排行榜榜首，斯蒂亚特粗犷的独唱与其他 4 人和谐的伴唱形成了乐队独特的风格，直到 80 年代末，这支乐队一直稳居排行榜的前 5 名。1992 年，斯蒂亚特离开乐队从事独唱，格里格、底特里奇和詹尼斯又邀请了两名新手，力图保持乐队的实力。1992 年，乐队推出的《当她哭时》又进入乡村歌曲和流行歌曲两个排行榜的前 20 名。1993 年，詹尼斯离开乐队。1994 年，乐队与 RCA 唱片公司中止了签约;同年，乐队宣告解散。

最 流 行 专 辑

《驿动的心》
Restless Heart （1985 年）
《车轮》
Wheels （1986 年）
《小城镇的伟大梦想》
Big Dreams in a Small Town （1988 年）
《快速列车》
Fast Movin Train （1990 年）

最 流 行 歌 曲

《只摇不滚》
That Rock Won't Roll （1986 年）
《我仍在爱你》
I'll Still Be Loving You （1986 年）
《为什么一定要》
Why Does It Have to Be(Wrong or Right) （1987 年）
《车轮》
Wheels （1986 年）
《得克萨斯州最忧郁的眼睛》
Bluest Eyes in Texas （1988 年）
《温存的谎言》
A Tender Lie （1988 年）

另有 15 首歌曲进入排行榜前 40 名

以不变应万变

　　整个 80 年代，驿动的心乐队始终名列排行榜的前 5 名，这对竞争激烈的乡村歌坛来说，实不多见。当时，起码有十几支乐队与驿动的心乐队齐头并进，而且大有赶超上来的可能，生存的危机时刻提醒着乐队的每一个人，必须团结一致。恰在这时,他们又赶上了大作广告与神秘包装的时期,怎么办?别的乐队都在洗心革面地推陈出新,驿动的心还能不"驿动"吗?他们反复研究,最后决定:以不变应万变,在突出乡村特色上下功夫,力求用粗犷的演唱来引起乡村歌迷的共鸣。果然,几年下来,那些当初变来变去,反复包装的乐队都找不见了,而他们却高居排行榜榜首。"坚持就是胜利",詹尼斯这样总结过去。

附 录 一

瓦 巴 西 特 快 车
(The Wabash Cannon Ball)

美国民歌

Traditional

亲 爱 的 ，让 我 走
(Let Me Go, Lover)

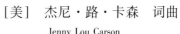

［美］ 杰尼·路·卡森　词曲
Jenny Lou Carson

Slowly, with Feeling

Oh let me go let me go let me go. lov - er, Let me

be set met tree from your spell You made me weep cut me

deep I can't sleep, lov - er, I was cursed from the first day I

fell You don't want me but you want me to go on want-I

you, How I pray that you will say that we're through Please turn me

loose what's the use let me go, lov - er, let me go let me

go, let - me go, Oh, let me go.

一 束 玫 瑰

(Bouquet Of Roses)

［美］ 尼尔森、希尔哈德 词曲
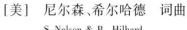
S. Nelson & B. Hilhard

Moderato Slow

1. I'm send - ing you a big Bou - quet Of Ros - es
2. ((And) as the door of love be - tween us clos - es

One for ev - 'ry time you broke my heart
Tears will fall like pet - als when we

2. And part I begged you to be

dif - ferent but you'll al - ways be un - true. I'm tir - ed of for

giv - ing, Now there's noth - ing left to do. So, I'm send - ing you a

big Bou - quet of Ros - es One for ev - 'ry

time you broke my heart.

十 六 吨

(Sixteen Tons)

[美] 默尔·特拉维斯 词曲

Merle Travis

我 不 能 不 爱 你

(I Can't Stop Loving You)

[美] 唐·吉布森 词曲
Don Gilbson

Moderato Slow

1. Those hap-py hours that we once knew Though long a
2. (Those hap - py) hours that we once knew Though long a

go still make me blue They say that time
go still make me blue They say that time

heals a bro-ken heart But time has stood still since we've been a
heals a bro-ken heart But time has stood still since we've been a

part I Can't Stop Lov - ing You so I've made up my mind -
part I Can't Stop Lov - ing You there's- no use to try

To live in mem - o - ry of old lone-some times I can't stop
Pre-tend there's some one new I can't live a lie I can't stop

want - ing you it's use -less to say So I'll just live my life in
want - ing you the way that I do There's on - ly been one love for

1.
dreams of yes - ter - day 2. Those hap - py
me that one love is

2.
you .

四 面 墙

(Four Walls)

[美] 莫　尔、坎贝尔　词曲

M. Moore & G. Campbell

为 了 好 时 光

(For The Good Times)

〔美〕 克里斯·克里斯托弗森 词曲

Kris Kristofferson

Andantino

蓝色羊皮靴
(Blue Suede Shoes)

[美] 卡尔·李·帕金斯 词曲
Carl Lee Perkins

Moderato Slow

335

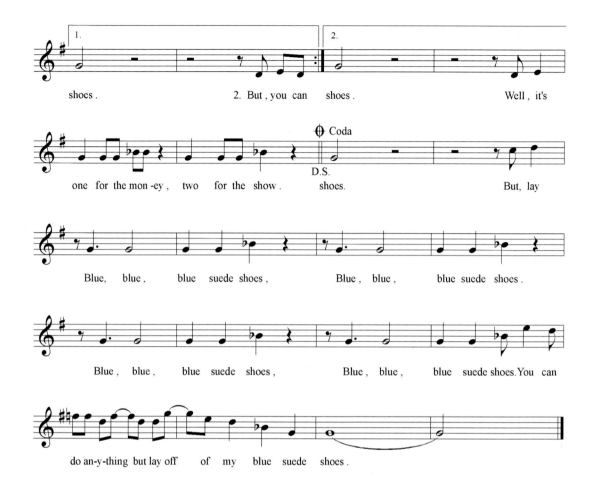

shoes .   2. But , you can   shoes .   Well , it's

one for the mon -ey ,   two   for the show .   shoes.   But, lay

Blue,   blue ,   blue   suede shoes ,   Blue ,   blue ,   blue suede   shoes .

Blue ,   blue ,   blue suede shoes ,   Blue ,   blue ,   blue   suede shoes. You can

do an -y -thing but lay off   of   my   blue   suede   shoes .

给 世 界 欢 乐

(Joy To The World)

美国民歌

Traditional

Andante

Joy to the world . the Lord is come. Let

earth re - ceive her king , Let

ev - ry heart pre - pare him room And

heaven and na - ture sing . And heaven and na - ture sing . And

heaven and heaven and na - true sing .

恋爱中的女人

(A Woman In Love)

[美] 弗兰克·洛赛尔 词曲

Frank Loesser

flame deep with - in made them shine

Those eyes are the eyes of A

Wo - man In Love And may they gaze ev - er

more in - to mine . Crae - i - ly

gaze ev - er more in - to

mine .

恶 水 上 的 大 桥
(Bridge Over Troubled Water)

[美] 西门、加发科尔 词曲
Simon & Garfunkel

340

down .
Sail on, sil - ver girl,

sail on by .
Your time has come to shine ;

all
your drea - ms are on their way .
See how they

shine . Oh,
if you need a friend, I'm sail - ing

right be - hind .
Like a bridge o - ver trou-bled wa-ter,

I will ease your mind.
Like a bridge o - ver troubled water I will

ea-se your min-d .

再见吧！爱
(Bye Bye, Love)

[美]　艾弗莱兄弟　词曲
The Everly Brothers

Andantino

1. 2. Bye - bye love . Bye - bye happi - ness . Hel - lo,

lone - li - ness, I think I'm gon-na cry . Bye - bye love .

Bye - bye sweet ca-ress, Hel - lo emp-ti-ness, I feel like I could

die . Bye - bye, my love, good - bye . { There goes my ba - by

　　　　　　　　　　　　　　　　　　　　　　I'm thru with ro - mance,

with some one new . She sure looks ha - ppy, I sure am

I'm thru with love . I'm thru with coun - ting the stars a

blue . She was my ba - by 'til he stepped in .

blue . And here's the rea - son that I'm so free ;

Good-bye from ro - mance that might have been .

my lo - ving ba - by is thru with me .

离 家 五 百 哩

(Five Hundred Miles Away From Home)

[美] 彼得、保罗、玛丽 词曲

By Peter, Paul & Mary

Moderato

1. If you miss the train I'm on, you will know that I am
2. (Lord, I'm) one, Lord, I'm two, Lord, I'm three, Lord, I'm
3. (Not a) shirt on my back, not a pen - ny to my

gone. You can hear the whis - tle blow, a hund-red miles.
four, Lord, I'm five hund - red miles, from my home.
name, Lord, I can't go home, this a - way.

A hund - red miles, a hund - red miles, a hund - red miles, a hund - red
Five hund -red miles, five hund -red miles, five hund - red miles, five hund - red
This a - way, this a - way, this a - way, this a -

1.2.

miles. You can hear the whis - tle blow a hund-red miles.
miles. Lord, I'm five hund - red miles fro - m my home.
way, Lord, I can't go home this a -

3.

2. Lord, I'm way.
3. Not a

玫瑰花园

(Rose Garden)

[美] 利姆·安德森 词曲

Lynn Anderson

Moderato

I beg your par - don. I ne - ver pro-mi - sed you

a - rose gar - den. A - long with the sun - shine,

There's got to be a lit - tle rain some - time. When you

take, you got to give, so live and let live, or let go. Oh, oh, oh,

I beg your par - don. I ne - ver promi - sed you a

rose gar - den.

1. I could prom-ise you things like
2. (Well, if) sweet talk-ing you could
3. (So) sing you a tune and
4. (You'd better) look be-fore you leap. Still

big dia-mond rings, but you don't find ros - es grow -ing on stalks of
make it come true, I would give you the world right now on a sil - ver
prom - ise you the moon, but if that's what it takes to hold you, I'd just as soon
wa - ters run deep, and there won't al - ways be some - one there to

col - ver .	So you'd be - tter think it o - ver .
plat - ter .	But wh - at would it mat - ter
let you go .	But the - re's one thing I want you to know,
pull you out ,	and you know what I'm talkin' a - bout .

2. Well, if   3. So   smile for a while and

4. You'd better

let's be jol - ly . Love shouldn't be so mel- an - cho - ly .

Come a - long and share the good times while we can .

I beg your I beg your par - don .

I ne - ver promi-sed you a rose gar - den .

345

追　梦

(All I Have To Do Is Dream)

［美］　艾弗莱兄弟　词曲

The Everly Brothers

Andante

day . On - ly trou - ble is , gee - whiz, I'm

dream-ing my life a - way. I need you so

that I could die, I love you so and that is why when-

ev - er I want you , all I have to do is dream .

阳光洒在我肩上

(Sunshine On My Shoulders)

[美] 约翰·丹弗 词曲

John Denver

Moderato

Sun-shine on my shoulders makes me ha - ppy.

Sun -shine in my eyes can ma - ke me

cry. Sun-shine on the

wa-ter looks so love - ly.

Sun - shine almost always makes me high.

1. If I had a day that I could
2. If I had a tale that I could

give you, I'd give to you a day just like to-
tell you, I'd tell a tale sure to make you

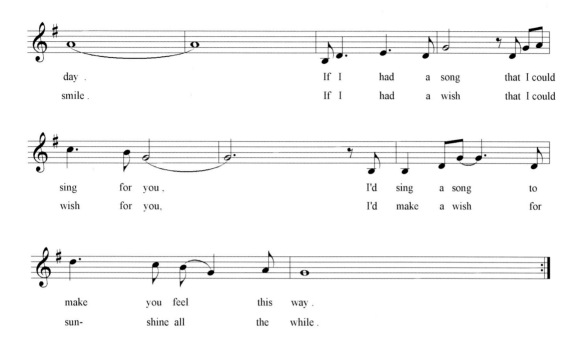

day .   If I   had   a song   that I could

smile .   If I   had   a wish   that I could

sing   for you ,   I'd sing a song   to

wish   for you,   I'd make a wish   for

make   you feel   this way .

sun-   shine all   the while .

附 录 二

唱 片 公 司

A&M 唱片公司
(A&M)〔美〕

由赫布·阿尔伯特和西海岸的推销员杰里·莫斯于1962年夏天在美国洛杉矶创立。曾与"蒂华娜铜管乐队"、"巴西66"、"飞翔的伯里托兄弟"、"卡彭特兄妹"、"超级游民"、"警察"等乐队以及乔·科尔克、卡罗尔·金、弗雷迪·金、琼·贝兹、乔治·哈里森、昆西·琼斯、乔治·杰克逊等歌星有过合作。

ABC 唱片公司
(ABC)〔美〕

1955年作为派拉蒙影业公司的分公司在美国好莱坞成立,是最早出版、发行摇滚乐的唱片公司之一。公司在总裁萨姆·克拉克的领导下,依靠制作人唐·科斯塔和自由职业艺人巴克·拉姆的努力取得了成功。曾与"马尾巴辫"、"妈妈和爸爸"、"荒原狼"、"三只狗夜晚"、"斯蒂利·丹"、"鲁弗斯"等乐队以及保罗·安卡、乔治·汉弥尔顿、劳埃德·普赖斯、雷·查尔斯、吉姆·克罗斯等音乐名人有过合作,1978年与庞大的MCA公司合并。

ASYLUM 唱片公司
(Asylum)〔美〕

由戴维·格芬于1971年以40万美元创立,一年后,以500万美元的价格卖给华纳通讯公司,但戴维·格芬仍留任公司董事长,1973年7月再一次与华纳通讯公司下属的埃里克特拉唱片公司合并。与之合作的著名歌星有琳达·伦斯塔特、鲍勃·迪伦、琼尼·米切尔等。

大西洋唱片公司
(Atlantic)〔美〕

由赫布·亚伯拉罕森与阿迈特·厄特冈于1947年共同创立。曾与"车轴草"、"航海者"、"披头士"、"流浪者"、"布法罗·斯普林菲德"、"CSM & Y"、"杰弗逊飞机"、"格调"等乐队以及斯蒂克斯·麦克、乔·特纳、杰西·斯通、鲍比·达林、约翰·科特兰、纳特·科尔曼、利夫·加勒特、明克·德维尔、菲尔·柯林斯等歌星有过合作。1969年，公司被金尼通讯公司买下，最终成为WEA(Warner Brother Elektra/Atlantic)的一部分。

国会大厦唱片公司
(Capitol)〔美〕

由唱片商店店主格伦·沃利克斯、电影制片人巴迪·德西尔瓦和歌曲作者约翰尼·默瑟于1942年春在美国创立。曾与纳特·金·科尔、弗兰克·西纳特拉、法伦·杨、吉恩·文森特、汉克·汤普森、默尔·特拉维斯等著名歌星以及"运动员"、"海滩男孩"、"大疯克铁路"等乐队有过合作。1955年，该公司被英国EMI公司以850万英镑收购。

哥伦比亚唱片公司
(Columbia)〔美〕

哥伦比亚广播通讯系统于1887年在美国组建，哥伦比亚唱片公司于1890年成立。1950年，曼尼·萨克斯继任唱片公司总裁后，曾与弗兰凯·莱恩、罗斯马丽·克卢尼、盖伊·米切尔、多丽丝·戴、约翰尼·雷、弗兰克·西纳特拉、马丁·罗宾斯、艾尔维斯·普莱斯利、鲍勃·迪伦、乔普林、斯莱·斯通、迈克尔·逊杰逊等著名歌星以及"飞鸟"、"入侵者"、"西门与加发科尔"、"血和汗"、"布鲁斯·斯普英斯蒂"等乐队有过合作。

唱 片 公 司

唱片公司

创造唱片公司
(Creation)〔美〕

由音乐商人艾伦·麦吉于 1982 年在英国伦敦创立。与之合作的乐队有"耶稣与玛丽亚锁链"、"原始尖叫"、"爱之屋"、"我的血腥情人节"、"驾驶"等乐队以及尼基·萨登、克莱夫·兰格等歌星。

圆点唱片公司
(Dot)〔美〕

由兰迪·伍德于 1950 年在美国田纳西州纳什维尔附近的加拉丁创立。与之合作的音乐名人有约翰尼·麦道克斯、麦克·怀斯曼、帕特·布恩、桑福德·克拉克、罗宾·卢克等歌星以及"格里芬兄弟"、"山顶"、"盾牌"等乐队。1965 年,伍德把圆点唱片公司卖给了海湾与西部企业后,又创办了 Rawwood 唱片公司。

公爵孔雀唱片公司
(Duke Peacock)〔美〕

由唐·罗比于 40 年代中期在美国休斯敦创立。曾与歌星克拉伦斯·盖特茅思·布朗有过合作,1952 年 8 月 2 日,布朗继任公司负责人后,曾与约翰尼·埃斯、威利·米亚、布鲁斯歌手朱尼奥·帕克、鲍比·布兰德、吉米·麦克拉克林、伊尔·福里斯特、拉里·戴维斯、诺曼·福克斯、比利·哈维等歌星有过合作。1972 年,该公司被庞大的 ABC/Dunhill 唱片集团吞并,此时鲍比·布兰德已成为摇滚界的重要人物。

埃里克特拉唱片公司
(Elektra)〔美〕

由雅克·霍尔兹曼于 1950 年 10 月在美国纽约州的圣约翰大学创立。与之合作的音乐名人有乔西·怀特、奥斯卡·布兰德、鲍勃·吉布森、鲍勃·迪伦、保罗·巴特菲尔德等。1973 年 8 月,雅克·霍尔兹曼被任命为华纳公司副总裁,同时辞去创办了 23 年的埃里克特拉唱片公司总裁的职务,继任者戴维·格芬把自己的 Asylum 唱片公司与埃里克特拉公司合并,归属于华纳公司。

唱 片 公 司

工厂唱片公司
(Factory)〔美〕

由电视节目主持人托尼·威尔逊于 1978 年 1 月在美国曼彻斯特创立。曾与"快乐小分队"、"杜鲁蒂专栏"、"特定比率"等乐队有过合作。

4AD 唱片公司
(4AD)〔美〕

由沃茨·拉塞尔和彼得·肯特于 1980 年初创立。曾与"照相机"、"群众"、"舞蹈乐章"、"The The"、"金属线"、"死之舞"、"妖精"、"彩色盒子"、"苍白圣徒"等乐队有过合作。

帝国唱片公司
(Imperial)〔美〕

由卢·查德于 1947 年在美国洛杉矶创立。与之合作的音乐名人有波伊森·加德纳、金·波特、阿托纳·多米诺、斯利姆·惠特曼、斯迈利·里维斯、鲍比·米切尔、艾尔维斯·普莱斯利、里克·纳尔逊、桑迪·纳尔逊等。1963 年,帝国唱片公司被自由唱片公司收购。

唱片公司

岛屿唱片公司
(Island)〔牙买加〕

　　由克里斯·布莱克韦尔于 1961 年在牙买加创立。曾与"交通"、"费尔波特"、"自由"、"嚎啕者"、"密友与梅托尔斯"、"洛克西音乐"等乐队合作过。1972 年，岛屿公司把在 Trojan 公司的股份卖给了 B&C 唱片公司，1976 年在美国开设分公司后，曾与"战争"、"大青年"、"燃烧的长矛"等乐队有过合作。1984 年 1 月，岛屿公司与 Stiff 唱片公司合并。1989 年被 A&M 唱片公司以 2 亿 4 千万美元收购。

原始交换唱片公司
(Rough Trade)〔英〕

　　由原始唱片零售商店经理杰夫·特拉维斯于 1976 年在英国伦敦创立。曾与"伏尔泰咖啡馆"、"青年大理石雕像"、"雨衣"、"堕落"、"政治文件"、"流行组合"、"感觉艺术"等乐队以及奥古斯塔斯·帕布罗、乔纳森·里奇曼、罗伯特·怀亚特等音乐名人有过合作。

国王唱片公司
(King)〔美〕

　　由悉尼·内森于 1944 年在美国辛辛那提创立。公司包括女王、Deluxe、联邦、Rockin'、Glory、Bethlehem、Audio Lab 和 Starday – King 等分公司。曾与"拉基·米林德"、"布鲁穆斯·杰克逊"等乐队以及歌手罗伊·布朗、温诺尼·哈里斯、小威利·约翰、詹姆斯·布朗等歌星有过合作。1970 年，公司被"莱伯与斯托勒"乐队收购后，再也未能重振昔日的辉煌。

自由唱片公司
(Liberty)〔美〕

由西蒙·瓦伦克尔、阿尔文·贝内特和西奥多·基普于 1955 年在美国好莱坞创立。与之合作的著名音乐人有埃迪·科克伦、约翰尼·伯内特、特洛尹·肖恩德尔,以及"简与安迪"、"冒险"、"加里·里维斯与花花公子"等乐队。1967 年,泛美唱片公司吞并了联合艺术家公司后又买下自由公司;同年,自由公司在英国伦敦又设立了自己的分公司。70 年代初,泛美公司又兼并了这个分公司。

麦考瑞唱片公司
(Mercury)〔美〕

由欧文·B·格林、伯利·亚当斯和阿特·塔尔梅奇于 1947 年在美国芝加哥创立。曾与维克·戴蒙、帕蒂·佩奇、乔治·吉布斯、约翰尼·普雷斯顿、杰瑞·李·里维斯、罗德·斯图尔特、法伦·杨等著名歌星以及"平平"、"企鹅"、"贝尔男孩"、"唱歌的修女"、"四季"、"斯塔特勒兄弟"、"恐惧之泪"等乐队有过合作。1960 年,北美的菲力浦公司买下 Smash 公司,因此水星公司又派生出两个子公司:Philips 和 Fontana。

米高梅唱片公司
(MGM)〔美〕

1949 年成立于美国好莱坞,是电影音乐的主要来源。与之合作的著名歌星有汉克·威廉姆斯、康威·特威蒂、康尼·弗朗西斯、吉米·琼斯以及"羚羊"、"动物"、"法老"等乐队。

唱 片 公 司

唱 片 公 司

现代唱片公司
(Modern)〔美〕

由美国商人朱尔斯·比哈里和他的 3 个兄弟索尔、乔和莱斯特于 1945 年 4 月在美国洛杉矶创立。曾与莱特宁·霍普金斯、约翰·李·胡克、B·B·金、鲍比·布兰德、朱尼奥·帕克、罗斯科·戈登、桑德斯·金、弗洛伊德·狄克逊以及"少年"、"三色夹克"等乐队有过合作。1957 年,除了皇冠公司和后来替代现代公司的肯特公司外,其他公司都相继关闭。

莫唐唱片公司
(Motown)〔美〕

由小贝利·戈迪于 1959 年在美国底特律创立。曾与著名歌星斯莫基·鲁滨逊、戴安娜·罗斯、史蒂维·旺德、玛丽·韦尔斯以及"奇迹"、"诱惑"、"至高无上"、"四尖子"等乐队有过合作。1971 年,公司从底特律迁到洛杉矶后,结束了其黄金年代。该公司至今仍被 MCA – 波士顿企业拥有。

RCA 唱片公司
(RCA)〔美〕

1901 年成立于美国新泽西州的卡姆登。与之合作的著名歌星有恰特·阿特金斯、史蒂夫·肖尔斯、杰克·斯科特、汉克·斯诺、吉姆·瑞弗斯、皮亚诺·雷德、艾尔维斯·普莱斯利、唐·吉布森、埃迪·西蒙妮、约翰·丹佛、隆尼·梅沙普、戴安娜·罗斯等。

反复唱片公司
(Reprise)〔英〕

由弗兰克·西纳特拉于 1960 年在英国伦敦创立,默·奥斯汀担任公司副总裁。与之合作的著名歌星有萨米·戴维斯、宾·克罗斯比、佩图拉·克拉克、南希·西纳特拉、吉米·汉瑞克斯、尼尔·杨以及"弗利乌德·迈克"、"海滩男孩"等乐队。

权杖——魔杖唱片公司
(Scepter--Wand)〔美〕

由弗洛伦斯·格林伯格于 1958 年在美国纽约创立。曾与查克·杰克逊、伦尼·迈尔斯、B·J·托马斯、迪翁·沃里克等歌星以及"赛热利斯"、"艾弗利兄弟"、"金斯曼"等乐队有过合作。

维真唱片公司
(Virgin)〔美〕

由理查德·布兰森与合伙人于 1972 年创立。与之合作的著名歌星和乐手有迈克·奥德菲尔德、史蒂夫·温伍德、保拉·阿布杜尔、詹尼特·杰克逊、戴维·鲍伊、布莱恩·弗里以及"文化俱乐部"、"迷"、"滚石"、"鞭炮"等乐队。

唱 片 公 司

唱 片 公 司

斯塔克斯唱片公司
(Stax)〔美〕

由斯图尔特和姐姐埃斯特尔·阿克斯顿于1959年在美国田纳西州孟菲斯城附近创立。曾与歌星卡拉·芭芭拉·史蒂文斯、奥蒂斯·雷丁、威廉·贝尔、约翰尼·泰勒、埃迪·弗洛伊德以及"MGS"、"萨姆和戴夫"、"阿斯托"、"斯特普尔歌手"、"疯小子"、"情感"等乐队有过合作。

斯蒂夫唱片公司
(Stiff)〔英〕

由戴夫·鲁宾逊和杰克·里维埃拉于1976年中期在英国伦敦创立。与之合作的音乐名人有艾尔维斯·科斯特洛、拉里·威廉斯、雷克莱斯·埃里克、莱恩·洛维奇、雷切尔·斯威特以及"诅咒"、"疯狂"、"美女明星"等乐队。1984年与岛屿公司合并后,鲁宾逊成为两家公司的经理,1986年夏天,斯蒂夫唱片公司宣告破产时,由ZTT集团的一位股东辛克莱以30万英镑买下。

特质唱片公司
(Specialty)〔美〕

由阿特·鲁普于1946年在美国洛杉矶创立。与之合作的音乐名人有吉米·利金斯、乔·利金斯、罗伊·米尔顿、劳埃德·普赖斯、小理查德、拉里·威廉斯以及"唐和杜威"等乐队。

太阳唱片公司
(Sun)〔美〕

由当过电台播音员的萨姆·菲利浦于1952年在美国田纳西州孟菲斯工会大街创立。曾与艾尔维斯·普莱斯利、卡尔·帕金斯、路易·奥比逊、杰瑞·李·里维斯、查理·里奇等著名歌星以及查利·费瑟斯、麦克·塞尔夫、马尔科姆·耶尔费顿、沃尔特·霍顿等乐手有过合作。1969年7月1日，萨姆·菲利浦把公司的所有合同和版权等都转让给了制作人谢尔比·辛格尔顿。

维·杰伊唱片公司
(Vee Jay)〔美〕

由维维安·卡特和吉米·布莱肯于1953年在美国芝加哥创立。与之合作的音乐家有吉米·里德、迪伊·克拉克、埃尔·多拉多斯，以及"西班牙移民"、"猎狗"、"印象"、"溪谷"、"四季"、"披头士"等乐队。1966年5月公司宣告破产。

唱 片 公 司

分 类 索 引
(按字母顺序排列)

乡 村 音 乐 (COUNTRY MUSIC)

360

C

D

E

F

G

H

M

N

V

W

爵 士 乐 (JAZZ MUSIC)

A

N

O

R

S

T

W

摇 滚 乐 (ROCK & ROLL)

A

B

C

D

E

380